KB163063

Ennki Hakari 하카리 엔키 illust. KeG

해골기사님은 지금 이세계 모험중 VI

폰타

아리안

아크

문을 열었다── 그렇다, 확인을 하지 않고.

치요메

인지를 뛰어넘는 두 존재의 싸움에,
사람의 힘이 끼어들 여지는 전혀 없었다.

「칼라드 볼그」!!

성뢰(聖雷)의 검

폴 플레임 론도

멸염염임원무

해골기사님은
지금 이세계 모험 중

Skeleton Knight,
going out to the parallel universe

VI

Skeleton Knight,
going out to the parallel universe

VI

❧ CONTENTS ❧

Ennki Hakari illust.KeG

소비르 산맥

부르고만

왕도 소우리아

몰바강

이르드바숲

휠스강

브라니에

클라이드만

루앙숲

드란트

힐 성채

킨 영도

사루마 왕국

세계지도

아스파니아
왕국

신성 레브란
제국

레브란 대제국

델프렌트 왕국

캐나다
대삼림

사루마 왕국

로덴
왕국

힐크교국

노잔 왕국

린부르트 대공국

Map

✦ 서장 ✦

북대륙 남부에 있는 노잔 왕국.

로덴 왕국과는 부르고만을 낀 서쪽에 위치하고 양국은 교역 등을 통해 비교적 우호적인 국교를 맺었다.

그 노잔 왕국을 둘러싼 주변에는 세 개의 나라들이 저마다 국경을 접하는 형태로 존재했다.

노잔 왕국을 중앙으로 북쪽에는 델프렌트 왕국, 남쪽에는 사루마 왕국. 그리고 서쪽에는 힐크 교국이 자리 잡은 이 땅은 긴 역사 속에서 여러 나라로 분열되고 통합하는 과정을 되풀이했다.

그런 끊이지 않는 국경 분쟁 지대에 있는 노잔 왕국의 중핵인 왕도 소우리아는 탁 트인 평원지대의 조금 높은 언덕에 성을 쌓았다. 그리고 그곳을 중심으로 주위에 도시가 발전했다. 발전에 따라 함께 커진 도시벽은 튼튼한 이중 방벽이 되어 외적의 침입으로부터 도시를 지키고 있다.

중심에 우뚝 솟은 왕성은 우아함보다도 방위를 위한 기능을 우선시했는지, 장식은 결코 많지 않았고 외관을 보면 성채로서의 인상이 강하다.

그러나 일국의 왕성인 성내는 권위를 과시하는 듯이 눈부시게 화려한 장식과 문양으로 꾸며서 외관과의 차이가 일종의 특별한 분위기를 자아냈다.

외관과 내관의 조화를 이루기 위해 만들어진 성내의 안뜰에는 아름답게 손질하고 가다듬은 녹음 위에 아직 이른 아침의 햇살이 조용히 쏟아졌다.

평소와 다름이 없는 아침을 맞이한 안뜰을 커다란 유리창을 통해 내려다볼 수 있는 어느 방—— 그 방에는 한 명의 소녀가 천진난만한 얼굴로 잠들어 있었다.

밝은 황금색 머리카락은 조금 곱슬머리였고, 어깻죽지까지 뻗은 머리가 침대 위에 펼쳐졌다. 백자처럼 하얀 피부를 가진 소녀의 어린 용모로 보건대 나이는 열 살 전후이리라.

아직 어린 소녀. 그러나 덮개를 단 침대, 거기에 잠든 주인에게는 걸맞지 않을 듯한 크기, 몸에 걸친 호화로운 잠옷 등이 소녀의 신분을 대신 말해 주었다.

소녀의 평소와 다름없는 아침은 갑자기 멀리서 울리는 금속제 종소리로 박살 났다.

처음에 도시 끝 방향에서 들려온 종소리는 금세 여러 개로 늘어나더니 도시 중앙에 우뚝 솟은 성내에도 울려 퍼졌다.

소녀는 평소와 다른 뭔가 시끄러운 소리에 눈썹을 찌푸리더니, 어슴푸레 뜬 작은 눈동자로 자신의 방 안에 시선을 던졌다.

"……음냐, 왠지 이상한 소리가 들리는구나……."

벌떡 상반신을 일으킨 소녀는 아직 또렷하지 않은 의식으로 눈가를 비비면서, 어린 용모와는 달리 왠지 늙은이 같은 말투로 입을 열었다.

소녀는 자다가 뻗친 옆머리를 손으로 열심히 눌렀다. 그리고 작은 몸으로 침대를 구르듯이 내려오더니, 방의 창문을 통해 바깥 경치를 바라보았다.

그러나 그곳에서는 성내의 안뜰만 보일 뿐 멀리서 울리는 종소리의 정체를 알 수 없었다. 소녀는 대충 안뜰에 시선을 던진 후 잠이 덜 깬 눈으로 천천히 창문에 손을 대었다.

그때 한 명의 여성이 어수선한 발소리와 함께 소녀의 방으로 뛰쳐 들었다.

"릴 공주님! 실례하겠습니다!!"

당황하듯이 목소리를 높이고 들어온 인물은 소녀에게도 낯익은 얼굴이었는지 릴 공주라고 불린 소녀는 여성의 얼굴을 보고 고개를 살짝 갸웃거리며 물었다.

"니나, 그렇게 허둥대다니 무슨 일이냐? 오늘은 늦잠을 자지 않았느니라."

하품을 참은 릴은 방에 다급히 들어온 여성을 올려다보았다.

긴 검은 머리를 땋아 등에 늘어뜨린 여성의 검은 눈동자는 약간 가늘었다. 햇빛에 살짝 그은 피부에는 이 나라의 기사가 입는 옷을 걸쳤고, 허리에는 손잡이가 화려하게 장식된 검을 찼다.

니나 드 아브로아.

노잔 왕국에서 아브로아 자작의 이름을 물려받은 귀족 태생이자, 지금은 그녀를 올려다보는 눈앞의 어린 소녀를 지키는 호위기사의 임무를 맡았다.

그런 니나의 작은 주인의 이름은 릴 노잔 소우리아.

이 노잔 왕국의 국왕 아스파루프 노잔 소우리아의 세 자식 중 막내로, 죽은 왕비의 딸인 제1왕녀이다.

"릴 공주님, 왕도에 적이 쳐들어왔습니다! 어서 옷을 갈아입고 폐하가 계신 곳으로 가시죠!"

"뭐라!? 그건 큰일이로구나! 잠시 기다려라…… 영차."

니나의 말에 놀란 릴은 눈을 휘둥그레 뜨더니, 당황한 듯이 그 자리에서 잠옷을 벗기 시작했다.

그러나 머리카락이 걸렸는지, 뒤집힌 잠옷은 릴의 목덜미에서 멈추었다. 그 때문에 릴은 바동바동했다.

이윽고 포기한 것처럼 릴은 옆에서 대기하는 니나에게 자신의 어려운 처지를 알렸다.

"미안하다, 니나. 옷을 갈아입는 걸 좀 도와줬으면 싶구나."

"넷, 그럼 실례하겠습니다."

평소라면 시녀들이 여러 명 딸려서 아름다운 드레스로 갈아입혀 줄 상황이다. 그러나 당장은 급하기도 하고 드레스를 갈아입히는 데에 별로 익숙하지 않은 호위기사 니나의 도움을 받기도 난감했다. 그래서 릴은 왕녀로서는 검소한 드레스로 재빨리 갈아입었다.

릴이 빠른 걸음으로 앞장서서 방을 나가자, 문 옆에는 한 명의 남자가 그녀를 기다렸다는 듯이 맞아주었다.

"뭐냐, 자하르도 와 있었느냐. 서둘러 아버님께 가자."

릴에게 자하르라고 불린 청년은 짧게 대답하더니, 니나의 옆에 서서 왕녀의 뒤를 따랐다.

190cm 남짓한 신장의 우람한 체격, 짧은 밤색 머리와 날카롭고 사나운 얼굴, 20대 중반으로 보이는 청년의 이름은 자하르 바하로브.

니나와 마찬가지로 제1왕녀 릴의 호위기사를 맡은 자다. 평민 출신이면서 그 실력을 인정받아 현재의 지위에 오를 만큼 뛰어나기도 했다.

어린 릴 왕녀는 작은 몸으로 당당하게 두 명의 호위기사를 거느리고, 국왕인 아버지가 늘 집무실로 사용하는 방에 들어갔다.

그곳에는 이미 노잔 왕국의 국왕 아스파루프 노잔 소우리아를 비롯한 나라의 주요 인사들이 모여 있었다. 릴의 두 오빠인 테르바 제1왕자와 세바르 제2왕자, 문관들을 통괄하는 재상과 군을 통솔하는 장군 등이 국왕을 중심으로 에워쌌다.

다들 긴장한 표정이었고, 평소에는 느낄 수 없는 일종의 이상한 공기가 그 자리를 가득 채웠다.

그런 그들의 중앙에 놓인 커다란 탁상에는 왕도 주변의 지도가 펼쳐져 있었는데, 그 위에 몇 개의 장기짝을 둔 광경이 릴의 낮은 시선에서도 보였다.

긴급 사태인 그 자리에서 아버지 아스파루프 국왕에게 말을 걸지 못한 릴 왕녀는 탁상에 펼쳐진 지도를 좀 더 잘 보려고 목을 길게 뺐다. 그때 전령 한 명이 국왕의 집무실로 뛰어들었다.

"보고합니다! 적은 소비르 산맥 기슭의 숲에서 나타나, 여전히 그 수를 늘리면서 왕도 소우리아로 침공 중! 편제를 짜지 않은 형태여서 자세한 수는 불확실하지만, 규모는 명백히 수만을 넘으며 본 적이 없을 만큼 엄청난 수입니다!"

집무실에 모여 있던 사람들은 전령의 말에 놀라움이나 동요라고도 할 수 있는 신음을 흘렸다.

웅성거리는 사람들의 목소리를 가로막듯이 전령에게 말을 건

이는 국왕 본인이었다.

"적의 소속은? 그만한 규모의 수라면 제국밖에 떠올릴 수 없지만, 우리 나라는 제국과 영토를 맞대지 않았을 텐데……. 이웃 나라가 함락된 건가?"

중년에 접어든 국왕은 위엄을 담은 날카로운 시선을 전령에게 보냈다.

전령의 대답을 놓치지 않겠다는 듯이 주위 사람들은 숨을 죽였다. 릴 왕녀와 두 명의 호위기사도 마른 침을 삼켰다.

그러나 전령이 내뱉은 대답은 누구도 예상하지 못한 내용이었다.

"적의 소속을 나타내는 것은 없습니다! 그렇기는커녕 적은 인간이 아닙니다! 금속 장비를 몸에 걸쳤지만, 알맹이는 언데드입니다! 적은 언데드의 대군입니다!"

전령의 비통한 외침과도 비슷한 그 대답에 제일 먼저 경악한 소리를 지른 이는 왕도의 방어를 맡은 장군이었다.

"그럴 리가!? 그렇게 많은 수의 언데드라니, 더구나 장비를 갖춘 언데드는 들어본 적이 없다!!"

장군의 말에 전령은 더욱 얼굴을 굳히고 시선을 떨어뜨렸다.

"유감스럽게도 사실입니다, 장군! 정찰대가 마주친 적병의 갑옷 안은 모두 인간의 시체였다고 합니다. 무수한 언데드가 동이 트는 것과 함께 왕도 주변의 평원에 모습을 드러낸 듯합니다."

전령의 보고에 주위 사람들이 숨을 삼키는 것을 알 수 있었다.

"더구나 인간형 언데드에 뒤섞여 이형의 괴물도 보였습니다! 인간과 거대한 거미를 붙인 듯한 소름 끼치는 모습인데, 일개 분대를 간단히 섬멸시켰다는 보고입니다!"

쥐 죽은 듯이 조용해진 실내에 멀리 방벽 근처에서 아직도 그칠 줄 모르는 경종 소리가 어렴풋이 닿았다.

누구나 보고 내용을 머릿속으로 곱씹었지만, 누구 하나 사태를 이해할 수 없었다.

그런 가운데 침묵을 깬 이는 다름 아닌 이 나라의 최고 권력자 아스파루프 국왕이었다.

"나도 아까 '망루'에서 직접 현 상황을 봤지만, 적이 인간이든 아니든 이 왕도가 존망의 갈림길에 처한 것은 틀림없는 사실이다."

국왕이 그쯤에서 일단 말을 끊고, 실내에 있는 이들에게 시선을 보냈다.

'망루'란 이 성내에 세운 유달리 높은 탑을 말한다. 약간 높은 언덕에 쌓은 성에서 왕도 소우리아를 한눈에 내려다볼 수 있게 만들어졌다.

상주하는 보초병이 있지만, 릴 왕녀도 이따금 성 아래를 바라보기 위해 놀러 가는 장소의 하나여서 금방 이해했다.

"지금 왕도에 있는 전력은 어느 정도인가?"

국왕이 장군에게 시선을 돌리며 묻자 장군은 잠시 허를 찔린 듯이 당황하며 대답했다.

"웃! 넷! 왕도에 상주하는 기사단과 위병을 합치면 4천! 그리고 용병을 고용하면 1천입니다!"

국왕은 장군의 대답에 모두 현 상황을 이해했으리라 확인하고, 무겁게 고개를 끄덕였다.

"으음, 다행히 도시문을 열기 전인 이른 아침의 적습이었다. 아마 이대로 농성전에 들어가겠군……. 하지만 적 세력이 수만에 이른다면 농성전이라 해도 압도적으로 전력이 부족하다."

국왕은 눈 앞에 펼쳐진 커다란 지도에서 시선을 들어 두 왕자를 바라본 다음 릴 왕녀에게도 눈길을 던졌다.

"적은 남서 방면, 소비르 산맥 기슭의 숲에서 오는 중이다. 왕도는 아직 포위되지 않았지만, 그렇다고 주민 모두를 탈출시킬 정도의 시간도 없다. 테르바, 세바르는 동문으로 나가 각각 북쪽과 동쪽의 영내를 돌면서 왕도의 원군을 모아오너라."

국왕의 말에 두 왕자는 당당한 태도로 그 명령을 받들었다.

그처럼 나이 많은 두 오빠를 보면서 릴 왕녀도 자신이 왕족이라는 자각 아래, 한 걸음 나아가 조용히 국왕의 다음 명령을 기다리듯이 시선을 아버지에게 향했다.

그 태도에 두 왕자가 걱정스럽게 여동생 릴 왕녀를 바라보았고, 다시 시선을 아버지에게 돌려 그녀의 처우를 어떻게 할지 눈빛으로 물었다.

고개를 숙인 국왕은 천천히 릴 왕녀에게 시선을 보냈다.

"릴, 너는 남쪽의 디모 백작에게 가서 원군을 요청하도록 부탁하마. 백작의 병사는 용맹하다고 들었으니 말이다."

국왕은 입가에 어렴풋이 미소를 지었다.

그 지시를 들은 주위의 중신들이 의미심장한 시선을 나누더니, 이해했다는 듯이 서로 고개를 끄덕였다.

"맡겨 두세요, 아버님! 릴 노잔 소우리아의 이름에 걸고, 그 임무를 반드시 완수하여 나라의 위기를 벗어나도록 돕겠어요!"

릴 왕녀는 작은 가슴을 펴며 주먹을 꽉 쥐었다.

그 모습에 국왕은 눈을 가늘게 떴다.

"자하르, 니나…… 릴을 부탁한다."

국왕이 소중한 딸의 호위기사인 자하르와 니나에게 위엄 있는 시선을 보내며 입을 열자, 그 말의 의미를 정확히 알아들은 두 사람은 엄숙한 태도로 예를 표했다.

릴 왕녀는 눈치채지 못했지만, 다른 이들은 국왕이 내린 명령이 왕녀의 피난이라는 사실을 깨달았다.

애당초 남쪽의 디모 백작령(領)은 일찍이 타국과 맞닿은 노잔 왕국 최남단의 영지였다. 그러나 7년 전에 사루마 왕국의 침략으로 영지가 분단되어, 지금은 자치령의 형태로 백작령을 유지하는 상황이었다.

타국의 영토로 바뀐 땅을 횡단하여, 자치령이 된 백작령으로 가는 것 자체는 별로 어렵지 않다.

날뛰는 마수 때문에 뚜렷한 경계선을 긋기 까다로운 이 세계에서는 이웃 나라와 접한 영지를 갖는 귀족이 어느 진영의 소속인지를 밝히는지에 따라 국경을 이룬다.

그래서 소수의 군대를 이끌고 국경을 넘어 며칠 내에 디모 백작령으로 들어갈 수는 있지만, 원군을 데리고 다시 사루마 왕국을 가로질러 왕도로 돌아오기는 힘들다.

언데드 군단을 쳐부수는 원군을 구하려면 많은 수의 병사가 필요하다——. 그러나 원군의 수가 늘어나면 이동은 느려지고 타국 순찰병의 눈에 쉽게 띈다.

백작령에서 클라이드만(灣)을 배로 건넌 후 몰바강 유역으로부터 왕도까지 본래의 일정은 편도로 닷새 정도는 걸린다. 따라서 신속하게 원군을 편제하여 끌고 오더라도 진작에 결말이 났을 가능성이 크다.

요컨대 국왕이 릴에게 부탁한 임무는 달성할 수 없는 명령이었다.

그러나 그 말을 입 밖에 꺼내는 자는 아무도 없었다.

두 왕자는 저마다 성인이고 정무에도 참여하는 등 왕족의 의무를 다하지만, 열한 살의 릴은 왕족의 자각을 갖고 똑 부러지게 행동해도 아직 어린아이다. 그리고 타계한 전 왕비의 딸인 왕녀를 국왕이 몹시 사랑한다는 점은 누구나 알고 있었다.

더구나 최악의 경우라도 왕가의 혈통은 백작령에 남으리라 —— 그런 판단이기도 했다.

"시간이 별로 남지 않았다. 세 사람은 서둘러 떠날 준비를 해라! 우리는 서문에서 언데드 놈들을 끌어들여 시간을 벌겠다! 부탁하겠소, 장군!"

국왕의 말에 각자 예를 표하고 분주하게 움직였다.

그런 가운데 국왕 혼자 미간을 찡그리며 서쪽을 노려보았다.

"설마 교국에서 추기경이 찾아온 날에 이런 일이 벌어질 줄이야……. 교국의 신전기사에게도 도움을 요청할까. 리베랄리타스 추기경과 한번 교섭을 해야 하나."

국왕의 신음하는 듯한 말에 옆에서 대기하던 재상이 살짝 목소리를 낮추며 말을 걸었다.

"아스파루프 님, 이번 언데드 군단의 침입은 '명왕'의 짓일 가능성이 있습니다."

그 말에 국왕이 눈썹을 찌푸리고 재상의 얼굴을 쳐다보았다.

" '명왕'? 그건 음유시인이 노래하는 단순한 전설이잖나?"

"아니오, 아스파루프 님. 제국은 인정하지 않을 테지만, 100년 전쯤 그 나라에서 일어난 엄연한 역사적 사실입니다."

재상의 대답에 국왕은 놀란 시선을 그에게 향한 채 할 말을 잃었다.

100년 전이라고 하면 딱히 옛날 일도 아닌 듯이 들리지만, 평균 수명이 짧은 이 세계에서는 인간족의 삼대는 거슬러 올라간다.

그리고 재상이 말하는 '명왕'이란, 이 지방에 널리 전해진 전설로 여겨온 이야기다.

그 존재는 갑자기 아무런 조짐도 없이 사람들 앞에 나타났다.

또한 죽은 자를 수없이 부려서 잇달아 도시와 마을을 습격하여 멸망시킨 후, 죽은 자를 계속 늘려나가 나라의 존망을 뒤흔들 정도의 위협이 되었다.

그러나 제국이 위신을 걸고 보낸 토벌군에게 쓰러졌다──.

이 이야기는 음유시인의 단골 노래 중 하나로도 유명하다. 그 이야기를 들은 아이들은 무서워서 몸을 움츠리고, 어른들은 예의범절을 가르칠 때 이렇게 들려 주는 것이다.

『──말을 안 드는 나쁜 아이는 '명왕'이 명계에서 데리러 올 거다──.』

그런 속담이 사람들 사이에 대대로 전해져 내려올 만큼 퍼져 있었다.

　"이건 소문이지만 명왕을 쓰러뜨리기 위해 제국은 교국의 힘을 빌렸다더군요. 그 일로 교국에게 그다지 세게 나서지 못한다고 들었습니다."

　재상의 말에 국왕은 미간을 더욱 찡그리며 한숨을 내뱉었다.

　"……나라의 존망이 걸렸다 보니, 너무 태평하게 있을 수 없었던 건가."

　국왕은 힘없이 고개를 가로저었다.

　도시벽 안팎으로 시끄러워지기 시작한 왕도 소우리아에서 그 소란이 약간 어렴풋이 들릴 뿐인 성내의 어떤 방.

　중심에 우뚝 솟은 투박한 왕성 내에서 다른 실내와 비교해 한층 사치를 부린 그곳은 주로 국외의 빈객을 맞이하기 위해 만들어진 방이었다.

　그 방에서는 동쪽에 면한 창문을 통해 왕도의 거리를 한눈에 내다볼 수 있었다.

　엷은 미소를 띤 남자 한 명이 커다란 유리창을 끼운 창가에 서 있었다. 남자는 성 아래에서 벌어진 소동으로 갈팡질팡하는 사람들을 지켜보듯이 안경 너머의 눈을 가늘게 떴다.

　검은 머리를 머릿기름으로 깔끔하게 가다듬고, 성직자가 몸에 걸치는 법의보다 더욱 화려한 법의를 입은 남자는 부드러운 미소를 지었다. 그리고 멀리 동쪽 도시문이 열리면서 몇 줄기의 흙먼지가 세 방향으로 나뉘어 뻗어가는 모습을 흥미롭다는 듯이 바라보며 입가를 실룩였다.

"왕도를 탈출……하는 게 아닌가 보군요. 원군을 구하러 내보낸 사자입니까."

남자의 이름은 팔루모 아바리티아 리베랄리타스 추기경.

교황을 정점으로 하는 종교 국가, 이웃한 힐크 교국에서 교황에 버금가는 권력을 가진 일곱 추기경 중 한 명이다.

그가 이 노잔 왕국 왕성의 귀빈실에 머무는 이유는 북대륙에 커다란 영향력을 미치는 힐크교── 그 거점이 되는 각지의 교회를 위문한다는 형태로 이 땅을 방문했기 때문이다.

그러나 성 아래에서 일어난 소동의 원인인 언데드의 대행진은 그가 교황으로부터 명령을 받아 실행하는 주변국의 침략계획을 위해서다.

그런데 왕도 주변에 대군을 배치하고 자신은 홀로 표적인 왕국의 중추에 숨어든 까닭은 일부러 상대의 허를 찔러 효율 높게 중추를 제압하려는 목적──은 아니다.

"후후후, 사자에게는 추격자를 보내도록 할까요……. 있지도 않은 원군의 희망을 품은 채 다들 도시벽 내에서 나라가 무너져 가는 광경을 지켜봐야 하다니── 상상만으로도 참을 수 없군요."

리베랄리타스 추기경은 유리창에 비치는 자신의 얼굴을 유쾌하게 실룩거리며 웃었다.

온화한 가면 밑에서 나타난 그 얼굴이야말로 리베랄리타스 추기경이 지닌 본성이기도 했다. 타인을—— 특히 약자를 괴롭히는 데에 지상의 기쁨을 느끼는 본성은 이제는 병적이라고 말해도 과언은 아니다.

"설령 원군을 데려온다 해도 10만이나 되는 언데드 대군 앞에서는 모든 게 무의미합니다. 그들 얼굴이 절망으로 일그러지는 모습—— 어서 보고 싶군요. 큭큭큭."

리베랄리타스 추기경은 자신의 행동을 억누르는 듯한 숨죽인 웃음을 한바탕 흘린 후 다시 원래대로 온화한 표정을 지었다.

이어서 턱 끝을 쓰다듬은 리베랄리타스 추기경은 한쪽 눈꼬리를 치켜들며 불만스럽다는 얼굴을 보였다.

"……그런데 언데드 본래의 영역인 밤에 힘이 세지는 건 좋지만, 그 탓에 제어하기 어려워지는 점은 썩 내키지 않는군요. 대군을 이룰수록 제 통솔력이 약해지는 것도 조금 생각해 볼 일일까요."

혼잣말을 내뱉은 리베랄리타스 추기경은 코웃음을 쳤다.

"그 문제는 이 건을 마무리하고 나서, 한번 교황님께 대응책을 상담하는 게 좋을지도 모르겠군요……."

리베랄리타스 추기경의 시선은 멀리 동쪽 도시문 바깥—— 주위를 에워싸듯이 모여드는 언데드 무리에게 조용히 향했다.

"그보다 우선 이 나라가 멸망해가는 모습을 특등석에서 구경하기로 할까요."

다시 미소를 띤 리베랄리타스 추기경에게 국왕이 찾아온 것은 바로 얼마 뒤였다.

제1장 두 번째 출항

아침 햇살이 머리 위에서 들이비치고, 이따금 부는 바람이 주변의 나뭇잎들을 스치며 조용한 산 정상을 조금 떠들썩하게 바꾸었다.

산정상에 우뚝 솟은 거대한 로드 크라운은 자연의 이치에서 벗어난 듯한 위용을 자랑했다. 밑에서 올려다보면 문자 그대로 가지와 나뭇잎을 산처럼 뻗은 줄기 윗부분이 주변 일대의 하늘을 덮었다. 그래서 산 위에 우산을 씌운 듯한 광경이 펼쳐졌다.

커다란 가지와 나뭇잎 사이에서 비치는 아침 햇살은 주변을 내리쬐며 여기저기 빛의 웅덩이를 만들었고, 지금 작업하는 공간을 환하게 밝혔다.

산 정상에 세운 신사의 석조벽은 아직도 뚜렷한 형태가 남았지만, 지붕은 목재로 만들어진 탓인지 완전히 문드러져서 하늘까지 닿을 듯이 뻥 뚫렸다.

그처럼 지붕 없는 신사의 까마득히 높은 곳에서 쏟아지는 부드러운 햇빛이 아크가 몸에 걸친 갑옷을 비추며 눈부시게 빛났다.

백색과 청색을 바탕으로 아름답게 꾸민 백은의 전신 갑주, 그리고 등 뒤에서 바람에 나부끼는 망토는 밤하늘을 그대로 잘

라낸 것처럼 칠흑색을 띠었다. 아크는 신화 속의 기사를 본뜬 듯한 호화로운 갑옷 차림으로 손에는 평소의 신화급 검과 방패를—— 들지는 않았다.

아크가 손에 쥔 것은 나무 손잡이였다.

나무 손잡이 끝에는 길고 얇은 금속 주걱이 달려 있는데, 진흙 같은 잿빛 덩어리를 얹어 놓았다. 벽돌을 붙이기 위한 모르타르다.

아크는 모르타르를 눈앞의 벽돌에 고르게 펴서 바르고, 그 위에 다시 새로운 벽돌을 빈틈없이 포개었다.

"후우, 이걸로 대충 모양은 그럴듯해졌나……."

혼잣말을 내뱉은 아크는 반원형으로 쌓아 올린 벽돌 양식의 구조물을 보기 위해 한 걸음 물러나서 기운 곳이 없는지를 살폈다.

지금 아크가 신사의 주방에서 만드는 것은 벽돌 가마였다.

엘프족의 마을에서 가스풍로와 비슷한 마도구를 순조롭게 구할 수 있었지만, 이 세계의 주식이 되는 빵을 구우려면 반드시 가마가 필요했기 때문에 직접 제작하는 중이었다.

인간족의 마을로부터 멀리 떨어진 이 오지의 신사까지 직공을 부를 수도 없는 노릇이었다. 그래서 아크는 재료를 갖추고 도전했는데, 의외로 하면 되는구나 라는 생각에 혼자 감탄하며 고개를 끄덕였다.

벽돌 가마에 사용할 이런저런 재료는 랜드발트 출신의 행상인 라키의 연줄을 빌려서 모았지만, 재료비는 별로 비싸지 않았다.

이 벽돌 가마를 완성하면 빵 이외에 피자도 구울 수 있다.

모처럼 남쪽 대륙에서 토마토를 발견했는데 만들지 않을 이유는 없으리라.

아크는 벽돌 부분에 비어져 나온 모르타르를 젖은 천으로 닦아내며 벽돌 표면의 얼룩을 지웠다.

그렇게 작업에 열중하고 있자, 어딘가에서 나타난 폰타가 아크의 발밑으로 달려왔다.

"큥!"

몸길이는 60cm 정도인데, 커다란 솜털 모양의 꼬리는 몸의 절반이나 차지한다. 또한 앞다리와 뒷다리 사이에 달린 날다람쥐 같은 비막이 특징적인 여우 얼굴의 폰타는 이 세계에서 정령수라고 불리며 마법을 쓰는 동물의 일종이다.

전체적으로 초록색의 부드러운 털로 뒤덮인 몸은 풀숲이나 나무들에 섞이면 보호색처럼 바뀌어 자신의 존재를 잘 숨긴다.

"오오, 폰타냐? 그동안 어디서 놀았던 거냐?"

아크는 손에 든 주걱을 내려놓고 폰타의 머리를 쓰다듬었다.

그러자 폰타는 기쁘다는 듯이 머리를 꾹꾹 들이대며 장난을 쳤다.

"큥! 큥!"

폰타는 하얀 솜털 꼬리를 흔들면서 한바탕 볼을 비벼대더니, 뭔가를 느꼈는지 커다란 귀를 쫑긋거렸다. 그리고 갑자기 뒤를 돌아본 후 울음소리를 냈다.

아크가 폰타의 시선을 따르자, 주방 옆의 창문에서 한 마리의 거대한 짐승이 안을 들여다보고 있었다.

아니, 그 모습은 짐승이라기보다는 거대한 파충류를 닮았다고 하는 게 맞으리라.

몸길이는 4m 남짓이었다. 온몸은 검붉은 갑옷 같은 비늘로 덮였고, 머리에는 두 개의 뿔이 크게 튀어나왔다. 또 굵고 튼튼한 다리가 좌우에 세 개씩 여섯 개 달렸는데, 약간 폭이 넓은 등의 중앙에서 하얀 갈기처럼 가지런한 털이 꼬리 끝까지 나부꼈다.

"규리이잉."

그러한 거체로 살짝 새된 울음소리를 낸 거대파충류가 머리를 흔들 때마다 길고 하얀 갈기도 햇빛에 반짝였다.

뿔이 걸리적거려서 창문에 머리를 넣을 수 없는지, 조금 초조한 모습으로 벽에 자신의 얼굴을 비벼대며 콧소리를 냈다.

"오오, '시덴' 하고 같이 놀았던 거냐?"

아크는 거대 생물의 이름을 부르면서 창가로 다가가더니, 곁눈질로 자신을 바라보던 시덴의 굵은 목덜미를 어루만졌다.

그러자 시덴은 파충류 특유의 갸름한 눈동자를 점점 가늘게 뜨고 깜박거렸다.

이 땅의 환경에도 꽤 익숙해졌으리라.

애당초 남쪽 대륙의 평원—— 그곳에 사는 유목부족인 호인족이 타는 이동수단이며, 현지에서는 드립트프스^{질풍기룡}라고 불린다.

그러나 일련의 소동 때 도움을 준 인연으로 수인족에 대한 공헌과 '벗'의 증표로서 호인족 족장에게 직접 이 드립트프스를 받았다.

승용차만 한 몸집을 가진 생물은 나중에 돌볼 생각을 하면 사양하는 게 제일 좋았을 테지만, 「우리 우호의 증표다.」라고 말하는 상대방의 호의를 저버리기도 어려웠다.

일단 아크도 엘프족 장로(대리)로부터 마을 이름을 얻고 호인족과 대화를 나누는 처지에, 딱 잘라 거절하여 이후의 관계를 어색하게 만드는 것보다는 나으리라.

아크는 그렇게 스스로를 타일렀다.

북대륙에서는 그 위용이 어느 정도 사람들의 이목을 모으겠지만, 다행히 이 신사가 자리 잡은 산의 주변은 인간족의 생활권을 크게 벗어난 곳이었다. 그나마 수인들이 새로 짓는 가장 가까운 마을도 숲에서 멀리 떨어졌다.

그리고 말보다 힘이 세서 많은 짐을 옮길 수 있고, 앞으로 여행을 하려면 이동수단은 많을수록 좋으리라.

그리고 호인족 최대 부족인 에나 일족의 족장은 그들이 가꾸는 '레드네일'이라고 불리는 고추 작물의 일종을 우선적으로 넘겨주기도 했다.

다음에는 페퍼 소스나 토마토 칠리소스를 만드는 것도 괜찮을지 모른다.

"그 뒤로 열흘…… 아니, 보름쯤 지난 건가."

아크는 문득 남쪽 대륙에서 일어난 사건의 전말을 돌이켜 보았다.

『부아오부아오아앗아아아아아아!!!』

메아리치는 마지막 단말마의 포효를 어둠 속의 도시에 울리더니, 거대한 생물은 가도 한복판에 쓰러지면서 주변의 땅을 뒤흔들었다.

빛이 적은 이 세계에서는 달이 구름에 가려진 밤은 도시의 거리라고 해도 몹시 어두워서 시야가 나쁘다. 그러나 지금은 도시 곳곳에서 치솟는 불길에 의해 붉고 기묘하게 밝았다.

또한 그런 불길이 솟아오르는 소동의 원인 중 하나였던 생물이 가도에 쓰러진 채 피를 흘리며 죽었다.

온몸이 딱딱한 검은 털로 뒤덮인 6m 남짓한 인간을 닮은 거체.

다만 그 거인에게는 인간과 달리 머리가 없었다. 그 대신 거인의 가슴에는 부리부리한 눈알과 피부를 크게 찢은 듯한 입이 붙어 있었는데 싯누런 이가 즐비했다. 거인의 팔은 몸에 비해 길었고, 전체적인 인상은 정말 머리 없는 고릴라 같았다.

아크가 멋대로 검은 거인이라고 부르는 이 생물은 대륙 남부에 펼쳐진 어느 누구의 발길도 닿지 않은 거대한 숲, 이른바 '검은 숲'으로 알려진 곳에서 지낸다.

수많은 흉포한 마수들이 서식하는 숲의 거인에게 인간 정도의 존재는 어차피 작은 동물에 지나지 않는 데다 적당한 식량이었으리라.

실제로 거인들은 도시에 들어와서 아직도 사람들을 쫓아다녔다. 그리고 가슴에 달린 커다란 입으로 사람들을 한입에 삼키면서 덮친 것이다.

남쪽 대륙의 서부, 남앙해와 접한 곳에 만들어진 유일한 인간족의 도시—— 그것이 레브란 대제국의 타지엔트였다.

그러나 그 도시는 현재, 남부에서 몰려온 검은 거인의 집단과 도시 어딘가에서 나타난 언데드 갑옷 병사들, 인간족에게 붙잡혀 노예로 일하던 동포를 구하기 위해 숨어든 호인족 전사단 등이 뒤섞여 혼란의 극치를 이루었다.

"여기는 마무리 지었소. 아리안 양도 그걸로 끝이오?"

아크가 피에 젖은 검을 떨치자, 푸르고 날카로운 빛이 검신에 돌아왔다. 역시 신화급 무기 『칼라드볼그』[성뢰(聖雷)의 검]라는 건가.

그 목소리에 반응한 여성 두 명이 아크를 뒤돌아보았다.

키가 큰 여성 한 명은 눈처럼 하얗고 긴 머리를 뒤에서 하나로 묶었는데, 여성 특유의 육감적인 몸은 사람과는 다르게 옅은 자주색 피부를 띠었다. 독특한 문양을 새긴 법의로 몸을 감쌌고, 그 위에는 약간 투박한 가죽 갑옷을 걸쳤다.

여행 동료인 다크엘프족의 아리안이다.

아크에게 고정된 황금색 눈동자와 엘프족보다는 짧지만 뾰족한 귀가 특징인 종족—— 그런 아리안이 사자를 본뜬 장식이 달린 가느다란 검을 휘둘렀다.

그러자 검신을 에워싼 불꽃은 아리안이 휘두른 검 끝을 쫓듯이 밝은 궤적을 그리며 어둠을 갈랐다.

"……일단 이쪽도 처리했어요. 하지만 슬슬 정령마법은 한계예요."

아리안은 어깨를 크게 늘어뜨리고 한숨을 내쉬었다.

아리안의 검에 얽힌 불꽃은 사라졌다. 그러나 뒤에서 상반신이 불길에 휩싸인 거인은 거대한 횃불처럼 활활 불타오르는 상태로 힘을 다한 듯이 쓰러졌다.

불에 타서 목을 다쳤으리라. 소리도 없이 몸부림치던 검은 거인은 잠시 후 꿈쩍도 하지 않았다.

온몸을 덮은 딱딱한 털과 피부는 어지간한 검으로는 상처조차 입히기 어려웠지만, 아리안이 능숙하게 다루는 불꽃의 정령 마법을 정통으로 맞아서 버틸 재간이 없었던 듯하다.

"이 주변의 잡병은 거의 없앴습니다."

그처럼 험악한 말을 내뱉고 검은 거인이 쓰러진 가도의 어둠 속에서 모습을 드러낸 이는 그런 과격한 발언과는 어울리지 않는 인상의 아담한 소녀였다.

온몸을 검은 닌자복으로 감쌌고, 이마에는 짙은 빛깔의 하치가네를 둘렀다. 별로 길지 않은 검은 머리에는 짐승 귀가 달렸는데, 허리 언저리에서 뻗은 길고 검은 꼬리를 좌우로 흔들었다.

일찍이 아크처럼 이 세계로 건너왔으리라 여겨지는 인물, 자신을 '한조'라고 일컬은 자가 당시에 박해를 당하던 묘인족을 모아서 일으킨 닌자 집단 '인심일족'의 후예.

그 가운데 아직 젊은데도 실력을 인정받은 '여섯 닌자'의 한 명인 치요메다.

치요메는 일족의 비보 『언약의 정령결정』을 체내에 받아들여 정령과 융합을 이루었다. 그리고 정령수와 비슷하게 인술이라는 형태로 정령 마법을 쓸 수 있게 되었다.

그러나 평소의 맑고 푸른 치요메의 눈동자가 지금은 왠지 어둡게 가라앉은 듯이 보였다.

이것은 딱히 밤의 어둠 때문은 아니리라.

이야기를 듣건대 치요메는 행방이 묘연했던 동문 사형을 겨우 찾았지만, 그의 몸은 이미 언데드로 변하여 적으로서 앞길을 가로막았다는 것이다.

그리고 그런 동문 사형을 불사의 주술로부터 풀어준 이는 치요메라고 한다———.

아크는 치요메의 심경을 차마 다 헤아릴 수 없었다.

그 점은 아리안도 마찬가지였다. 기분 탓인지 뾰족한 귀 끝을 늘어뜨리고 치요메를 걱정스럽게 바라보는 아리안의 표정을 통해서도 알 수 있었다.

그런 치요메에게 가도의 어둠 속에서 검을 든 병사 한 명이 갑자기 나타났다.

"! 치요메 양!"

그 병사는 기합을 지르지도 않은 채 묵묵히 손에 쥔 검을 치켜들며 치요메를 덮쳤지만, 어느새 원래 장소에서 사라진 그녀는 병사와의 거리를 좁히는 중이었다. 치요메가 허리춤의 단검을 순식간에 뽑고 스쳐지나 듯이 빛줄기를 긋자, 갑옷 병사의 목이 장난감처럼 호를 그리며 날아가서 지면에 떨어졌다.

가도의 돌바닥에 부딪힌 금속 투구가 그 자리에서 가벼운 소리를 울렸다. 그리고 이미 뼈만 남은 해골이 투구로부터 굴러나왔다.

현재 타지엔트의 모든 거리에 흘러넘치는 언데드 병사인 듯했다.

몸만 남은 해골이 잠깐 비틀거렸지만 치요메가 굴러떨어진 두개골을 짓밟았더니, 실이 끊어진 꼭두각시처럼 허물어졌다.

옆에서 여전히 거인이 불타는 소리가 조용해진 주변을 가득 채웠다.

"쿵! 쿵!"

쥐죽은 듯이 적막해진 가도 한복판에서 다음 행동을 잠시 고민하자, 목덜미를 휘감았던 폰타가 아크의 얼굴을 올려다보며 짖어댔다.

그 소리를 신호로 삼기라도 했는지, 어딘가 거리 먼 곳에서 사람들이 함성을 지른 느낌이 들었다.

가옥이 불타고 갈팡질팡하는 사람들의 소란에 섞여 어렴풋이 칼싸움하는 소리가 울렸다.

아무래도 도시를 혼란의 도가니에 빠뜨렸던 대부분의 검은 거인을 토벌해서, 사람들의 대항세력이 숨을 돌린 모양이다.

아니면 수인들을 풀어주고 다니는 호인족 전사들일까.

어쨌든 뭔가 움직임이 있는 것은 틀림없다.

"아리안 양, 치요메 양. 고에몬 공과 합류한 후 우리는 일단 도시벽 밖에서 대기하는 호우 족장에게 가도록 하지. 슬슬 인간족이 혼란을 거의 수습했는지도 모르겠소."

아크가 아리안과 치요메에게 말을 걸자, 둘 다 동의하듯이 고개를 끄덕이며 그 자리를 떠났다.

도중에 수인 해방의 임무를 맡았던 호인족 전사 집단과 그들을 도와준 고에몬을 찾았다. 그리고 그들에게 끌려가는 형태로 따라가는 십 수 명의 수인들과 함께 움직이게 되었다.

수인 중에서도 유달리 체격이 좋은 호인족은 둥근 귀, 그리고 황금색과 검은색이 얼룩덜룩한 머리에 더해 다들 2m를 넘는 몸집을 지녔다. 그러나 고에몬은 치요메와 똑같은 묘인족이면서도 그들의 체격에 견줄 만한 다부진 몸을 자랑했다.

그림으로 그린 듯한 강인한 집단인 그들이 앞장서서 길을 나아가자, 무수한 사령병사(死靈兵士)가 돌아다니는 거리에서 수에 기댄 상대의 공격도 문제없을 정도였다. 덕분에 도시를 비교적 빠르게 물러날 수 있었다.

도시 주위를 둘러싼 방벽, 그 일부를 검은 거인이 부수고 침입한 틈새에 가까워졌다. 곧이어 아까 거리에 흩어졌던 다른 전사단도 합류하기 시작했다.

아무래도 도시에서 도망치려는 이들은 수인뿐만이 아닌 듯했다. 검은 거인과 사령병사의 위협을 피한 인간족의 주민도 많이 보였다.

그들은 강인한 호인족과 수인들의 모습에 놀란 나머지, 겁에 질린 것처럼 거리를 두거나 몸을 숨기듯이 빠른 걸음으로 멀어졌다.

일행이 겨우 타지엔트의 방벽 바깥으로 나오자, 그곳에는 벌써 많은 수인들이 호인족 전사들의 보호를 받는 형태로 모여 있었다.

빛이 부족한 어두운 밤이라서 정확한 인원을 파악할 수 없지만 천 명 남짓하지 않을까.

그 집단의 선두 근처에 남들보다 체격이 좋은 호인족이 지옥의 문지기처럼 우뚝 서서 방벽 너머로 펼쳐진 타지엔트 거리를 노려보았다.

신장이 3m는 됨직한 그는 아크의 존재를 알아차리더니, 입가를 살짝 올리며 코웃음을 쳤다.

"거리에서 동포들을 꽤 구한 듯하더군…… 마찬가지로 인간족한테도 도움을 줬다던데."

날카로운 시선을 아크에게 던진 그는 호인족 중에서도 최대 부족인 에나 일족의 호우 족장이다.

호우 족장의 시선을 똑바로 받아내면서도 아크는 별일 아니라는 듯이 가슴을 젖혔다. 그리고 어깨에 멘 『칼라드볼그』를 자신의 앞에 꽂았다.

"눈앞에서 괴물의 습격을 받은 이를 도와주었을 뿐이오. 그 대상이 수인족이든 인간족이든 내게는 사소한 문제요."

아크의 대답에 호우 족장은 재미있다는 시선으로 눈을 가늘게 떴다.

"본인은 엘프족이면서 별난 친구로군."

그 말만 남긴 호우 족장은 몸을 돌린 후 뒤에 있는 전사 집단과 풀려난 수인들을 향해 커다란 목소리로 지시를 내렸다.

"마지막 부대가 돌아왔다! 이제부터 우리는 인간족의 추격대가 뒤따르기 전에 이곳을 벗어난다! 목표는 동쪽 수인족의 나라 파브나하! 자유의 땅이다!!"

호우 족장의 말을 들은 수인족 집단이 단숨에 들끓었다.

그리고 호인족 전사들은 잇달아 자신들의 드립트프스를 타더니, 걸어서 이동하는 수인들을 보호하듯이 주위로 퍼져 나갔다.

그 모습은 꼭 양들이 양치기 개를 따라가는 광경을 닮았다.

호인족은 원래 가축을 기르는 유목생활을 하므로, 이런 행동도 평소와 별로 다르지 않으리라.

천여 명으로 이루어진 집단이 하나의 거대한 생물처럼 모양을 바꾸면서 나아갔다.

아크와 고에몬도 저마다 호인족에게 빌린 형태로 타고 온 드립트프스에 아리안과 치요메를 태운 채 그들을 뒤따랐다.

그러나 해방된 흥분으로 힘차게 움직이던 수인족 집단도, 밤새도록 걷고 하늘이 밝아질 무렵에는 기진맥진한 상태에 빠졌다.

인간족보다 뛰어난 신체 능력을 가진 수인이라고 해도 체력이 무한하지는 않다.

수인들의 난민 집단은 인간족이 반도 입구에 쌓아 올린 경계벽 옆까지 다다르자, 발걸음을 딱 멈추었다.

타지엔트에서 탈출한 노예 수인들을 쫓는 인간족의 추격도 걱정이었지만, 아직 그 혼란에서 재빨리 체제를 바로잡을 수 있다고는 여겨지지 않았다── 그런 이유로 일단 여기에서 잠시 쉬게 되었다.

타지엔트의 인간족에게 우수한 인재가 없기를 빌 뿐이다.

"……난감하군. 이렇게 느린 속도로는 파브나하에 가기는커녕, 평원을 가로지르기도 벅차겠어."

미간을 잔뜩 찌푸린 호우 족장의 주위에서 주요 인물들이 이마를 맞대고 의논하기 시작했다.

애당초 이번 타지엔트 노예수인해방은 돌발적으로 벌어졌다.

호인족의 보금자리인 쿠와나 평원을 검은 거인이 휩쓸고 다닌 게 사건의 발단이었다. 그리고 그들을 토벌하기 위해 쫓는 과정에서 인간족이 쌓은 튼튼한 경계벽이 일부 무너진 틈을 노려 갑작스럽게 결정한 행동이었다.

해방된 노예 수인의 수가 백 명쯤이라면 전사들이 각자 자신의 드립트프스에 태우고 갈 테지만, 천 명이 넘는 규모는 그렇게 할 수도 없다.

수인족이 만든 나라, 파브나하 대왕국은 커다란 두 개의 평원을 가로질러야 한다. 더구나 이동 중에는 물도 음식도 필요하다.

그런 가혹한 여정을 노예 신분에서 갓 풀려난 이들을 데리고 가기란 너무 무모한 짓이다.

가장 현실적인 방법은 이대로 경계벽을 넘은 노예 수인을 호인족 집락에서 받아들인 후 여러 번에 걸쳐 동쪽으로 향할 부대를 편제하는 것이리라.

부대의 진행속도도 영향을 미치겠지만, 며칠이나 걸릴 평원 횡단을 계속 왕복하는 일이다. 한 달 정도로는 천여 명이라는 인원을 동쪽에 데려다주기 힘들다.

그들의 대화를 옆에서 듣던 아크는 문득 시선을 느끼고 돌아보았다. 그러자 드립트프스의 안장에 앉은 아리안이 아크를 물끄러미 바라보았다.

아무래도 이어서 아크가 그들에게 제안할 이야기를 미리 알아차린 눈치였다.

"아리안 양, 왜 그러시오?"

아크는 짐짓 모르는 척하고 뒤에서 폰타의 등을 쓰다듬는 아리안에게 물었다. 그러나 아리안은 양어깨를 으쓱여 보이고 시선을 피했다.

"별로요. 아크가 좋을 대로 하면 되잖아요? 고생하는 건 당신이니까……."

입술을 삐죽 내민 아리안은 안아 올린 폰타의 몸으로 얼굴을 가렸다.

"큥!"

다만 폰타는 장난을 친다는 기분이었는지, 앞발을 바동거리면서 아리안의 머리카락에 콧등을 파묻었다.

아크는 아리안과 폰타를 흘끗 보고 나서, 드립트프스를 몰아 족장들의 무리 속으로 들어갔다.

그리고 몇 시간 후. 천여 명의 규모에 달하는 노예 수인들과 호인족 전사들은 동쪽 파브나하 대왕국의 평원과 접한 도시, 페르난데스를 볼 수 있는 땅까지 왔다.

노예 수인들은 시선 전방에 크게 펼쳐진 페르난데스를 보고 열광했다.

그러는 한편 호인족 전사들은 어안이 벙벙해진 표정으로 그 광경을 바라보며, 시선을 아크에게 돌렸다.

아크가 그들의 묻는 듯한 시선을 일부러 무시하자, 뒤에서 거구의 호우 족장이 쾌활한 미소를 띠고 걸어왔다.

"하하하하! 엘프족이 마법의 명수라는 말은 들었어도 소문 이상이군! 설마 전설로 여겨지는 마법을 다룰 수 있는 자가 널리 알려지지지도 않은 채 있을 줄은 몰랐네."

웃음을 터뜨린 호우 족장은 아크의 등을 세게 치듯이 두드리고, 혼자 만족스럽다는 듯이 고개를 끄덕이며 입가를 올렸다.

호우 족장이 말한 전설의 마법이란, 일찍이 캐나다 대삼림을 만든 엘프족의 족장 에반젤린이 썼다고 하는 전이마법을 뜻한다.

그 후, 아크는 경계벽 부근을 기점으로 해방된 노예 수인들과 다수의 호인족 전사들을 데리고 【게이트】를 사용했다. 얼마지나지 않아 다저스강을 낀 맞은편 기슭에서 페르난데스를 바라볼 수 있는 이 땅으로 단번에 날아왔다.

그러나 역시 이렇게 많은 인원을 한 번에 옮기는 작업은 무리여서, 몇 번이나 왕복하게 되었다.

평원으로 나가면 돌아올 때 인상에 남을 만한 풍경이 전혀 없겠지만, 마침 거인이 파괴한 인간족의 경계벽은 딱 좋은 대상이었다.

처음에는 반신반의했던 이들을 설득하기 어려웠다. 그래서 먼저 다짜고짜 근처의 호인족 남자를 붙잡아 그대로 【게이트】를 이용하여 도시 옆으로 전이했다. 그런 다음 다시 호인족 남자를 데리고 원래 장소로 돌아오는 꽤 거친 방법을 썼다.

"처음에는 거인들의 소동을 틈타 얼떨결에 진행한 부분도 있었지만, 아크 님 덕분에 여기까지 올 수 있었소. 감사하오. 이건 사소한 사례요."

호우 족장은 자신이 탄 드립트프스의 안장에 매달린 자루를 풀더니, 아크에게 던져서 건넸다.

아크가 자루를 받자, 호우 족장은 내용물을 보라는 듯이 턱짓을 했다.

자루 안에는 빨갛게 물든 '레드네일'이 가득 들어 있었다.

확실히 이 '레드네일'은 아크가 호인족의 집락을 찾은 목적이었지만, 정작 호우 족장에게는 아직 요구하지도 않은 일이었다.

이상하게 생각한 아크가 호우 족장을 쳐다보았는데, 그는 웃으면서 시선을 한 남자에게 보냈다.

"에인 녀석한테 들었소. 우선 수중에 있는 것만 주지만, 또 찾아오면 준비해 두지. 그와는 별개로 우리 호인족에 대한 우호와 감사의 증표로서 지금 탄 드립트프스를 아크 님에게 주리다."

잠시 당황한 아크는 머릿속에서 무슨 말인지 뒤늦게 알아듣고, 자신이 탄 '우호의 증표'를 내려다보았다.

그러자 드립트프스도 대화 내용을 이해했다는 듯이, 세로로 긴 눈동자를 가늘게 뜨고 아크에게 시선을 던졌다. 콧김을 조금 세게 내뿜으며 아크를 응시하는 눈은 '불만이냐?'라고 묻는 느낌이 들었다.

아크는 천천히 고개를 가로젓고 호우 족장에게 대답할 수밖에 없었다.

"……그 호의를 감사히 받겠소."

호우 족장에게 예를 표한 아크는 뜻하지 않게 자신의 이동수단이 된 고삐 앞의 드립트프스를 보면서 이름을 어떻게 정할지 고민했다.

아크는 시덴의 목덜미를 어루만지며 과거의 회상에서 벗어나 머리를 흔들었다.

"너도 이 숲에 익숙해졌겠지만, 가끔은 넓은 초원에라도 가서 달리게 해 줘야 하는데……."

드립트프스는 똑똑한 짐승 같았다. 어느 정도 방목하더라도 스스로 먹이를 찾고, 잠자리도 자신의 마음에 든 장소를 고른다.

한 번 온천에서 몸을 씻겨주자 아주 좋았는지, 그 이후 이따금 멋대로 들어가 있는 모습을 발견했다.

다만 온천 뒤에 우뚝 솟은 로드 크라운을 보금자리로 삼은 드래곤로드 윌리어스핌이 신사에 내려오면, 역시 생물로서의 격차를 민감하게 느끼고 숲속에 숨은 채 나타나지 않는다.

그러나 뭐, 그게 동물 본래의 올바른 반응이리라.

온천에 몸을 담근 드래곤로드의 긴 꼬리에 폰타처럼 장난을 치고 노는 이상한 배짱을 가진 동물은 그렇게 많지 않을 터다.

원래 시덴은 광대한 평원에서 지냈다. 숲의—— 더욱이 현재 있는 산정상 부근에는 별로 탁 트인 장소도 없어서 시덴에게는 답답할 것이다.

동쪽 호숫가에 한창 건축 중인 마을 근처는 비교적 시원하게 트인 환경이니, 때를 보아 이 신사에서 호수까지 통하는 길을 만드는 게 좋을지도 모르겠다.

자신의 그 계획을 자화자찬하던 아크는 갑자기 뒤에서 인기척을 느끼고 돌아보았다.

옅은 자주색 피부를 살짝 붉게 물들인 아리안이 조금 젖은 길고 하얀 머리를 손에 든 커다란 수건으로 닦아내며 서 있었다.

아리안은 여태껏 신사 뒤쪽의 온천에 들어갔다가 이제 막 나왔으리라.

어지간히 이곳의 온천이 마음에 들었던 모양이다. 아크가 신사를 고치러 라라토이아를 나설 때 아리안이 간혹 이렇게 따라와서 온천을 찾고는 했다.

그런 아리안은 평소 여행지에서 몸에 걸치는 법의와 가죽 갑옷 차림이 아니라, 독특한 문양을 새긴 엘프족의 민족의상을 입었다. 그 모습은 마치 목욕을 갓 마친 미인을 그림으로 그린 듯했다.

"아, 가마를 벌써 다 만들었나 봐요? 그나저나 아크는 여러 모로 재주가 많네요……."

아리안은 왠지 모르게 그런 말을 하면서 방금 막 완성하고 말리는 가마 내부를 신기하다는 듯이 들여다보았다.

그러자 중력에 이끌린 아리안의 풍만한 가슴은 유카타처럼 앞에서 여민 민족의상이 조금 벌어지면서 출렁 내려갔다.

실로 발칙한 모습이다. 그런 아리안의 자태를 투구 속에서 바라볼 때 폰타가 쏜살같이 달려와서 그 앞가슴에 뛰어들었다.

"잠깐만, 폰타! 아, 요 녀석! 간지럽다니까! 아하하."

──실로 부럽고 괘씸한 광경이다.

아크는 장난치는 한 명과 한 마리를 보면서 그런 시시한 생각을 떠올렸다.

그리고 아리안이 비로소 한숨을 돌렸는지, 폰타를 꼭 껴안고 아크에게 시선을 돌렸다.

"아크, 슬슬 점심이니까 마을로 돌아가죠?"

아리안의 말에 하늘을 올려다본 아크는 어느새 높아진 해를 확인했다.

아무래도 벽돌 가마를 제작하는 데 몰두한 사이, 벌써 점심 시간이 지난 듯싶다.

"으음. 따로 사야 할 것도 있고, 일단 마을로 돌아갈까."

아크는 주변에 어질러진 도구들을 치우더니, 아리안과 폰타를 데리고 신사의 앞뜰로 나갔다.

그곳에서 라라토이아까지 전이하기 위한 마법 【게이트】를 발동시켰다.

"시덴, 신사를 잘 지키고 있거라. 부탁하마." "큥!"

아크와 폰타의 목소리에 대답하듯이 시덴은 커다란 몸을 움직이며 콧김을 내뿜었다.

발밑에서 눈부시게 빛나는 마법진이 그려졌다. 그 마법진 밖에서 일행을 바라보던 시덴은 울음소리를 내면서 갈기를 흔들었다.

이 광경은 시덴을 신사로 데려왔을 때부터 변함이 없다.

폰타도 커다란 친구에게 꼬리를 흔들고 의사표시를 나타냈다. 그 후 마법진이 발동하여 눈앞의 경치가 눈 깜짝할 사이에 뒤바뀌었다.

북대륙 남동부에 펼쳐진 광대한 숲── 캐나다 대삼림.

오래전 인간족의 박해를 벗어나고자, 당시에 끝없는 황무지였던 장소로 도망친 엘프족이 만든 광활한 숲이다. 그리고 숲의 나무들과 그곳에 사는 수많은 마수가 천연 요새로서 인간의 발길을 막아준다.

그런 숲의 오지에는 엘프족의 손으로 여러 마을이 지어졌다.

그들이 뛰어난 마법의 힘을 사용하여 세운 살아 있는 나무들의 벽 너머는 어딘가 이야기에 나오는 듯한 풍경이었다.

버섯 같은 형태를 띤 목조 가옥이 여기저기 보였고, 엄청나게 큰 수목과 가옥이 융합한 매우 신기한 건물을 곳곳에서 확인할 수 있었다.

라라토이아라고 불리는 엘프족의 마을은 장로인 아리안의 아버지가 다스린다. 또한, 현재 아크가 소속한 마을이기도 하다.

그리고 눈앞에는 아리안의 친가이자 장로 저택인 큼직한 건조물이 우뚝 솟아 있었다.

산이나 다를 바 없는 로드 크라운을 떠올리면 꽤 작지만, 사람이 사는 가옥 한 채만 한 줄기 둘레는 충분히 거대하다. 그처럼 거대한 줄기 속에 저택이 융합한 형태로 존재했고, 위로 뻗은 곳에는 넓게 드리운 가지와 나뭇잎이 그 자리에 커다란 나무 그늘을 빚어냈다.

아크는 아리안을 따라 그녀가 잘 아는 거목 저택으로 들어갔다.

거대한 수목 내부는 통층 홀처럼 이루어졌고, 좌우의 2층으로 이어지는 계단 위에는 커다란 식당이 있었다.

그곳에 아리안과 똑같은 분위기를 지닌 여성 한 명이 두 남녀를 보고 얼굴에 미소를 띠었다.

"어머, 둘 다 이제야 왔네? 점심은 아크 군이 만든다고 했는데, 돌아오지 않길래 오늘은 이대로 넘어가나 싶었지."

그렇게 말하고 웃는 이는 아리안의 모친이었는데, 장로의 아내인 그레니스였다.

그레니스 알루나 라라토이아. 그녀는 현재 마을을 비운 장로이자 남편을 대신하여 대리를 맡고 있지만, 아리안과 별로 나이 차이가 나지 않는 얼굴이었다.

그러나 수명이 긴 종족인 엘프종은 외모로는 정확한 나이를 모른다.

그렇다고 해서 눈앞의 인물에게 나이를 묻자니, 스스로 무덤을 파는 짓이나 마찬가지다. 뭐니 뭐니 해도 검을 잘 쓰는 아리안의 스승이자, 몇 번이나 모의전투를 치른 아크 역시 한 번도 유효한 반격을 시도하지 못한 인물이다.

그래서 아크는 얼굴에 미소를 띤 그레니스에게 솔직히 사과했다.

"미안하오, 그레니스 부인. 가마 제작에 조금 정신이 팔렸소."

애당초 오늘 점심은 이전부터 힘써온 준비를 실천하기 위해서였고, 그 때문에 이번 점심은 아크가 맡겠다며 나선 것이다.

일단 아크는 갑옷을 입은 채 식당 안쪽에 마련된 주방으로 들어갔다.

인간족이 땔감을 사용하여 취사하는 이 세계에서 엘프족은 뛰어난 마도구 기술로 높은 생활 수준을 유지했다.

실제로 눈앞의 주방은 땔감을 쓰는 가마도 있었지만, 가스풍로 같은 느낌의 도구도 갖추었다.

다만 그 도구는 마석 연료를 소비하는 까닭에 평상시는 여전히 땔감을 쓰는 가마를 주로 이용하는 일이 많았다.

"그러고 보니 아크, 아침부터 뭔가 준비하던데 그게 뭐예요?"

주방에 있던 아크가 준비를 시작할 즈음, 아리안이 뒤에서 들여다보며 말을 걸었다.

아리안의 시선이 향한 물건은 아크 곁에 놓인 큼직한 두 개의 그릇이다.

도기 그릇 속에 물을 채우고 토마토와 버섯을 각각 말려서 담 갔다.

"새로운 조미료를 만들어 볼까 해서 말이오."

아크는 그릇에서 토마토와 버섯을 꺼냈다.

이번에 아크가 도전할 새로운 조미료는 '간장'이다.

본래의 간장은 콩과 누룩을 발효시켜 만든다. 그 공정이 복잡하고 온도 관리도 해야 하므로, 어지간해서는 하루아침에 만들 수 있는 게 아니다. 당연히 풋내기가 쉽게 손을 대기는 어렵다.

그러나 간장 성분을 화학적인 변화로 만들어 내는 것은 가능하다.

먼저 어젯밤부터 물에 담근 말린 토마토와 말린 버섯이다.

곰보버섯이 있으면 좋았을 테지만, 여기에서는 아직 보지 못했다. 그래서 향이 진하다는 버섯을 그레니스에게 얻은 후 사용했다. 겉보기에는 약간 새송이버섯을 닮았다.

그 두 개의 국물을 섞어 냄비에 옮겨 담고, 옆에서 닭가슴살을 식칼로 때리듯이 다진다.

다 다졌으면 일부를 남긴 채 냄비에 넣어 데운 다음, 끓으면 삼베를 써서 여과한다.

일단 이것으로 사전 작업인 '맛국물'은 완성이다.

향을 맡고 살짝 맛을 보니 비교적 괜찮게 맛국물이 만들어졌다.

그러나 옆에서 그 모습을 보던 아리안은 눈썹을 찌푸리며 킁킁거렸다.

"……뭐예요, 이게? 그다지 좋은 냄새는 안 나는데……."

아크는 정말 싫다는 표정을 지은 아리안에게 어깨만 으쓱였다.

일본인은 맛국물의 향을 맡으면 마음이 안정되지만, 외국인은 젖은 세탁물 냄새로 일컫기도 해서 습관이나 감성의 차이라고 말할 수밖에 없다.

그럼 이제 마침내 '간장' 모조품 만들기다.

간장은 극단적으로 말해 구성하는 대부분의 성분인 아미노산과 당을 구하면 만들 수 있다는 게 이번 간장 만들기의 기본 이념이다.

우선 아미노산이다. 국물을 만들 때 쓰고 남은 다진 닭가슴살을 그릇에 넣는다. 그리고 당 대신 캐나다 대삼림의 특산품인 메이플 시럽을 더하여 정성스럽게 잘 섞는다.

그것을 냄비에 넣어 고온으로 볶으면, 당이 들어간 다진 고기가 갈색으로 변하는 마이야르 반응을 일으킨다. 전체적으로 갈색을 띠었을 때 소금과 술을 첨가하여 불을 끈다.

"으음, 완성이군."

아크는 냄비 바닥에 고인 짙은 갈색 액체를 살짝 손가락으로 찍어서 핥았다.

정말 간장이라고까지는 할 수 없었지만, 꽤 그럴듯한 맛으로 만들어졌다.

다만 화이트 와인처럼 과일 맛이 나는 술밖에 준비하지 못해서, 간장 맛이 전반적으로 서양풍의 느낌을 풍긴다. '간장'이라기보다는 '소이 소스'라고 해야 할까.

재료에 '소이(soy)'를 전혀 사용하지 않았지만 말이다.

옆에서는 여전히 폰타를 안은 아리안이 흥미진진한 얼굴로 아크의 작업을 지켜보았고, 계속 코를 바싹대며 조금 전에 만든 간장 냄새를 맡았다.

"어떻소, 아리안 양. 아직도 냄새가 거북하오?"

아크의 질문에 아리안은 잠시 생각에 잠긴 몸짓을 보이더니 작게 고개를 가로저었다.

"아까하고는 냄새가 많이 달라졌네요. 뭐랄까, 구수한 냄새예요."

아무래도 거부반응은 나오지 않는 듯하다.

앞으로 만들 양념닭구이도 입에 맞으면 좋겠는데——. 아크가 그런 걱정을 하면서 양념닭구이용의 양념장을 준비하고 닭고기를 담그자, 그동안 조용히 자리에 앉아 있던 그레니스가 뭔가를 알아차린 듯이 일어나 식당을 나갔다.

이윽고 그레니스가 1층에서 식당으로 돌아왔다. 그 뒤에는 오랜만에 만나는 이의 얼굴이 보였다.

"오오, 딜런 님. 이제야 마을에 돌아온 거요?"

그레니스의 뒤에서 나타난 인물은 주방의 아크와 아리안을 확인하더니, 어렴풋이 미소를 띠고 한쪽 손을 올리듯이 인사했다.

"여어, 아크 군, 아리안. 방금 돌아오는 길이다. 정말 로덴 왕도에서 이곳까지는 꽤 긴 여행이었지. 하지만 덕분에 뜻깊은 대화의 장을 얻을 수 있었거든."

그렇게 대답한 이는 라라토이아의 장로이자 아리안의 아버지 ── 딜런 터그 라라토이아였다.

녹색이 섞인 약간 긴 금발과 길고 뾰족한 귀, 전체적으로 늘씬한 몸은 이 숲에서 오래 살아온 엘프족의 특징이기도 하다.

"그리고 둘에게 손님을 데려왔지."

딜런은 의미심장한 미소를 지은 채 뒤로 시선을 돌리고 살짝 비켜섰다.

그 움직임을 따르듯이 아크와 아리안의 시선도 자연히 그쪽으로 향하자, 딜런의 등에 숨은 것처럼 서 있던 한 명의 소녀가 모습을 드러냈다.

"치요메 양!? 여기는 무슨 일이에요?"

그 소녀를 보고 가장 먼저 반응한 이는 아리안이었다.

아리안의 그런 의문에 검은 머리와 고양이 귀를 가진 닌자복 차림의 치요메가 긴 꼬리를 살짝 들어 올리며 머리를 숙였다.

"오랜만입니다. 아리안 님, 아크 님."

약간 기쁜 듯이 좌우로 흔들리는 꼬리는 별로 표정을 바꾸지 않는 치요메 대신에 풍부한 감정을 표현했다.

치요메와 만나는 것은 남쪽 대륙에서의 일을 매듭지은 후, 전이마법을 사용하여 고에몬과 함께 '인심일족'의 현재 거점이 된 칼카트 산악지대의 숨겨진 마을로 데려다준 이래였다.

그 사건에서 행방이 묘연했던 치요메의 동문 사형 사스케가 언데드의 모습으로 그녀 앞에 나타났다. 그리고 치요메는 자신을 덮친 사스케를 그녀 자신의 손으로 보냈다.

숨겨진 마을로 돌아간 것은 그런 일련의 경위를 보고하기 위해서였다.

"……치요메 양은 괜찮은 거요?"

아크는 오랜만에 만난 치요메에게 뭐라고 말해야 좋을지 몰라서 애매한 질문을 던졌다.

아마 그동안 장례의식도 있었을 테고, 그로부터 아직 보름밖에 지나지 않은 것이다.

아크로서는 스스로 오라버니라며 따른 자를 자신의 손으로 죽여야만 했던 치요메의 심정을 헤아릴 수 없었다.

그러자 치요메는 푸르고 맑은 눈동자를 똑바로 아크에게 향하더니, 고개를 갸웃하며 작게 끄덕였다.

"네. 그 뒤로 마을에 돌아가 한조 님께 보고를 올리고 나서 장례도 치렀습니다……."

치요메는 조금 전까지 흔들었던 꼬리를 늘어뜨리고 눈을 내리깔았다. 그런 치요메를 걱정스럽게 여긴 아리안이 눈꼬리를 내리며 그녀의 얼굴을 들여다보았다.

"치요메 양……."

"그리고 사스케 오라버니가 남긴 말의 의미를 알아내기 위해, 이전에 오라버니가 더듬은 발자취를 좇으라는 결정이 일족 내에서 내려졌습니다만──."

그쯤에서 치요메는 말을 끊더니, 다시 시선을 들어 아크를 올려다보았다.

사스케가 남긴 마지막 말—— 아크는 직접 듣지는 않았지만, 치요메의 이야기에 따르면 죽기 직전 '교국을 조심해라' 라고 말했다고 한다.

그 말에서 짐작할 수 있는 내용은 사스케가 언데드로 변한 이유는 힐크 교국에게 있다——라는 것이리라.

그리고 무엇보다 사스케는 언데드로서는 매우 부자연스러운 존재였다——. 그와 대치한 치요메와 아리안, 고에몬이 그렇게 입을 모았다.

보통 언데드는 자연발생적인 존재이자, 짙은 마나에 노출된 죽은 자의 육체로 악령이 들어가서 생겨난다고 한다.

그러나 언데드가 탄생하는 조건인 마나의 축적에는 그에 걸맞은 시간이 필요하다. 그 때문에 언데드의 대부분이 부패한 사자(死者), 요컨대 좀비나 백골 상태의 스켈레톤인 경우가 일반적인 듯하다.

그런데 치요메의 앞에 나타난 사스케에게는 그럼 느낌이 전혀 들지 않았고, 오히려 겉보기에는 살아 있는 자와 구별을 하지 못했다.

사스케가 언데드라는 사실을 일행이 알아차릴 수 있었던 까닭은 냄새로 구분하는 코를 가진 수인족 치요메와 언데드가 두른 특유의 '불결함' 이 보이는 엘프족 아리안 덕분이었다.

그녀들은 그런 능력을 지녔기 때문에 갑옷 속이 해골 몸인 아크를 언데드가 아니라고 확신하여 이렇게 같은 시간을 보내는 것이다. 그녀들이 사스케를 언데드라고 여겼다면, 그것은 틀림없으리라.

그렇다면 부자연스러운 형태의 언데드로 변한 사스케의 뚜렷한 목적을 품은 움직임, 갑자기 쏟아져 나온 무수한 사령병사 그리고 교회 내부에서 모습을 드러낸 뭔가 정체 모를 꺼림칙한 존재는 문제가 된다.

그들의 존재와 사스케의 마지막 말을 맞추어서 내린 추론은 치요메가 속한 '인심일족'에게는 무시할 수 없는 일이었으리라.

"──하지만 교국을 비밀리에 조사할 즈음 문제가 생겼습니다. 사스케 오라버니는 로덴 왕국 북서부에 펼쳐진 페비엔트 습지를 건너 델프렌트 왕국으로 들어간 듯싶지만, 거기서 이어진 '길'이 사라졌습니다."

치요메의 말에 아크와 아리안이 서로 그 의미를 눈으로 물었다.

그런 둘의 반응을 본 치요메가 보조 설명을 곁들였다.

"우리 일족이 원정 임무를 맡을 경우, 그 땅에 숨어 사는 '쿠사'라고 불리는 자의 은신처를 거점과 중계지로 삼습니다. 그리고 그것들을 잇는 길을 통해 활동하지만, 이번에 그곳이 모조리 부서졌습니다."

아무래도 '쿠사'는 닌자가 첩보활동을 할 때 이용하는 네트워크인 모양이다. 그게 없어졌다면 정보수집을 하는 데 커다란 부담이 될 터다.

"그 쿠사라는 건 치요메 양의 동포들이 쓰는 은신처로 보이는데, 쿠사역을 맡은 자들도 행방을 모르는 거요?"

아크의 질문에 치요메는 작게 고개를 끄덕였다.

"애당초 힐크 교국과 그 주변 삼국은 힐크교의 가르침이 뿌리 깊기도 합니다. 그래서 저희 산야의 민족이나 아리안 님 같은 엘프족이 살기에는 걸맞지 않은 토지입니다. 들키면 운이 좋아도 노예이고, 죽는 일도 드물지 않습니다. 그래서 잠복한 쿠사 자체도 처음부터 별로 인원이 많지 않았습니다. 여기까지 왔는데 실마리를 잃은 채 발목을 붙잡힌 꼴입니다."

치요메는 분하다는 듯이 두 주먹을 꽉 움켜쥐었다.

그런 분노를 머금은 치요메의 말을 이은 이는 그동안 그녀의 이야기를 잠자코 들었던 이 마을의 장로, 딜런이었다.

"그래서 치요메 양은 이전에 도움을 준 아크 군에게 다시 조력을 구하기 위해 로덴 왕국의 왕도에 머물던 내게 접촉한 거지──. 이야아, 그건 그렇고 인심일족의 정보망과 잠입술은 대단하더군. 성내의 방에 치요메 양이 나타났을 때는 간담이 서늘했거든."

딜런의 그런 느긋한 말에 조금 무거운 분위기도 부드러워졌다.

"호오, 그 말은 이번에 내가 갈 곳이 힐크 교국이라는 건가?"

아크의 말에 치요메가 눈을 휘둥그레 뜨고 올려다보았다.

"!? 아크 님, 도와주시는 겁니까……? 저기, 아직 보수를 어떻게 할지 얘기도 꺼내지 않았습니다만……."

약간 어색해하는 치요메의 물음에는 어딘가 조심스럽게 대하는 감정이 느껴졌다.

아마 이번 의뢰가 지난번과 달리 동포의 해방이라는 대의명분이 아니라, 일족의—— 그것도 보다 사적에 가까운, 치요메의 동문 사형이었던 사스케와 관련된 일이라는 이유도 있으리라.

그러나 사스케가 남겼다는 마지막 말은 아크도 마음에 걸렸다.

"아니, 나도 좀 개인적으로 신경이 쓰였소. 게다가 치요메 양의 힘이 된다면, 나는 기꺼이 도와주겠소만?"

아크가 그렇게 말하고 웃자, 치요메는 머리에 달린 고양이 귀를 쫑긋거리면서 말없이 머리를 숙였다.

엘프족과 수인족을 차별적인 교의로 박해하는 힐크교.

그리고 사스케가 언데드로 변한 이유가 그런 가르침을 펼치는 종교 국가—— 힐크 교국에 있다면, 사령병사들도 그 교국이 만들어 내지 않았을까.

그리고 자신들은 목적을 갖고 행동하는 언데드 집단을 또 하나 목격했다.

풍룡산맥을 넘을 때 용의 턱에 뚫린 동굴을 빠져 나갔다. 그 지하 깊숙한 곳에 펼쳐진 대공간에서 마주친 대량의 스켈레톤, 거미와 인간을 융합시킨 것처럼 팔 네 개를 지닌 이형의 괴물.

그놈들도 어떤 목적이 있어서 그 장소에 머물던 언데드 집단이었다.

——뭔가 아크 자신이 모르는 곳에서 커다란 일이 일어나는 느낌이 들었다.

아니면 단순히 지나치게 넘겨짚은 걸까?

아크가 그런 생각에 몰두하고 있을 때 아리안이 치요메의 요청에 스스로 나섰다.

"나도! 나도 따라갈 거예요!! 아크 혼자만 보내면 걱정이고, 거기다 친구의 부탁이니까."

아크는 커다란 가슴을 펴고 말하는 아리안에게 문득 의아하게 여긴 점을 물었다.

"……그러고 보니 아리안 양은 중앙의 삼도(森都) 메이플에 소속한 전사라고 들었는데, 줄곧 라라토이아에 있어도 괜찮은 거요?"

"!? 웃…… 에, 저기."

아크의 질문에 아리안은 왠지 말을 못하고 더듬으면서 시선을 피했다.

그러자 만면에 미소를 띤 그레니스가 아리안을 뒤에서 꽉 껴안더니, 아크에게 의미심장한 시선을 던졌다.

"어라아, 아리안? 아직도 아크 군한테 그 얘기 하지 않았니이?"

곧이어 그레니스의 말에 아리안이 뭐라고 조그맣게 따지는 목소리가 들렸다.

아크는 두 모녀의 대화에 고개를 갸웃거렸다.

"아리안이 글쎄, 최근에 다른 마을 이름을 쓰지 뭐예요? 아크 군이랑 똑같은 라라토이아로, 그치이?"

그레니스의 말에 아리안은 묵묵히 그녀를 밀어냈다.

어딘가 아리안의 뾰족한 귀 끝이 붉게 보이는 것은 기분 탓──은 아닐 터다.

"호오, 그럼 나와 아리안 양은 이제 동향인이겠군."

아크가 아리안에게 미소를 지으며 말을 건네자, 그녀는 시선을 획 돌려버렸다.

"……별로요. 이건 당신이 정식으로 마을 일원이 될 때까지 감시하는 의미를 포함한 거라고요. 엉뚱한 억측은 하지 말아요."

아크와 아리안의 대화를 듣고 반응한 이는 장로 딜런이었다.

"그건 이런 뜻인가? 아크 군이 라라토이아의 이름을 쓰기로 했다면, 그레니스한테 권유를 받았다는 건가?"

"그렇소. 얼마 전, 그레니스 부인의 말을 따르는 형태로 결정했지. 하지만 정식 승인은 장로인 딜런 님이 돌아온 후에 난다고 들었는데——."

아크는 딜런의 확인을 바라는 듯한 시선에 그동안의 경위를 알려 주었다. 그러자 딜런은 만족스럽다는 미소를 띠고 크게 고개를 끄덕였다.

"그런가, 그거 다행이군. 나도 아크 군이 이 마을에 들어온다면, 조금이라도 편의를 봐주도록 힘을 써 줄 수도 있을 테니 말일세. 게다가 특수한 체질 때문에라도 그 사정을 잘 아는 이가 곁에 있는 게 여러모로 편하겠지."

딜런은 자신의 딸인 아리안에게 시선을 보내고 눈을 가늘게 떴다.

아무래도 아크는 무사히 라라토이아의 정식 일원으로서 인정을 받은 듯하다.

"맞다, 맞아. 얘기가 좀 벗어났지만, 치요메 양의 의뢰로 힐크 교국을 갈 생각이면 우리와 함께 남해안을 따라 사루마 왕국 방면에서 들어가는 게 어떨까?"

딜런의 제안에 그레니스가 살짝 고개를 갸웃거리며 물었다.

"우리? 당신, 설마 또 집을 비우는 거예요?"

그레니스의 약간 불쾌한 목소리에 여태껏 미소를 띤 딜런은 허둥대듯이 변명을 늘어놓았다.

"아니, 그게 말이오. 삼도에 돌아갔을 때 드란트에서 구원 요청을 했던 모양이오. 일단 그쪽 장로와 면식이 있는 내가 그 일에 나서게 되었소. 대장로님이 직접 부탁하기도 해서 거절할 수 없지 뭐요. 미안하오."

딜런이 눈꼬리를 내리고 조금 미덥지 못한 표정을 짓자, 그레니스가 한숨을 내쉬었다.

"좋아요, 나 참. 불만은 대장로를 맡은 아버지한테 돌릴 테니까."

입술을 삐죽 내밀고 고개를 돌리는 그레니스의 모습에 딜런은 힘없이 어깨를 늘어뜨렸다.

그런 양친 사이에 끼어든 이는 딸인 아리안이었다.

"드란트에서 구원 요청이라니 무슨 일이에요? 거기는 독립독행(獨立獨行) 기질이 강해서, 우리한테 딱히 그런 도움을 바라지 않을 거라고 생각했는데요?"

이제 막 엘프족 마을의 일원이 된 아크는 내부 사정을 잘 모르므로 아리안의 이야기에 잠자코 귀를 기울였다. 그러자 딜런이 눈썹을 찌푸리며 굳은 얼굴을 보였다.

"실은 여기로 돌아오는 도중에 치요메 양의 얘기를 듣고 깨달았다만, 아무래도 드란트를 습격한 게 언데드인 듯해. 전해 들은 얘기를 종합하면 너희가 용의 턱의 동굴에서 마주쳤다는 거미 인간 괴물 같구나…….”

딜런의 말에 아크와 아리안이 얼굴을 마주 보았다.

“그게 드란트에도 나타났어요?”

“세 마리 정도라는데, 그 밖에도 갑옷을 걸친 병사풍의 언데드를 많이 이끌었다고 하더구나. 루앙숲에 갑자기 나타나서 상당한 피해를 본 모양이야. 그래서 부상자를 치료할 수 있는 자나 부족한 전사 자리를 메꿀 만한 자를 데리고, 내일 랜드프리아의 항구에서 떠날 예정이다.”

그 말에 모두 일제히 놀란 표정을 지었다.

“내일이라니, 그건 또 갑작스럽군. 치료 마법이라면 나도 좀 쓰는데, 힘을 빌려 주는 게 좋겠소?”

아크가 그렇게 말하고 딜런을 바라보았지만, 그는 가볍게 머리를 가로저었다.

“아니, 말은 고맙네만…… 드란트는 외지인을 마을에 들이는 걸 싫어한다네. 치요메 양 같은 산야의 민족은 물론, 다크엘프족에게도 호의적이지 않아서 말일세.”

딜런은 힘없이 웃고 나서 어깨를 으쓱였다.

아무래도 같은 엘프족이라도 여러 가지로 사고방식이 다른 듯하다.

그러나 곰곰이 따져보면 지극히 마땅한 일이다. 아크가 라라토이아에 받아들여질 수 있었던 이유는 아리안의 이해심과 그녀의 아버지인 장로 딜런의 도움이 컸다. 라라토이아에서 지낸 지 얼마 안 되는 아크는 아직 이 마을에 한해서도 완전히 구성원이 되었다고 말하기 어려운 게 현 상황이리라.

그리고 마음에 걸리는 점은 또 있다——.

"그 루앙숲 말이오. 랜드프리아의 항구에서 떠나야 한다는 얘기를 듣건대, 이번 일은 캐나다 대삼림 외의 엘프 마을이 구원 요청을 보냈다고 여겨도 좋은 거요?"

"아크 군의 말이 맞네. 드란트가 자리 잡은 루앙숲은 여기서 서쪽—— 남앙해와 접한 곳으로, 캐나다 대삼림에서 독립한 마을일세."

"나는 당연히 엘프족은 초대 족장을 따라 대부분 캐나다 대삼림에 이주했다고 생각했는데, 그렇지도 않은 모양이군."

아크가 딜런의 대답에 그런 말을 하자, 옆에 서서 대화를 듣던 아리안이 관자놀이를 누르더니 머리를 흔들며 입을 열었다.

"드란트에는 초대 족장님의 소집에 응하지 않았던 일족이 살아요. 그 습관은 온 대륙에 흩어져 지낼 당시의 오랜 엘프족이 지닌 사고방식 그대로인가 봐요. 옛날에는 무투파 일족이었다는데."

아리안은 왠지 기분 나쁘다는 듯이 어깨를 으쓱였다.

아무래도 드란트를 별로 좋아하지 않는 눈치다.

"하지만 무투파 일족이자 외지인을 싫어하는 마을이 거미 인간 세 마리 때문에 다른 마을로 구원을 요청할 정도의 피해를 보았다니. 아무리 강적이라고 해도 정말 그만한 피해를 준 게 우리가 대치한 그 거미 인간이오?"

거미 인간은 확실히 일반인의 손에는 벅찬 경이적인 괴물이다. 그러나 캐나다 대삼림의 중심인 삼도 메이플의 전사 아리안과 닌자집단인 '인심일족'의 실력자이면서 여섯 닌자의 한 명인 치요메만으로도 대처할 수 있었다——. 거기까지 생각한 아크는 고개를 갸웃거렸다.

——아니, 이 경우는 아리안과 치요메라서 가능했던 걸까.

그런 아크의 의문에 딜런은 난감하다는 미소를 지을 뿐 대답하지 않았다.

그러나 그 옆에서 입을 연 이는 그레니스였다.

"무투파라는 건 옛날 일이에요. 애당초 마을 인구도 적어서, 수가 많은 이쪽이 전사의 질은 높죠. 게다가 그쪽 마을은 여자를 전사로 취급하지 않아요, 관례를 깨는 일이라면서……. 다크엘프족한테도 강경한 태도를 보여요."

입술을 삐죽 내미는 그레니스에게 아리안도 동의하듯이 맞장구를 쳤다.

모녀 둘 다 드란트의 인상은 썩 좋지 않은 모양이다.

확실히 질을 유지하는 것 외에도 인구의 수는 중요하다. 더구나 여성을 전사로 삼지 않는다는 것은 선택지를 더욱 좁히는 결과를 낳는다.

언뜻 여성에게는 위험직인 전사의 등용을 금지하는 게 특혜로 여겨질지도 모르지만, 그레니스나 아리안처럼 남성도 무색할 만큼의 실력을 가진 자의 입장에서 보자면 쓸데없는 관례이리라.

그리고 위험직에서 멀리 떼어 놓는다고 해도 그게 정말 특혜인지 어떤지는 드란트의 내부 사정을 모르는 아크로서는 판단할 수 없다.

"제가 들은 얘기입니다만, 그 마을에 사는 엘프족의 마도구는 여기보다 품질이 떨어진다고 합니다."

이번에는 치요메가 드란트에 관한 소문을 꺼내어 이야기를 덧붙였다.

"뭐어……."

"……그건."

"그렇죠?"

치요메의 이야기에 아리안, 딜런, 그레니스가 저마다 시선을 주고받고, 뭔가 모호한 대답을 했다.

아무래도 마도구에 관해서는 어쩐지 이유가 있는 듯하다. 캐나다 대삼림에 사는 엘프족의 인구수가 많은 것도 원인의 하나일 테지만, 조금 전의 반응을 보건대 그뿐만은 아니라는 건가.

──큐루큐루큐루우루우…….

아크가 그런 생각을 하자 어딘가에서 귀엽게 배꿇는 소리가 울렸고, 다들 일제히 시선을 이리저리 주위로 던졌다.

아리안은 자신의 배에서 들리는 소리로 알았는지, 살짝 뺨을 붉히며 배를 눌렀다.

"큐~웅……."

그러나 그때 아리안의 발밑에 있던 폰타가 솜털 꼬리를 힘없이 흔들었고, 비틀거리면서 아크에게 다가오더니 사과하는 것처럼 울음소리를 냈다.

뱃속의 요란한 소리는 폰타가 범인이었던 모양이다.

"얘기에 너무 열중한 듯싶군. 절인 고기를 이제 굽기만 하면 되니까, 서둘러 점심을 만들도록 하겠소. 대화는 그때 다시 나누면 괜찮겠지."

아크는 모조 간장에 담근 닭고기를 꺼내어 가마로 가져갔다.

그러자 아크의 행동을 지켜보던 모두는 동의하듯이 고개를 끄덕였고, 점심 전까지 남은 시간을 각자 보내기 시작했다.

가마에 매단 양념닭구이는 구워질수록 간장 특유의 구수한 향이 저택 내에 가득해서 뭐라고 말할 수 없는 기분이 들었다.

발밑의 폰타는 계속 어정버정 원을 그렸고, 이따금 아크의 다리에 달라붙어 가마 속을 보기 위해 목을 길게 뻗었다.

모조 간장이었지만, 불을 쬐자 더욱 간장다운 향을 풍겼다.

다 구운 양념닭구이를 먹는 게 더욱 기대되었다. 아크는 혼자 가마를 바라보면서 실룩거리는 입가를 참을 수 없었다.

비록 내장이 없는 해골 몸이었지만, 슬슬 빈속의 위가 비명을 지르기 시작할 듯싶었다.

막간 엘린 룩스리아 카스티타스

북대륙 북서부를 다스리는 레브란 대제국, 그 중심지인 제도
(帝都) 뷔텔바레.

일찍이 북대륙의 패자였던 레브란 제국 시대부터 제국의 중
심지로서 번영한 거대 도시는 제국이 동서로 분열된 지금도 여
전히 그 위용을 자랑한다.

엄청나게 커다란 방벽이 도시를 둘러쌌고, 그 안쪽에는 세련
된 석조 양식의 우아한 거대 건조물이 늘어섰다. 잘 정비된 대
로와 공원을 지나다니는 사람이나 그곳에서 한가롭게 환담을
하는 사람 등 깔끔한 모습의 많은 사람을 보면 얼마나 번창하
였는지 짐작할 수 있다.

그리고 그런 제도의 중심에 놓인 웅장하고 아름다운 궁전——
지방의 작은 도시 하나를 통째로 넣을 정도의 부지를 가진 황제
의 거처 디욘보르그 대궁전에서 마차 한 대가 빠져나왔다.

그 마차 안에서는 한 청년이 크게 한숨을 내뱉고, 궁전과 자
신의 저택을 잇는 창문 밖의 경치가 평소처럼 흘러가는 모습을
턱을 괸 채 멍하니 바라보았다.

깔끔하게 빗질한 머리와 아직 젊고 단정한 얼굴, 약간 피로
해 보이지만 난감하다는 미소를 띤 부드러운 표정은 주변의 부

녀자를 술렁거리게 하기에는 충분한 소질을 지녔다.

그리고 번영한 제도 귀족의 눈으로 보아도 훌륭한 옷차림과 청년이 이따금 아무렇지도 않게 보여주는 몸짓 하나하나에서 높은 교양과 그에 걸맞은 신분이 자연히 드러났다.

그의 이름은 사르뷔스 드 오스트.

이 레브란 대제국을 다스리는 황제—— 가우르바 레브란 세르지오페브스를 공사 구분 없이 보좌하는 재상의 지위에 오른 인물이다.

늘 황제 바로 곁에서 대기하고 황제의 물음에 대답하는 한편, 때로는 의견을 내는 역할을 맡는 그 지위에 그처럼 젊은 나이로 오른 사실은 사르뷔스의 우수함과 황제의 신임이 두터움을 이야기해 준다.

물론, 공사를 모두 보좌하는 재상이므로 궁전에는 사르뷔스가 머물 방이 준비되어 있지만, 간혹 황제의 허가를 받아 이렇게 숨을 돌린다는 핑계를 대고 귀족가(街)에 마련한 저택으로 돌아간다.

특히 이번에 사르뷔스의 귀로 들어온 소식은 잘못 다루면 지금의 황제가 자리에서 쫓겨날지도 모르는 내용이었다.

제국의 최고권력자인 황제이지만, 그 자리는 결코 영구적인 것이 아니다.

현 황제 가우르바는 이미 상당히 고령이어서, 차기 황제의 자리를 둘러싼 계승 다툼이 서서히 격렬해지는 중이다. 그런 상황에서 황제의 권위가 흔들리면 그 문제는 단숨에 표면화될 터다.

지금처럼 제국이 동서로 분열된 원인도 그 당시 황제의 권위

실추에서 비롯된 계승 다툼의 결과라는 사실은 너무나 유명한 이야기다.

사르뷔스는 다시 크게 한숨을 내뱉더니, 눈을 감고 마차의 좌석에 몸을 맡겼다.

이윽고 마차는 커다란 가도를 따라 지어진 한 채의 큰 저택으로 들어갔는데, 공원 같은 마차 대기소를 돌아서 저택 정면의 현관 앞에 멈춰섰다.

마부가 마차문을 두드리자, 사르뷔스는 발판을 힘껏 밟듯이 내렸다.

사르뷔스의 도착을 기다리기라도 한 것처럼 저택 정면 현관 앞에 대기하던 노집사 한 명이 그에게 다가와서 가볍게 머리를 숙였다.

"어서 오십시오, 사르뷔스 님. 마침 조금 전 리즈 님이 오셨기에, 방으로 모셨습니다."

노집사의 말을 들은 사르뷔스는 여태껏 피로로 지친 얼굴에 생기를 되찾았다.

"오오, 그런가! 리즈 님이 와 있나! 최근에 모습을 보이지 않았는데, 다시 찾아와준 건가! 이거 너무 오래 기다리게 할 수 없겠군."

사르뷔스는 짐을 고용인에게 맡기고 빠른 걸음으로 혼자 저택에 들어갔다.

시간 대부분을 궁전에서 대기하므로 이 저택은 그동안 대외적인 체면치레의 용도밖에 없었지만, 근래는 이렇게 비밀리에 누군가와 만나기 위해 쓰였다.

그러나 애당초 최소한의 인원으로 저택을 유지해서 고용인의 수는 저택 크기보다 상당히 적다. 그 때문에 지나가는 복도에는 사람의 그림자조차 보이지 않았다.

호화로운 실내 장식품으로 꾸며진 저택 내부도 사람의 존재를 느낄 수 없는 적막 속에서는 어딘가 으스스하다. 사르뷔스는 폐허에 자신의 발소리만 울리는 듯한 감각을 느꼈다.

그런 저택의 분위기에 사르뷔스는 이곳을 찾아온 인물이 뭔가 불편해하지 않을까 애를 태우면서도 항상 그녀와 만나는 방으로 서둘렀다.

사르뷔스의 현재 직위와 그에 따른 급료를 생각하면 이만한 규모의 저택이라도 고용인을 넉넉히 부리는 데 금전적인 의미의 지장은 없다.

그러나 저택을 사용하는 목적을 고려하면 고용 인원은 될수록 자제하고 남의 눈을 줄이는 게 바람직하다.

사르뷔스는 그렇게 자신을 타이르면서 자기 방의 문을 열었다.

커다란 저택에서도 그 방만 다른 방보다 작았다.

방에는 차분한 적갈색 가구가 늘어섰고 천장의 화려한 조명이 실내 전체를 밝게 비추었다.

중앙에 놓인 큰 테이블 옆에는 부드러운 감촉의 긴 가죽 소파가 테이블을 에워싸듯이 나란히 있었다. 사르뷔스는 자신이 찾는 인물을 그 소파에서 보았다.

길고 밝은 금발은 천장에 매달린 많은 조명의 불빛을 받아 빛을 머금은 듯했다. 청초한 얼굴은 고상했고, 조금 시름에 잠긴 눈동자는 어딘가 높은 품격이 느껴졌다.

전체적으로 길고 하얀 옷은 귀족이 입는 눈부시게 화려한 옷과는 거리가 멀었다. 좋게 말하자면 검소하지만, 이 저택에는 약간 어울리지 않는 인상이다.

그러나 그녀의 그런 수수한 옷 아래, 숨기려고도 하지 않은 풍만한 가슴이 그 검소한 옷을 크게 들어 올리면서 육감적인 몸의 선이 떠올랐다.

"리즈 님! 오래 기다렸습니까?"

사르뷔스는 방에 들어가자마자 그렇게 입을 열었다. 방금까지 소파에 앉아 책을 읽던 그녀가 시선을 들어 사르뷔스를 확인하더니 부드러운 미소를 지었다.

요염할 정도의 색기를 띤 몸과는 정반대로, 소녀를 연상시키는 듯한 리즈의 미소에 사르뷔스의 심장이 유달리 크게 뛰었다.

"아뇨, 사르뷔스 님. 저도 이제 막 앉았을 뿐이랍니다. 또 이렇게 만날 수 있어서 아주 기뻐요."

그렇게 말하고 그녀—— 리즈는 조용히 시선을 내리며 예를 표했다.

리즈의 하얗고 투명한 피부 위에 빛다발 같은 머리카락이 흘러내렸다. 그러자 사르뷔스는 훤히 드러난 리즈의 목덜미에 시선이 빨려들어 무심코 숨을 삼켰다.

사르뷔스의 시선을 알아차렸는지, 리즈는 입가에 살짝 미소를 띠고 눈을 가늘게 떴다.

"그, 그러고 보니 요즘 보이지 않았던데, 무슨 일이 있었소?"

리즈에게 자신의 두근거리는 가슴을 들킨 느낌이 든 사르뷔스는 허둥지둥 화제를 돌렸지만, 약간 흥분한 목소리를 들건대

그 효과도 의심스러웠다.

그러나 리즈는 그런 사르뷔스의 태도에 미소를 지은 후 대답했다.

"아니요, 별일은 아닙니다. 그저 잠시 교국의 성도(聖都) 페루비오 알사스를 찾아갔을 따름입니다."

리즈의 말에 사르뷔스는 안도의 한숨을 내쉬고 웃었다.

"그렇군. 당신은 힐크교의 부제(副祭)이니, 주교와 동행해서 성도에 가기도 하는 건가."

사르뷔스는 혼잣말을 중얼거리며 턱에 손을 대고 고개를 끄덕였다.

리즈와 한동안 연락이 끊겨 걱정된 사르뷔스는 자신의 연줄로 그녀를 찾기도 했다. 그러나 결론부터 말하자면 어디에서도 리즈를 발견할 수 없었다.

리즈라는 이름의 부제는 여러 명 있었지만, 모두 사르뷔스가 아는 리즈의 특징과는 맞지 않았다. 그리고 행방을 쫓던 자에게서는 부제라는 말은 거짓일지도 모른다는 지적을 받았다.

그럼 어째서 리즈가 그런 거짓말을 하는 걸까—— 사르뷔스는 자신이 황제 직속 재상이라는 사실이 원인은 아닐까 짐작했다. 부제라는 리즈의 신분은 거짓이고, 어쩌면 교회 내에서도 지위가 높은 인물일 수 있다.

레브란 대제국의 현 황제는 교회를 탐탁지 않게 여긴다. 그것을 안 리즈가 황제 직속 재상인 자신과 교회 고위관계자인 그녀의 친밀한 관계를 들켰을 때의 일을 걱정하지 않았을까—— 사르뷔스는 그렇게 생각했다.

그러나 지금 눈앞에서 다정한 미소를 짓는 리즈를 보고 있으면, 그런 문제는 사소하게 느껴졌다.

 사르뷔스가 리즈와 알게 된 것은 반년 전쯤이다.
 아직 제도의 가도 곳곳에 눈이 남은 쌀쌀한 계절이었다. 간소한 법의를 걸친 리즈가 귀족가의 한쪽 구석에서 난감한 듯이 시선을 헤매던 차에, 마침 사르뷔스를 태운 마차가 우연히 지났던 것이다.
 눈 위에서 법의를 입고 서 있는, 어딘가 속세를 벗어난 리즈의 아름다운 모습에 사르뷔스는 금세 마음을 빼앗겼다. 정신을 차렸을 즈음 그 자리에서 마차를 세우고 리즈에게 말을 걸었다.
 리즈는 귀족 저택에 방문 기도를 나선 사제에게 물건을 전해주기 위해 귀족가에 발을 들였지만, 길을 잃고 어찌할 바를 모르는 중이었다──그렇게 말했다.
 사르뷔스는 그런 리즈를 자신의 마차에 태우고 목적지까지 데려다준 일을 계기로, 그 이후 이따금 만나서 식사를 하거나 차를 마시게 되었다.
 리즈는 이 제도에 있는 교회 한 곳에서 부제를 맡았다고 했지만, 그 이외에는 그녀 자신의 이야기를 거의 말하지 않았다.
 이름도 리즈라고만 밝혔지만, 그녀의 행동을 보면 평민 출신이 아니라는 것을 사르뷔스도 금방 알았다. 그러나 그 이상 파고들기는 꺼려졌다. 리즈에게 의문점을 묻는 순간, 그녀가 자신의 앞에서 모습을 감출 것 같은 막연한 불안감을 느꼈기 때문이다.

더구나 굳이 출신 내력을 캐묻지 않더라도, 사르뷔스는 왠지 모르게 그 이유를 짐작할 수 있었다.

　아마 어느 몰락귀족의 딸이었거나 또는 상속 다툼에 휘말려 쫓겨났으리라――. 그리고 그런 이야기는 귀족사회에서 별로 드문 일도 아니었다.

　오히려 딱한 처지일 터인 리즈는 어두운 면을 남에게 보이지 않았고, 그저 묵묵히 미소만 지은 채 사르뷔스의 물음에 대답했다. 어딘가 비밀을 간직한 모습과 평소의 청초한 일면에 때때로 요염한 매력이 겹쳐져서, 사르뷔스는 점점 리즈의 포로가 되었다.

　리즈도 그런 사르뷔스를 사랑스럽게 여겼는지, 가끔 이렇게 교회를 빠져나와 그의 저택을 찾아왔다.

　그리고 사르뷔스와 리즈의 관계가 남녀 사이로 나아가는 데에는 많은 시간이 걸리지 않았다.

　리즈와 만나게 된 과거를 떠올리던 사르뷔스는 문득 뭔가 위화감을 느꼈다. 그러나 곧 그 정체를 깨닫고 크게 웃었다.

　"하하하, 리즈 님. 당신도 때로는 농담을 하는군요? 얼떨결에 믿어버릴 뻔했소. 이 제도에서 교국의 성도까지는 가는 길만 보름은 걸리오. 당신과 이렇게 만나지 못한 날들이 분명 길게 느껴졌지만, 그래도 열흘은 넘지 않았을 거요."

　사르뷔스는 한바탕 웃은 후 리즈의 옆에 앉았다.

　방 안에 적막한 침묵이 흘렀다. 리즈는 곁에서 자신을 가만히 바라보는 사르뷔스에게 시선을 맞추었다.

"저는 힐크교의 경건한 사도입니다. 제 마음은 언제나 성도를 향하고 있지요."

리즈는 긴 속눈썹 속에서 촉촉한 눈동자로 사르뷔스를 올려다보았다. 그 시선에 장난기를 담아 나직하게 말하는 리즈의 숨결이 사르뷔스의 뺨에 닿으면서 열기를 전했다.

하얀 피부가 어렴풋이 붉게 물든 리즈는 몸을 살짝 움직여서 사르뷔스와의 거리를 좁혔다.

"……그렇군. 그럼 당신의 마음을 얼른 내게 불러들여야겠어."

사르뷔스가 윤이 나는 리즈의 통통한 입술을 빨자, 그녀도 눈을 감고 거기에 응했다.

서로가 상대의 입술에 달라붙었고, 새어 나오는 입김이 뺨을 뜨겁게 어루만졌다. 이윽고 누가 먼저랄 것도 없이 입속의 혀를 휘감으면서 조용한 실내에 끈적끈적한 소리를 희미하게 울렸다.

잠시 후 두 사람의 혀가 떨어졌고, 서로 거친 숨을 토해냈다.

리즈의 하얀 피부가 붉게 달아올랐고 그녀의 목덜미에 엷게 맺힌 땀이 달콤한 향을 은은히 풍겼다.

유혹의 향기가 리즈의 청초한 얼굴에서 흘러넘치는 듯했다. 더는 참지 못한 사르뷔스는 소파에서 리즈를 안아 올리더니, 그녀를 방에 놓인 큼직한 침대로 곧장 옮겼다.

부드러운 침대 위에 리즈를 넘어뜨린 사르뷔스는 그녀를 덮치며 다시 입술을 빨았다.

그러면서 리즈의 옷을 천천히 벗겼다.

복잡하고 여러 겹으로 이루어진 귀족영애의 드레스와 달리, 리즈의 요염한 몸을 감싼 천은 평민이 입는 옷처럼 간소해서 눈 깜짝할 사이에 벗길 수 있었다.

리즈는 침대 위에서 황금색으로 빛나는 머리를 부채같이 펼쳤고, 살짝 붉게 물든 알몸을 사르뷔스의 앞에 드러냈다. 그러자 사르뷔스는 콧김을 거칠게 내뿜으면서, 자신의 옷을 잡아 찢듯이 벗었다.

알몸이 된 두 남녀가 큰 침대에서 뒤얽혔다.

"리즈…… 당신은 너무 아름답소."

사르뷔스는 리즈의 혀를 휘감고 뺨을 어루만지며, 열기에 들뜬 것처럼 그녀의 귓가에 속삭였다.

미소를 지은 리즈는 사르뷔스의 손을 잡아 자신의 가슴으로 이끌었다.

크고 탄력 있는 젖가슴은 사르뷔스가 손가락에 힘을 줄 때마다 모양을 바꾸었다.

리즈와 몸을 섞을수록 사르뷔스는 그녀의 유혹에 맞설 수 없게 되었다.

사르뷔스가 리즈의 풍만한 젖가슴을 부드럽게 주무르자, 분홍빛을 띤 돌기가 딱딱해졌다. 사르뷔스는 그 돌기를 입에 머금고 정신없이 빨아올렸다. 리즈는 커다란 갓난아이가 젖을 빠는 듯한 광경에 눈을 가늘게 뜨고 사르뷔스를 내려다보았다.

곧이어 사르뷔스는 참기 힘들어졌는지, 터질 것처럼 단단해진 하반신을 리즈에게 밀어 넣었다. 그리고 뜨겁게 꿈틀거리는 리즈의 몸속에서 빠른 절정을 맞이했다.

그 후 사르뷔스는 잠시 멍해 있었지만, 리즈의 입맞춤으로 다시 기운을 차리더니 격렬하게 움직였다.

사르뷔스가 그 행위를 몇 번이나 되풀이하여 몸에 쌓인 정력이 다하고 마비되는 듯한 달콤한 권태감에 몸을 맡기자, 리즈는 그를 끌어안으며 머리를 쓰다듬었다.

"……속이 후련해졌나요?"

"……?"

리즈가 사르뷔스의 이마에 입술을 대면서 어렴풋이 들릴 정도의 목소리로 물었다.

리즈의 물음에 사르뷔스는 나른하게 졸리는 가운데 고개를 갸웃거렸다.

"왠지 조금 피곤해 보이는 얼굴이었어요……."

의아해하는 사르뷔스의 반응에 리즈는 오늘 그와 만났을 때의 모습을 속삭이듯이 언급했다.

그 말을 들은 사르뷔스는 납득했다는 식으로 고개를 끄덕이고 리즈의 커다란 가슴에 얼굴을 파묻었다.

"최근에 성가신 일이 늘어났다오……. 제국은 바다를 건너 남쪽 대륙에도 타지엔트라는 영토를 갖고 있소. 그런데 실은 그곳이 거인과 언데드의 습격을 받아 괴멸적인 타격을 받았다는 소식을 들은 거요."

"……저런."

뭔가를 토해내는 듯한 사르뷔스의 혼잣말에 리즈는 조그맣게 맞장구를 쳤다.

"급보였을 테지만, 장소는 바다 너머의 육지요. 서둘러 복구 준비를 하더라도, 그곳에 도착하려면 보름은 걸리겠지. 더구나 지금은 그 준비마저 마음대로 할 수 없는 상황이오."

커다랗게 한숨을 내뱉은 사르뷔스는 한쪽 눈을 뜨고 시선을 방구석의 창문으로 향했다.

그때 또 리즈가 맞장구를 치듯이 물었다.

"······마음대로 할 수 없다뇨?"

사르뷔스는 다시 리즈의 가슴에 얼굴을 파묻더니, 은은하게 감도는 달콤새콤한 냄새를 맡았다.

"구조에 나서기 위해서는 가장 가까운 서황군을 움직일 필요가 있지만, 서쪽의 아스파니아 왕국군이 국경 부근에 집결해서 꼼짝할 수 없소. 북·남황군은 동 레브란과 계속 전투 중이어서 손이 미치지 못하는 형편이오. 거기다 남부 국경 근처의 티시엔을 동 레브란에게 빼앗겼지. 이 상황에서 타지엔트까지 무시하기 어려운 타격을 받았다는 사정이 국내에 널리 알려지면 황제의 권위는 실추될 거요."

그럼 어떻게 될까── 황제의 자리를 둘러싼 계승 다툼이 표면화하고, 제도의 중심에서는 귀족들을 개입시킨 파벌 싸움이 일어나리라. 그리고 서쪽의 아스파니아 왕국, 동쪽의 신성 레브란 제국은 이때라는 듯이 그 틈을 노려 영토 확장을 밀어붙일 터다.

또한, 현재 동 레브란과의 전투는 다소 믿었던 로덴 왕국의 지원도 기대할 수 없다는 사실이 바로 얼마 전에 분명해졌다. 그 나라에서도 벌어진 계승 다툼은 최근 거의 매듭을 지은 형태로 끝났지만, 레브란 대제국과 연줄을 가진 섹트 제1왕자가 계승 다툼에서 물러나는 꼴이었다.

그러고 나서 올라온 로덴 왕국의 차기 국왕은 현 국왕의 친딸이기도 한 유리아나 제2왕녀였다.

유리아나 왕녀는 원래부터 두 제국과 거리를 둔다는 주장을 펼쳐와서, 지원을 요청해도 난색을 보이리라.

이쪽이 위협을 한다고 한들 상대는 협의를 질질 끌면서 두 제국이 피폐해지는 것을 바라만 보아도 좋으니, 어쨌든 움직이지 않는다.

──이대로는 최악의 경우, 레브란 대제국이 지도에서 사라질 가능성조차 있는 것이다.

사르뷔스는 무거운 머리를 천천히 가로젓고 그 상상을 떨쳐냈다.

"……미안하오, 리즈. 현 황제는 교회에 대한 이해심이 얕소. 하지만 지금의 황제를 폐하고 다음 황제를 앉히려 해도 상황이 그걸 허락하지 않는군. 미안하오."

리즈는 자신의 허리에 착 감기듯이 팔을 두른 사르뷔스에게 미소를 지으면서, 그의 머리를 다정하게 어루만졌다.

"사르뷔스 님이 사과할 필요는 조금도 없습니다. 저와 같은 신도인 사르뷔스 님의 헌신은 신도 아시겠지요. 다만 당장은 그때가 아니랍니다."

"……그런가. 이 나라는 잠시 고난의 시기를 보낼 테지만, 그것도 언젠가……."

리즈의 사랑스러운 목소리에 사르뷔스는 몸속에서 스멀스멀 올라오는 졸음을 느끼며 꾸벅꾸벅 졸았다. 그리고 자신의 옆에서 미소 짓는 리즈를 한 번 올려다본 후 잠에 빠져들었다.

그런 사르뷔스를 내려다보던 리즈는 미소를 살짝 일그러뜨리면서 낮은 웃음을 흘렸다.

"후후후…… 꼼짝달싹 못하게 된 거체는 굶주린 짐승한테 알맞은 먹이네."

리즈의 목소리를 듣는 자는 아무도 없었다. 단지 그녀의 무릎에서 조용히 잠이 든 남자만 있을 뿐이었다.

이튿날, 이제 막 날이 밝은 제도는 아침 안개 때문에 약간 부옇게 보였다. 안개 한복판에 있는 듯한 환상적인 풍경이 그 자리에 머무는 자를 몽환 속으로 끌어들이는 착각을 느끼게 했다.

젊은 남자 한 명이 어딘가 멀리서 들리는 새의 높은 울음소리에 하늘을 올려다보았다.

그 남자는 야간 근무를 마친 위병이었는데, 하품을 계속 참고 돌바닥을 가볍게 울리면서 집으로 돌아가는 길이었다.

보통은 이 시간대라도 아침 일찍 일어나는 직인들이 시끄럽게 떠들 테지만, 오늘은 안개 탓인지 남자의 발소리만 들릴 뿐 묘하게 쥐 죽은 듯이 적막했다.

쌀쌀한 냉기를 두른 아침 안개가 남자의 목덜미를 어루만지자, 그는 무심코 어깨를 으쓱이며 몸을 떨었다.

"왠지 오늘은 엄청 춥네."

남자는 인기척이 사라진 거리에서 불안한 마음을 지우듯이 혼잣말을 내뱉었고, 빠른 걸음으로 가도를 나아갔다.

그러자 어느 순간 눈앞에 자욱이 낀 안개가 조금 걷히더니,

안에서 한 명의 인영이 나타났다.

갑자기 나타난 인영을 마주친 남자는 목구멍에서 튀어나올 뻔한 비명을 어떻게든 삼켰다.

이윽고 남자의 시야 앞에서 돌바닥을 크게 울리며 가까워지는 인영이 그 모습을 드러냈다.

그것은 아름다운 여자였다.

짙은 아침 안개 속을 걷는 그 여자는 하얀 피부와 밝고 긴 금발을 바람에 나부꼈다. 남자의 눈에는 안개를 빠져나온 여신처럼 비쳤다.

검소한 옷 아래 감춰진 자기주장이 격렬한 풍만한 육체, 걸을 때마다 흔들리는 커다란 가슴은 그것만으로도 남자의 시선을 사로잡기에는 충분하다.

남자는 부드럽게 미소를 짓는 그 여신의 눈동자가 괴이한 빛을 띤 사실을 알아차리지 못했다.

그렇기는커녕 여자의 시선에 빨려들 듯이 비틀거리며 섣부르게 다가갔다.

"어머? 오빠, 이렇게 아침 일찍 어디 가요?"

청초한 외모를 저버리지 않은 상냥한 목소리에 무심코 입가를 실룩인 남자는 머리를 긁적이면서 여자의 물음에 흐리멍덩한 얼굴로 대답했다.

"아, 아아. 위병 야간 근무를 끝내고 집에 가는 길이지."

남자의 대답에 여자의 눈동자는 사냥감을 노리듯이 더욱 괴이하게 빛났다.

"어머? 위병 오빠예요? 일하느라 고생했어요. 혹시 괜찮으면 머리를 맑게 해서 피로를 풀고 싶지 않아요? 후후후."

여자는 청초한 가면 속에서 요염한 미소를 띠더니, 자신의 옷자락을 집어 천천히 들어 올렸다.

걷어 올린 스커트 사이로 하얗고 길쭉한 잘 빠진 다리가 엿보였고, 남자는 무심코 앞으로 몸을 기울이면서 그 광경에 침을 삼켰다.

그러나 그 후 자신의 품을 더듬은 남자는 노골적으로 고개를 푹 숙이며 한숨을 내뱉었다.

"아니, 그러고 싶은데 지금은 가진 돈이 적어서……."

여자의 유혹을 창부의 장삿속으로 받아들인 남자는 무기력한 주머니 사정에 자조하는 웃음을 흘리며 미안하다는 듯이 사과했다.

그러나 여자는 남자의 반응에 실망하거나 쌀쌀맞게 굴지도 않고 다시 부드러운 미소를 머금으며 고개를 가로저었다.

"아니에요. 평소에 거리의 치안을 지켜주는 위병 오빠를 위로해 주겠다는 뜻이에요."

여자는 길고 가느다란 손가락으로 남자의 턱을 어루만지면서 킥킥 웃었다. 그러고는 발길을 되돌리듯이 등을 보이며 남자에게 시선을 보냈다.

말없이 남자를 따라오도록 재촉한 여자는 그대로 아침 안개 속을 걷기 시작했다.

남자는 여자의 태도에 처음에는 당황했지만, 곧이어 결심을 내렸는지 힘차게 돌바닥을 밟고 뒤따랐다.

이윽고 여자는 복잡하게 얽히고 아침 안개로 시야가 내다보이지 않는 제도의 거리를 아무것도 아니라는 듯이 이리저리 길모퉁이를 꺾었다. 이윽고 여자는 주택가 깊숙이 쓸쓸하게 자리 잡은 작은 교회 앞에서 발걸음을 멈추었다.

"……이런 교회가 있었나?"

위병 남자는 직업상 제도 곳곳을 돌아다니는 까닭에 일반 사람보다 지리에 밝다. 그러나 남자가 지금 있는 제도의 구획은 자기 관할이 아니어서 눈앞의 교회는 본 적이 없었다.

더구나 제도의 교회라면 어디나 호화롭고 다른 건물을 압도하는 조형미를 자랑하는 게 보통이었다. 그런데 이 교회는 그런 모습과는 정반대다.

주위의 3, 4층 주택에 둘러싸인 교회는 높이로 따지자면 2층 정도밖에 되지 않는다.

교회에 딸린 종루탑도 없다 보니, 오히려 한 번만 봐서는 그게 교회라는 걸 아는 사람이 적으리라. 그러나 정면의 문에 매달린 성인(聖印)은 틀림없는 힐크교의 증표다.

여자는 교회를 올려다보는 남자를 내버려 둔 채 건물 옆쪽을 돌아서 발길을 옮겼다. 뒤늦게 알아차린 남자도 허둥지둥 여자를 쫓았다.

뒷문을 통해 교회 내부에 들어간 여자는 바로 옆에 있는 계단을 내려갔다.

망설이는 기색을 전혀 보이지 않는 여자의 행동에 남자는 그녀가 교회 관계자라는 사실을 이해했다.

지하에 내려간 여자가 안으로 이어지는 문을 열자, 방금까지의 곰팡내 나는 풍경과는 전혀 다르게 어딘가 부잣집 실내 같은 분위기를 풍겼다.

방에 놓인 장식품이며 미술품이며 나름대로 괜찮은 물건이었고, 지하인데도 마도구의 빛 때문에 조금도 어둡지 않았다.

방 중앙에 있는 큰 침대는 남자가 늘 집에서 자는 침대하고는 딴판이었다.

여자는 그 침대 앞에서 비로소 남자를 돌아보더니, 참을 수 없다는 듯이 몸에 걸친 옷을 벗어 던졌다.

전체적으로 하얀 피부와 풍만한 가슴, 잘록한 허리, 탄력 있는 엉덩이, 죽 뻗은 긴 다리. 남자는 균형 잡힌 조각 같은 여자의 몸매에 눈을 휘둥그레 뜨고 시선을 고정했다.

"왜 그래요? 안 와요?"

알몸을 드러낸 여자가 단아한 얼굴로 남자에게 미소를 짓자, 그는 비틀비틀 다리를 끌듯이 그녀에게 다가갔다.

그리고 여자에게 가까워질 때마다 콧구멍으로 달콤한 냄새를 맡은 남자는 몸이 자기 뜻에 따르지 않는 것처럼 그녀를 침대에 넘어뜨렸다.

핏발이 선 눈으로 거친 숨을 내쉬는 남자의 심상치 않은 모습에도 여자는 미소를 잃지 않았다. 오히려 도발하는 몸짓을 보이며 남자의 앞가슴을 벌렸다.

그리고 여자의 그런 행동에 흥분했는지, 남자는 자신의 옷을 믿어지지 않는 힘으로 잡아 뜯었다. 알몸이 된 남자는 그대로 여자에게 올라탄 후 이미 딱딱하게 부풀어 오른 하반신의 물건을 그녀의 몸속에 찔러 넣었다.

그 순간, 번개가 내리친 듯한 쾌락이 남자의 머릿속을 덮쳤고, 그는 경련을 일으키며 눈 깜짝할 사이 절정에 이르렀다.

"우아아아앗아아아아아아아아!!"

남자의 포효하는 목소리가 실내에 울렸지만, 그의 허리는 멈추지 않고 계속 움직였다. 남자는 입가에서 침을 흘리면서도 여자의 몸을 탐했다.

그러나 그런 이상한 행동을 보이는 남자의 모습에도 여자는 저항하지 않은 채 웃음을 흘렸다.

이윽고 눈알이 검게 물들고 동공이 붉어진 여자는 일그러진 입가를 찢으면서 뱀처럼 기어 나온 긴 혀로 남자의 얼굴을 핥았다.

"아아아아아아아아아아아아아아아아아!!!"

여자의 변모에 남자는 두 눈을 크게 뜨고 비명을 질렀다. 그러나 무엇 때문인지 말을 듣지 않는 남자의 몸은 괴물로 변한 여자를 끊임없이 갈구하였다.

"아하하하하하하하하하핫핫하하하!!!"

여자의 미친 듯한 웃음소리가 지하실에 메아리치는 가운데 몇 번이나 절정을 맞이한 남자는 서서히 말라비틀어졌다. 눈알이 빠지면서 피부가 메말랐고, 근육과 지방은 녹아내리듯이 사라졌다. 얼마 지나지 않아 침대에는 엄청나게 쭈글쭈글해진 갈색 미라만 남았다.

여자는 고목처럼 마른 남자의 물건을 하반신에서 뽑아내더니, 침대 위의 미라를 떨어뜨리고 그 자리에 앉았다.

"하아, 미루기만 하고 쌓였던 게 이제야 좀 풀렸네."

조용히 웃은 여자는 침대에 털썩 쓰러졌다.

"이 도시가 지도에서 지워지기 전에 멋진 남자는 먹어두지 않으면 아깝겠어. 후후후."

알몸으로 침대에서 뒹굴던 여자는 혼잣말을 내뱉은 후 구석에 버려진 남자의 잔해를 흘끗 쳐다보았다.

그 여자의 얼굴은 방금처럼 괴물이 아닌 아름다운 여성의 모습으로 돌아와 있었다.

🎵 제2장 노잔 왕국의 위기 🎵

  캐나다 대삼림 최남단.

  남앙해로 튀어나온 듯한 형태의 그 땅에 엘프족 최대의 항구를 가진 마을이 있다.

  남쪽 대륙에 위치한 수인족의 나라, 파브나하 대왕국과의 교역이 활발한 이 마을은 아크가 현재 소속하는 라라토이아보다 훨씬 크고 인구수도 많다.

  그중에는 엘프족과 교역을 하기 위해 찾아온 남대륙 출신의 수인족도 있다.

  라라토이아에서는 많이 볼 수 없었던 거목을 주거로 삼은 건조물이 여럿 늘어섰고, 그 거목을 서로 이어주듯이 설치한 공중 회랑을 많은 엘프들이 지나다녔다.

  자연과 도시가 융합한 거목 건조물이 즐비한 광경은 환상적이면서도 동시에 어딘가 새로운 미래 도시를 보는 듯한 기분이 들었다.

  그런 독특한 풍경을 빚어내는 거목 아래에는 벽돌로 깔끔하게 포장된 가도가 뻗었고, 일행은 그곳을 정신없이 오가는 엘프와 수인들의 인파를 헤치면서 나아갔다.

  맨 앞에 선 아크는 백은의 갑옷에 칠흑의 외투를 걸쳤다. 또 투구 위에 폰타를 올리고 등에는 대검과 둥근 방패를 멘 모습은 여전히 주위의 이목을 끄는지, 주변의 시선이 갑옷 너머로 꽂혔다.

이전에 찾아왔을 때도 비슷한 상황이었으므로 아크는 일부러 그런 시선들을 무시하고 뒤돌아보았다.

"설마 이렇게 빨리 다시 랜드프리아에 올 줄은 생각지도 못했군."

"큥!"

투구 위에 올라타서 꼬리를 살랑살랑 흔들던 폰타가 아크의 말에 맞장구를 치듯이 짖었다.

그런 아크의 뒤를 따르는 이들은 평소와 다름없는 여행 멤버다.

아크의 감시역이 완전히 몸에 밴 아리안과 첩보활동이 특기인 치요메다. 그리고 이번에는 라라토이아의 장로인 딜런도 있다.

딜런은 드란트로 향하는 구조대의 책임자로서 동행하는 듯하다.

구조대의 인원은 치료 마법을 쓸 수 있는 자와 전사의 실력을 갖춘 자 등, 20여 명이 뽑혀서 벌써 항구에 모였다고 한다.

거목 건조물 구역을 빠져나와 항구 근처까지 오면 엘프족 특유의 버섯 모양 가옥이 잔뜩 줄지어 선 구획이 나타난다.

이곳은 전에도 와봤던 이른바 상업 지역이다.

파브나하 대왕국과의 교역을 통해 들어온 잡다한 물건들이 가게 앞에 진열되었고, 지나치는 이들의 떠들썩한 소리와 손님을 부르는 목소리가 뒤섞여서 마을 내에서도 독특한 분위기를 풍겼다.

"큉! 큉!"

남쪽 대륙으로부터 건너왔을 갖가지 음식도 눈길을 끌었다. 투구 위의 폰타는 자꾸 냄새에 반응하여 이리저리 둘러보며 짖어댔다.

"폰타, 오늘은 미안하지만 항구로 바로 갈 테니까, 다른 곳에 들르지 못할 거야."

아리안이 그런 폰타의 모습에 미소를 지으면서 주의를 주자, 폰타는 눈에 띄게 풀이 죽어 커다란 솜털 꼬리를 축 늘어뜨렸다.

"걱정 마라, 폰타. 배에서 먹을 음식이라면 준비했다."

아크는 허리춤에 매달린 큼직한 가죽 주머니를 내리고 보여주었다. 폰타는 다시 기쁜 듯이 꼬리를 흔들고 투구 위에서 빙빙 돌아다녔다.

그 모습을 바라보던 치요메가 예쁜 코를 살짝 벌름거리더니, 머리에 달린 고양이 귀를 쫑긋 세우고 눈을 반짝였다.

평소처럼 표정은 별로 변하지 않았지만, 좌우로 크게 흔드는 꼬리를 보건대 아무래도 가죽 주머니의 내용물이 무엇인지 냄새로 알아차린 눈치였다.

"어제 아크 님이 만든 '양념닭구이' 라는 것과 무척 비슷한 냄새입니다."

치요메의 추측대로 가죽 주머니에 든 내용물은 전날처럼 모조 간장을 사용한 요리다. 다만 오늘은 양념닭구이가 아니라 갖고 다니기 편하게 만든 '양념닭꼬치' 다.

보통 닭꼬치는 전부 '소금' 에 찍어 먹는다. 그러나 이번에는 모조 간장으로 준비한 양념을 꼬치에 꿴 닭고기에 바른 후 잘 구워서 양념닭꼬치를 만들어 보았다.

역시 양념을 바르고 먹는 유형은 양념이 가죽 주머니에 묻어 조금 아쉽다.

그리고 폰타에게는 맛이 진해서 먹기 힘들까 봐 말린 열매도 가져왔다.

가죽 주머니의 내용물을 거듭 확인하던 아크는 문득 이후의 배 여행을 생각하다가 정작 중요한 점을 묻지 않았다는 사실을 깨달았다.

"딜런 님, 배 여행은 얼마나 걸릴 예정이오?"

아크의 질문에 약간 우울한 표정을 지은 장로 딜런이 입을 열었다.

"나흘쯤 걸릴걸세. 배를 타는 건 익숙하지 않아서, 앞으로 좀 불안하다네."

지난번 남쪽 대륙으로 건너는 배 여행이 거의 하루 정도였으니, 단순히 계산하면 일정이 약 네 배 늘어난 셈일까——. 상당히 먼 거리인 듯하지만, 배를 탄 여정임을 고려하면 꼭 그렇지만도 않다.

그러나 배 여행이 익숙하지 않다고 밝힌 딜런의 입장에서 나흘이라는 거리는 충분히 그를 우울하게 하는 원인이 되리라.

아크는 배 여행에 관한 이런저런 상상을 하다가 시야에 치요메의 모습이 비치자, 그녀 곁에 있어야 할 인물이 없다는 것을 떠올렸다.

"그러고 보니 고에몬 공은 부르지 않아도 괜찮은 거요?"

아크가 남쪽 대륙에서도 동행한 강인한 묘인족을 언급하면서 치요메에게 물었다. 치요메는 가죽 주머니에 빼앗긴 시선을 들어 방금까지의 표정을 지우고 아크를 올려다보았다.

"괜찮습니다. 고에몬 일행은 계속 사스케 오라버니의 발자취를 좇아, 델프렌트 왕국을 거치는 경로를 찾는 중입니다. 애당초 이번 요청은 제가 꺼낸 의견이었습니다. 아크 님의 도움을 얻을 수 있을지 없을지에 관계없이, 저는 다른 방면으로 힐크 교국에 들어가는 길을 확보할 셈이었습니다."

치요메는 투명하고 푸른 눈동자에 조용히 결의의 불길을 담아 힘차게 대답했다.

줄곧 그리워했던 이의 비참한 말로를 보고, 손 쓸 방법이 없었다지만 자신의 손으로 죽인 것이다.

어째서 사스케가 그런 결말에 이르렀을까—— 그 사정을 알고 싶은 치요메의 마음은 누구도 막지 못하리라.

오히려 뭔가를 하지 않으면 치요메는 스스로를 용서할 수 없을지도 모른다.

"그런가. 그럼 고에몬 공과는 도중에 합류할 가능성도 있겠군."

"글쎄요? 힐크 교국과 주변 삼국을 합친 국토는 로덴 왕국보다 광대합니다. 고에몬 일행은 거점이 없는 상황에서 움직이기 때문에, 아크 님의 '다리'를 따라잡지 못할 수도 있습니다."

치요메는 상업 지역을 벗어난 전방—— 높은 지대에서 멀리 내다보이는 눈 앞에 펼쳐진 드넓은 바다의 수평선에 시선을 맞추고 중얼거리듯이 대답했다.

아크는 치요메의 어딘가 넋을 잃은 듯한 태도에 말하기 어려운 위태로운 느낌을 받았다.

옆에서 아크와 치요메의 대화를 듣던 아리안도 마찬가지였는지, 불안한 시선을 보내며 뾰족한 귀 끝을 살짝 늘어뜨렸다.

아크는 허리춤에 매단 가죽 주머니에 시선을 떨어뜨린 후 어제 점심때 본 치요메의 모습을 다시 생각했다.

어제 치요메는 아크가 만든 양념닭구이를 실로 맛있다는 듯이 볼이 미어지도록 잔뜩 입에 넣었다.

"아크 님, 이게 뭔가요? 여태껏 먹어보지 못한 맛입니다. 정말 맛있습니다."

양념닭구이를 와구와구 물어뜯던 치요메가 투명하고 푸른 눈동자를 크게 뜨면서 약간 달려들 듯한 기세로 말했다.

그 옆에서는 아리안이 양념닭구이를 입에 넣으며 조금 놀란 표정을 지었다.

"만들 때 나던 냄새는 별로였는데, 구우니까 엄청 구수한 맛이 나네요."

아리안과 치요메의 반응을 보건대 모조 간장은 비교적 호평을 얻은 듯하다.

"어머어, 꽤 색다른 양념이네요."

그리고 또 한 명, 그레니스도 새로운 양념에 입맛을 다시며 만족스럽다는 듯이 고개를 끄덕였다.

"간장이라는 조미료를 사용한 양념이오. 아직 개량할 여지는 남았지만, 처음치고는 그럭저럭 잘 만들어진 건가."

다소 서양식 소스 같기는 해도 아크는 모조 간장이 받아들여졌다는 사실에 안도의 한숨을 내쉬었다.

이제부터 엘프족의 새로운 조미료로 널리 퍼지기를 크게 기대하고 싶다.

아크가 이런저런 생각을 하는 사이 치요메는 어느새 양념닭구이를 다 먹고 한 접시를 더 달라며 손을 내밀었다.

두 접시째 양념닭구이를 입에 마구 집어넣으면서 아크를 쳐다본 치요메가 입꼬리를 살짝 올렸다.

"아크 님. 이 맛을 저희 마을에도 꼭 알리고 싶습니다만, 만드는 법을 가르쳐주시겠습니까?"

치요메의 물음에 아크는 고개를 끄덕이며 동의했다.

"상관없소만? 부디 다른 마을에도 알려 주면 좋겠군."

아크의 대답에 치요메는 머리의 고양이 귀를 크게 쫑긋거리고 기쁨을 드러냈다.

맛있는 요리를 먹을 때 함께 '맛있다'라는 말을 해 주는 사람이 있다는 건, 뭐라고 표현하기 어려운 일종의 고양감을 안겨 준다.

오랫동안 남을 위해 요리를 만든 기억이 없었지만, 이 세계에 오고 나서는 왠지 이따금 그럴 기회를 얻어서 솜씨를 발휘했다.

인구만큼은 많았던 현대사회보다 인구는 압도적으로 적은 이 세계 생활이 타인과의 거리가 가까운 현실은 짓궂다고 해야 할까.

그런 생각이 든 아크는 자조 섞인 웃음을 흘렸다.

볼이 미어지도록 맛있게 먹는 소녀의 모습이 눈에 비쳤다. 아크는 자신이 만든 요리로 치요메가 안은 마음의 무거운 짐이 잠시라도 가벼워진다면 그보다 더 좋은 것은 없다고 느꼈다.

치요메는 낯선 이세계에서 얻은 몇 안 되는 친구다. 어쩌면 자신이 일방적으로 친구라고 여길 뿐인지도 모르지만 사소한 문제이리라.

자신이 가진 남다른 능력이라면 조금이나마 치요메의 힘이 될 수 있을 터—— 이것은 교만이 아니라 틀림없는 사실이다.

약간 지나쳐서 주체 못한다는 게 현 상황이지만, 조금의 무모함이 통한다는 점은 매우 고마운 일이다.

자신의 능력(힘)을 과소평가하거나 과대평가할 마음도 없지만, 능력(힘)에 걸맞은 경험이 지금 가장 부족하다고도 생각한다.

그래서 남쪽 대륙에서 돌아온 이후 여태껏 이상으로 그레니스에게 검의 기초도 배웠다.

주먹을 꽉 움켜쥐고 힘의 감촉을 확인한 아크는 치요메 옆에 서서 머나먼 지평선으로 시선을 보냈다.

그때 아리안이 침묵을 지키는 아크와 치요메의 뒤에서 갈 길을 재촉하듯이 말했다.

"둘 다, 항구에는 이미 배가 정박한 듯하니까 서둘러요."

아리안의 말을 듣고 돌아선 아크는 딜런이 항만 근처에 지어진 건물로 들어가는 모습을 보고 부랴부랴 그 뒤를 쫓았다.

항만 시설인 건물 내부에 설치된 승강기는 마법으로 움직였다. 일행이 그 승강기를 타고 지하로 내려가자 동굴 내에 건조한 지하 부두 같은 항구가 눈앞에 나타났다.

배 여러 척을 모조리 수용할 만한 넓은 지하 공간의 항구에는 범선도 몇 척 눈에 띄었다.

딜런은 그중 한 척을 향해 똑바로 걸어갔다.

이전에 남쪽 대륙으로 건널 때 탄 교역 전함 리브벨타호(號)보다 훨씬 작은 배다.

그러나 리브벨타호가 전체 길이 100m 남짓한 거대함이었던 까닭이지, 그 절반인 눈앞의 범선도 다른 배와 비교하면 결코 작은 편은 아니다.

우뚝 솟은 두 개의 커다란 돛대, 전체적으로 흰빛을 띤 금속 질의 반들반들한 선체, 뱃전에 늘어선 여러 개의 포문. 그 모습은 리브벨타호를 떠올리게 했다.

선상에서는 지금 한창 출항준비 중인지, 힘이 센 많은 다크 엘프족 선원이 바쁘게 여기저기 돌아다녔다.

출항을 앞둔 배가 정박한 정면에는 장비를 갖춘 20여 명의 엘프족이 늘어섰는데, 가까이 다가오는 딜런의 모습을 보고 자세를 바로잡았다.

이들이 이번에 드란트로 파견되는 인원이리라.

모두 엘프족인 남녀 집단은 녹색이 섞인 금발에 뾰족하고 긴 귀와 단정한 용모를 지녔다. 아크는 그런 집단 속에서 낯익은 얼굴을 찾았다.

무뚝뚝함을 그림으로 그린 듯한 얼굴로 눈썹을 잔뜩 찌푸린 그는 분명 디엔트 영주에게 붙잡힌 엘프족을 구할 때 아리안과 함께 행동했던 전사다.

이름은 아마 단카였던가.

아리안도 그를 알아보았는지 가볍게 인사했다. 그러자 눈인사만 던진 그는 아크를 보고 더욱 눈썹을 찌푸리더니, 장로 딜런에게 시선을 돌렸다.

뭐, 당시부터 아크를 믿지 않는 눈치여서 당연한 대응이기는 하다.

아크의 훈훈하지 않은 재회 장면과는 상관없이 딜런은 미리 모인 집단 앞에 서서 인사말을 늘어놓았다.

"제군. 대장로회의 지시 아래, 우리는 서쪽의 루앙숲에 있는 드란트로 향한다. 이미 얘기는 들었을 테지만, 이 일은 당사자들의 구원 요청에 따른 형태다. 하지만 그곳의 주민들은 우리를 싫어하는 자도 많다. 그렇다고 상대와 너무 다투지 마라. 무슨 일이 생기면 내게 직접 말해 주기 바란다."

말을 끝낸 딜런은 모여 있는 집단을 둘러보았다.

딜런의 이야기에 맞장구를 치며 납득하는 이도 있었지만, 몹시 못마땅한 표정을 짓는 이도 있었다.

아크는 드란트를 별로 좋아하지 않는 분위기를 피부가 없는 해골 몸으로도 왠지 모르게 알아차렸다.

"아리안 양과 마찬가지로 드란트를 좀 꺼리는 모양이군."

아크가 눈앞의 광경을 바라보면서 옆에 서 있는 아리안에게 말했다.

그러자 아리안도 크게 어깨를 으쓱이며 한숨을 내뱉었다.

"뭐, 많은 일이 있었나 봐요. 드란트의 장로는 그런대로 말이 통하는 인물이다──라고 아버지가 얘기했는데, 마을 전체는 외지인을 싫어해서……."

뭐랄까, 엘프계의 시골 사회로 가는 듯한 느낌이다.

"그럼 다들 승선한다. 전원이 승선하는 즉시 출항한다."

딜런의 호령에 저마다 각자의 짐을 메고 차례차례 배를 올라 탔다.

아크와 아리안도 그들을 뒤따라 뱃전에 설치된 널빤지를 건 넜다.

"아크 군 일행은 이쪽으로 와 주게."

갑판에 오르자 먼저 승선한 딜런이 아크 일행에게 말을 걸었 다.

그 말에 대답한 아크 일행은 딜런을 쫓아 선내로 들어갔다.

내부는 생각보다 복잡한 구조는 아니지만, 단순하지도 않은 듯하다. 여러 개로 나뉜 방과 구획을 지나쳐서, 안쪽으로 향하 는 딜런을 따라 선내를 걸었다.

"큥!"

선내에서 스쳐 지나는 이를 향해 투구 위의 폰타가 말을 걸듯 이 짖자, 상대는 깜짝 놀란 얼굴로 아크에게 신기해하는 시선 을 던졌다.

이윽고 선미에 도착한 딜런은 문을 열더니, 뒤에 있던 아크 와 아리안, 치요메를 안으로 들여보냈다.

그다지 넓지 않은 선실에는 조금 사치스러운 실내 장식을 두 었고, 양옆에는 2층 침대를 설치해 놓았다.

폰타는 침대가 얼마나 부드러운지 확인하기 위해 재빨리 침 구 위에 올라갔다. 그러고는 앞발을 번갈아가며 좌우로 누르면서, 어쩐지 아크에게 만족스럽다는 얼굴을 보였다.

아크와 아리안이 선실을 둘러보자, 앞에 있던 딜런이 뒤돌아섰다.

"미안하지만 보다시피 이 배는 별로 크지 않네. 선실 수도 적으니까 아크 군과 치요메 양, 그리고 아리안 셋이서 여기를 써 주게."

느긋하게 미소를 띤 딜런은 달리 용건이 있다면서 선실을 허둥지둥 떠났다.

그런 딜런의 뒷모습을 지켜본 아리안은 기름이 떨어진 기계 인형처럼 딱딱한 동작으로 아크에게 몸을 돌렸다.

뭔가 여러모로 복잡한 표정을 짓고는 신음을 흘렸다.

선내가 비좁은 데다 구조대의 배를 얻어탄 입장이다 보니 아리안은 딜런에게 불평할 수 없었다. 애당초 사스케의 발자취를 좇는 추적 조사는 아리안이 자청하고 나선 일이다.

그렇게 아리안은 이 상황을 받아들였는지, 크게 한숨을 내뱉으며 아크를 쳐다보았다.

"가운데부터 이쪽은 우리 자리, 아크는 그쪽을 써요!"

아리안은 늘 옅은 자주색의 피부를 이날따라 붉게 물들이면서 마구 지껄이듯이 주의사항을 쏟아냈다. 그러더니 치요메를 자신들의 자리로 끌어당겼다.

당사자인 치요메는 그런 아리안을 이상하다는 얼굴로 올려다보았다.

닌자 집단인 '인심일족'은 남성 사회이다. 그곳에서 치요메는 자신의 실력으로 다른 남자들과 어깨를 나란히 한다. 그처럼 평소에 남자들 틈에 섞여 활동하는 까닭인지 아니면 아직 그런 의식이 부족한 소녀이기 때문인지, 아크와 같은 선실을 쓴다고 아리안 같이 동요하는 모습은 눈곱만큼도 보이지 않았다.

그렇게 따지면 아리안도 엘프족 사회에서 전사 집단이라는, 어떻게 생각해도 남성 사회 속에서 살아왔을 터인데 그녀의 반응은 어딘가 소녀 같다.

보통은 늠름한 분위기를 풍기는 아리안이 지금은 흐뭇하게 보이는 이유는 이른바 *갭 모에 탓일까.

"킁! 킁!"

그러나 선실 한복판의 경계선을 신경 쓰지 않는 폰타는 여기저기 냄새를 맡고 주위를 빙빙 돌아다니며 기쁘다는 듯이 짖어 댔다.

잠시 후 배가 크게 흔들리는 것을 느낀 아크가 선실 창문으로 내다보자, 바깥의 풍경이 움직이기 시작했다.

아무래도 출항한 듯싶다.

"그럼 일단 나흘은 바다 위에서 지내야겠군."

아크는 자기 자리로 정해진 침대 옆에 짐을 내려놓고 걸터앉았다.

그 모습을 보고 곧바로 아크의 무릎에 올라온 폰타가 솜털 꼬리를 크게 흔들며 짖었다.

아마 '양념닭꼬치'를 바라는 모양이다.

"이제 막 출발하지 않았냐? 이건 좀 더 있다가 주마. 그보다 남자끼리 잠깐 선내를 둘러보러 나갈까?"

---

*갭 모에 : 평소에는 보여 주지 않는 모습이나 행동을 통해 사람의 마음을 사로잡아 끄는 힘.

"큐~웅……. 큥!"

아크는 자꾸 보채는 폰타를 달래고 선내 모험을 꼬드겼다. 처음에는 솜털 꼬리를 한 번 축 늘어뜨리고 실망한 듯싶었지만, 금세 머리를 들어 씩씩하게 짖었다.

쇠뿔도 단김에 빼라고 했듯이 아크가 폰타의 목덜미를 붙잡아 선실을 나가려 하자, 뒤에서 아리안이 단단히 주의를 주었다.

"아크, 선실에 들어올 때 꼭 확인해요!! 절대로 잊지 마요!!"

"그렇게 거듭 말하지 않아도 알고 있소."

아리안 여사의 지적에 가볍게 맞장구를 친 아크는 폰타를 데리고 선내의 복도로 나왔다.

"흐~음, 한 지붕 아래에 지낸다는 점에서는 마을하고 딱히 다르지도 않은데."

아크는 평상시 별로 볼 수 없는 아리안의 소녀 같은 반응에 고개를 갸웃거리면서 복도를 걸었다.

더구나 요즘 세상에 만화처럼 *럭키 스케베를 현실로 일으킬 만한 녀석은 없을 테지만, 그것은 초등학생 때나 하는 실수가 아닐까.

아크는 그런 쓸데없는 생각을 하며 갑판으로 올라갔다.

이미 항구는 후방으로 멀어졌고, 배는 곧장 서쪽을 향해 드넓은 바다 위를 미끄러지듯 나아갔다.

"큥! 큥!"

선상으로 달려나간 폰타가 뱃전을 기어오르더니, 온몸의 초록색 털을 바닷바람에 나부끼면서 기분 좋다는 듯이 눈을 가늘

---

*럭키 스케베 : 여성과 우연히 민망한 접촉을 하는 사고.

게 떴다.

아크가 그런 폰타를 바라보자, 갑자기 뒤에서 누군가가 말을 걸었다.

"네가 라라토이아에 들어갔다는 게 사실인가?"

아무런 맥락도 서론도 없이 묻는 말에 뒤돌아본 아크의 눈앞에는 낯익은 엘프족 전사 한 명이 서 있었다.

"단카 님인가, 오랜만이오."

"큥!"

아크와 폰타의 인사에도 대답하지 않은 단카는 묵묵히 쳐다보았다.

"흐음, 얘기는 진작에 전해 들었을 텐데. 분명 난 딜런 님의 권유로 지금은 라라토이아의 이름을 쓰고 있소."

그 말에 단카는 한쪽 눈썹을 살짝 치켜들었다.

"넌 이전에 자신을 인간족이라고 했다. 하지만 듣기로는 네가 새로운 엘프족 동포로서 라라토이아의 장로에게 받아들여졌다더군. 어떻게 된 거냐?"

그러고 보니 지난번에 설명했을 때는 인간족이라고 말했군.

하지만 그 시점에서는 거짓말이 아니었다. 원래의 육체로 돌아온 해골 몸이 설마 게임처럼 다크엘프족이라는 걸 누가 예상할 수 있었을까.

"그 당시에 난 스스로를 정말 인간족으로 여겼소. 단지 그뿐이오. 기억을 좀 잃은 탓에 자신이 누구인지 몰랐으니까."

아크의 대답에 단카는 미간을 잔뜩 찌푸리며 수상쩍다는 시선을 보냈다.

"말도 안 되는 소리 하지 마라. 자신의 종족 정도는 기억을 잃었더라도 한눈에 알아볼 거다. 대체 넌 뭘 숨기는 거냐, 말해라."

단카의 추궁에 험악한 기색이 묻어났다.

아크의 특수한 모습에 관해서는 딜런이 말하기를 모든 이들에게 알리기는 아직 이르다고 했다. 먼저 라라토이아에서 천천히 아크에 대한 인식과 이해를 구하자는 생각이었다. 따라서 이후에는 쉽게 정체를 밝히지 말라는 충고도 들었다.

아크의 해골 몸을 본 아리안과 주변 인물들은 언데드하고 다르다는 사실을 알아차린 후 이러쿵저러쿵 말하면서도 한 명의 '인간'으로 대해 주었다. 그러나 이게 엘프족 전체의 반응이 아니라는 점을 최근에 왠지 모르게 느꼈다.

같은 엘프족이라도 멀리 떨어져서 살고, 서로를 탐탁지 않게 여기는 사이도 있다.

아크의 첫인상에서 엘프족은 소수 종족이므로 한데 모여 지내리라 생각했지만, 그 부분은 인간족과 마찬가지일지도 모른다는 인식을 심어주었다.

단카는 일찍이 아리안과 함께 인간족에게 사로잡힌 엘프족을 구출한 동료였다. 그런데 지금은 녹색 눈동자에 의심하는 눈빛을 띠고 아크를 지켜보았다.

마을을 지키는 전사의 한 명으로서, 아크가 지닌 불확실한 능력과 정체를 경계하는 것이다.

그러나 이런 상황을 예상하지 못했던 바는 아니다.

"난 조금 특수한 저주를 받은 몸이라…… 겉모습이 타인과는 상당히 다르지. 이 이상은 우리 마을의 장로인 딜런 님이 함구하도록 했으니, 자세한 건 그에게 물어보시오."

아크는 딜런과 어떻게 대응할지 정해 둔 말로 대답하고 눈앞의 단카를 응시했다.

뱃전에서 둘의 대화를 듣던 폰타가 아크의 어깨로 뛰어올랐다. 그러고는 아크와 단카의 시선을 솜털 꼬리로 가로막듯이 살랑살랑 흔들며 방해했다.

"이 녀석, 폰타. 앞이 안 보인다."

"큥!"

폰타는 긴장된 분위기를 풀어주려고 했는지, 솜털 꼬리를 집요하게 흔들었다. 그런 행동에 아크가 불만을 내뱉자, 폰타는 그 자리에서 아크의 목덜미를 빙글 휘감았다.

그 모습에 단카는 입가를 약간 일그러뜨리며 발길을 돌렸다.

"……그녀의 믿음을 저버리는 짓은 하지 마라, 아크."

단카는 그 말만 남기고 선내로 돌아갔다.

그녀란 아마 아리안을 가리키는 것이리라.

자신은 둘째치고 단카가 아리안을 동료로 인식하여 다짐을 받으러 왔다면, 일단 그와의 관계는 비관하지 않아도 될 듯싶다.

단카의 뒷모습을 지켜보던 아크는 배가 나아가는 전방에 펼쳐진 넓은 바다로 다시 시선을 돌려 안도의 한숨을 내쉬었다.

아크는 한동안 갑판의 선원들이 일하는 모습을 구경하면서 광대한 바다로부터 불어오는 바람에 몸을 맡겼다. 그러나 역시 사방이 바다밖에 보이지 않자 금세 질렸다.

아크가 커다란 하품을 하자, 투구 위의 폰타도 같이 하품을 하고 뒷발로 귀 뒤쪽을 긁었다.

"슬슬 선내로 들어가 볼까."

"쿵!"

폰타는 아크의 말에 동의하듯이 짖었다.

이윽고 아크는 선미에 있는 선실로 돌아가서 문을 열었다——. 그렇다, 확인하지 않고.

선실에는 평소의 가죽 갑옷을 벗고 법의 차림으로 침대에서 다리를 내놓은 채 쉬는 아리안과 몸을 감싼 닌자 복장의 장구류를 떼어 상반신을 드러낸 치요메가 있었다.

치요메의 모습은 언뜻 속옷 차림으로도 보였지만, 아무래도 닌자복 안에 따로 입는 옷 같았다.

아크는 문을 연 순간 시간이 멈춘 듯한 적막 뒤에 아리안이 잠자코 내던진 베개를 허둥지둥 문을 닫아서 막았다.

그러나 그 후 아리안으로부터 잔소리라는 이름의 설교를 끝없이 듣는 처지가 되었다.

——단카와의 대화 탓에 선실로 들어갈 때의 주의사항을 까맣게 잊었다.

딱히 럭키 스케베 같은 일도 벌어지지 않았고, 아리안에게 주의 산만하다는 타박을 받았을 뿐이다.

출항 첫날부터 사고를 친 느낌은 들지만 어쩔 수 없다.

앞으로 나흘은 재발 방지를 명심하고 당분간 얌전히 지내기로 하자.

그날은 달리 두드러진 사건도 없이 무사히 지났다.

그로부터 나흘 후, 구조대를 태운 마도범선은 드란트가 있다는 루앙숲이 펼쳐진 해안선의 앞바다를 나아가는 중이었다.

선상에서 보기에 루앙숲은 캐나다 대삼림 같은 거목의 숲은 아닌 듯하다.

약간 만(灣) 형태로 이루어진 해안을 따라 배가 조용히 움직이자, 숲의 나무들이 조금 후미지고 넓은 모래사장이 만들어진 장소가 보이기 시작했다.

모래사장이 있는 해안선에는 길게 뻗은 부두 몇 개가 튀어나왔다.

그 여러 부두에는 전부 근처에서 고기잡이를 위한 작은 배만 정박했고, 마도범선을 본 자들이 멀리서 웅성거렸다.

먼 거리에서도 알 수 있는 길고 뾰족한 귀와 녹색이 섞인 금발을 보건대 틀림없는 엘프족이리라. 입은 옷도 캐나다의 마을에서 접하는 엘프족 민족의상과 동일하다.

곧이어 마도범선은 더 이상 물이 얕은 곳으로 들어갈 수 없다고 판단했는지, 부두에서 살짝 떨어진 앞바다에 닻을 내렸다. 그러고 나서 갑판에 동여매듯이 비치된 작은 배를 바다에 띄웠다.

제일 먼저 떠날 작은 배에는 구조대를 이끌고 온 장로 딜런과 그를 지키는 전사 몇 명만 승선한 소수 인원이 떠들썩한 해안으로 향했다.

"우리는 딜런 님이 드란트의 장로한테 허가를 받지 않으면 상륙할 수 없나 보군."

손으로 햇빛을 가린 아크가 긴 부두에 다가가는 작은 배를 지켜보면서 옆에 있는 아리안에게 말을 걸었다.

그러자 아리안도 하늘에서 쏟아지는 햇빛을 아크를 따라 손을 이마에 대고 가렸다. 황금색 눈동자를 가늘게 뜬 아리안은 딜런과 해안에 모인 엘프들을 선상에서 살폈다.

"생각대로 딱히 환영받는 것처럼 보이지는 않네요."

아리안은 다크엘프의 뛰어난 시력으로 해안에서 수군거리는 엘프들을 확인하더니, 목소리에 기가 막힌다는 감정을 담아 관심 없다는 듯이 중얼거렸다.

그런 아리안 옆의 치요메가 뱃전에서 몹시 흥미로운 눈치로 해안을 바라보며 물었다.

"드란트와는 평소에 별로 교류하지 않습니까?"

"으음~ 분명 4, 5년에 한 번은 교역을 한다고 들었는데……."

그 말에 아크는 올림픽과 비슷한 간격이라는 감상을 품고 팔짱을 꼈다.

교역이라기보다는 일단 교류를 유지한다는 명목뿐인 행사에 가깝다.

"드란트에서는 캐나다 대삼림이 순수한 엘프 사회를 부정하고 타종족과 함께 싸워 세력을 되찾은 긍지 없는 집단이라는 인식을 가져서……."

아리안은 울분을 풀 길이 없다는 듯이 내뱉었지만, 아크는 그녀의 말끝에서 약간 석연치 않은 의문을 느꼈다.

"타종족은 다크엘프족 이외의 종족도 가리키는 거요?"

아크의 물음에 아리안은 왠지 시선을 갈팡질팡했다.

"아아, 뭐 아크도 마을의 정식 일원이 되었으니까 차차 알 거예요. 지금은 신경 쓰지 마요."

아리안의 모호한 대답에 아크는 마지못해 고개를 끄덕였다.

그러나 아무래도 아리안의 반응을 보아서는 캐나다 대삼림에는 자신도 모르는 세력이 끼었다고 추측할 수 있었다.

현재 캐나다 대삼림에 사는 구성원 가운데 알려진 종족은 엘프족과 다크엘프족, 나머지는 교역 관계로 드나드는 수인족 정도다.

그 밖의 종족은 본 적이 없지만, 좀 더 동쪽 마을에서 지내는 걸까.

아크가 새로운 종족과의 만남을 몽상하자, 상륙한 딜런 일행 쪽에서 움직임이 보였다.

숲에서 나온 몇 명의 집단은 작은 배를 매어 놓고 부두에 오른 딜런 일행에게 다가가 인사를 나누었다.

딜런을 대면하는 엘프족이 아마 이 주변의 통솔자이리라.

호위로 여겨지는 인원 몇 명을 데려온 그 엘프족 남자와 딜런이 말을 섞었다. 엘프족 남자는 앞바다에 정박한 배를 흘끗 쳐다보고 고개를 끄덕이나 싶더니, 다시 딜런에게 돌아서서 악수했다.

그러자 통솔자의 수행원 한 명이 배를 향해 수신호를 보냈고, 배에 남은 선원들이 그것을 본 후 일제히 움직였다.

"허가를 내렸다! 상륙조는 서둘러 준비해라! 배가 모자라면 왕복한다!"

선장으로 보이는 자의 지시가 떨어지자 다른 선원들이 동조하여 소리를 질렀다.

짐을 멘 아크 일행도 20여명의 엘프족 구조대와 보급을 위한 선원들 사이에 섞여 상륙을 마쳤다.

그러나 부두에 오른 순간, 드란트의 전사인 듯한 남자가 험악한 목소리를 내뱉었다.

"너희를 마을에 들이는 허가는 내리지 않았다! 여기서 너무 움직이지 마라!"

전사 차림의 남자는 고압적인 말투로 아크 일행을 제지하더니 시선을 차례대로 옮기면서 코웃음을 쳤다.

"캐나다 놈들은 다크엘프뿐만 아니라, 수인까지 끌어들인 건가……"

강한 모멸감을 담은 그 목소리에 그동안 조용했던 아리안이 살벌한 분위기를 풍겼다.

"그리고 온몸에 금속 갑옷을 걸친 네놈, 얼굴을 보여라!"

남자의 목소리가 해안에 울렸고, 주위에서도 자연히 시선이 모였다.

남자의 말을 따른 아크는 폰타가 앉아 있는 상태로 투구를 벗어 그 자리에서 얼굴을 드러냈다.

"큥!"

"뭐냐? 네놈, 어디 종족이냐?"

남자는 아크의 검은 머리와 붉은 눈동자, 갈색 피부를 보고 눈썹을 찌푸렸다.

만일을 위해 상륙 전의 선상에서 물통에 든 로드 크라운의 샘물을 마시고 해골 몸을 육체로 되돌린 보람이 있었다.

"우리 셋은 이 숲을 빠져나가 인간족의 영역인 사루마 왕국령으로 가고 싶소만, 숲을 지나도 상관없나?"

다시 투구를 쓴 아크가 생트집을 잡은 남자에게 물었지만, 상대는 눈썹을 잔뜩 찌푸리며 과장된 몸짓으로 어깨를 으쓱였다.

"그건 허가할 수 없겠는데! 외부인이 루앙숲을 지나는 일은 절대——."

아크 일행의 실랑이를 본 딜런이 대화를 나누던 통솔자에게 뭔가를 이야기하자, 수행원 한 명이 당황한 모습으로 달려와서 남자에게 귓속말했다.

줄곧 큰소리로 시비를 건 남자는 눈썹을 찌푸리고 아크 일행을 흘끗 쳐다본 후 욕설을 내뱉으면서 발길을 돌렸다. 아무래도 딜런이 잘 중재해준 듯하다.

그리고 드란트의 전사가 물러가는 모습을 지켜본 또 한 명의 남자—— 통솔자의 뜻을 귀엣말로 전한 남자는 아크 일행에게 한 번 눈인사를 하고 나서 입을 열었다.

"장로들의 재량으로 당신들이 숲을 지나도 괜찮다는 통행허가를 내렸다. 해안에서 뻗은 맞은편 길을 한나절쯤 가면 인간족의 영역이 나온다. 하지만 숲을 빠져나가는 허가를 내렸을 뿐 마을에는 들어가지 못한다."

일방적으로 자기 할 말만 끝내더니 그 남자도 몸을 돌리고 돌아갔다.

마침 딜런과 주위의 구조대가 드란트로 들어가기 위해 이동하기 시작했다. 딜런은 아크 일행에게 시선을 보내며 손을 들었다.

아크와 치요메도 딜런에게 인사를 했다. 아크는 조금 전에 물러난 남자들을 여전히 노려보는 아리안에게 이후의 행동방

침을 확인하고자 말을 걸었다.

"아리안 양, 드란트에서 허가를 내렸으니 우리도 당장 떠나도록——."

"정말 뭐냐고요, 저 태도! 장로회도 왜 저런 녀석들을 지원하는 거죠!?"

아크의 말을 끊듯이 대답한 아리안은 드란트의 엘프들을 향해 분노하며 발을 쾅쾅 굴렀다.

그 옆에서는 치요메가 마음을 가라앉힌 얼굴로 조그맣게 한숨을 내뱉었다.

"숲을 지날 수 있게 된 것만으로도 다행입니다."

치요메의 말에 동의한 아크도 고개를 끄덕였다.

이곳까지 와서 배에 틀어박혀야 하는 상황은 피하고 싶다.

다만 여차하면 【디멘션 무브】를 써서 몰래 숲을 빠져나가도 괜찮으므로, 늦냐 빠르냐의 문제에 지나지 않았다. 그러나 정식으로 이동할 수 있게 된 점은 고마운 일이다.

"그럼 가볼까." "그래요." "네." "큥!"

아크의 부름에 아리안, 치요메, 그리고 폰타가 대답했다.

이제부터 인간족의 영역으로 들어가기 때문에 치요메는 수인의 특징인 귀와 꼬리를 감출 만한 모자를 쓰고 옷을 입었다. 아리안도 이전에 인간족의 도시에 잠입할 때 사용한 잿빛 외투를 걸쳤다.

만반의 준비를 한 아크 일행은 아까 드란트의 수행인 남자가 가리킨 해안에서 뻗은 길을 나아갔다.

이윽고 전방에 완만한 언덕 모양의 땅이 나타났고, 그 주위에 배치된 형태로 거대한 수목 세 그루가 우뚝 솟아 있었다.

나선 계단처럼 꾸불꾸불한 거대수(巨大樹)의 줄기. 로드 크라운만큼의 위용은 없지만, 캐나다 대삼림에 자라는 거목보다는 훨씬 거대하다.

그리고 거대수의 밑동을 둘러싸듯이 많은 집이 줄지어 늘어서서 거리를 형성했다.

저게 드란트이리라.

드란트는 캐나다 대삼림의 마을과는 모양을 달리했다. 거리 주위를 에워싼 것은 목재와 석재를 섞어 만든 성벽 같은 벽이다.

그곳만 보면 어딘가 인간족의 건조물을 닮았다고도 할 수 있다.

거대수의 박력으로 압도당하기는 하지만, 거리의 수호자로서는 캐나다의 나무벽이 눈앞에 있는 드란트의 성벽보다 훨씬 튼튼할 듯싶다.

그리고 그런 드란트의 출입문으로 향하는 집단이 여기에서도 보였다. 딜런의 구조대 일행과 안내역들이다.

아크가 그들의 뒷모습을 지켜보자 갑자기 아리안이 불만스러운 시선을 던졌다.

"그건 그렇고, 아크. 언제 온천물을 담아왔어요? 그 녀석이 얼굴을 보이라고 하는 탓에 좀 동요했잖아요……."

"아아, 그거 말이오."

조금 전의 실랑이를 떠올린 아크는 등에 멘 짐자루에서 종이 묶음을 끈으로 철한 책자 한 권을 꺼내었다.

"이런 일도 생길까 봐 선실을 정확히 기억하도록 그대로 옮겨

그렸소. 덕분에 선실에서 신사의 온천까지 갔다 올 수 있었지."

아크는 책장을 넘기며 그 그림을 아리안에게 보였다. 그러자 옆에서 치요메도 책자를 들여다보고 머리에 달린 고양이 귀를 쫑긋거렸다.

"이건 지난번에 랜드프리아의 노점에서 샀던 거군요. …… 승선한 선실 풍경입니까?"

치요메가 들여다본 종이 한 장에는 선실의 모습을 정성스럽게 묘사한 그림이 그려져 있었다.

오늘 아침 일찍 선내를 그린 그림이다.

아크가 지닌 장거리 전이마법 【게이트】는 한 번 갔던 장소여야 하고, 머릿속에서 풍경을 똑똑히 떠올리지 않으면 전이할 수 없다는 조건이 있다.

그러나 특징적인 경치를 보이는 장소라면 모를까, 이번 경우처럼 실내라는 흔해 빠진 곳에서는 제대로 전이하지 못한다. 아마 실내는 강한 인상을 주지 않아서 흐릿한 모습만 남고, 전이할 때의 좌표 설정 조건도 채워지기 어려운 까닭이리라.

자기 방의 풍경은 오랜 시간 지냈으므로 생각해내기 쉽지만, 하룻밤 묵은 호텔의 객실을 자세히 기억하는 사람은 그리 많지 않을 터다.

그래서 이 풍경 책자로 불확실한 기억을 보완하여, 전이이동이 가능해지도록 하는 요소를 늘린 것이다.

이 책자에는 그동안 들른 여러 장소를 그려 넣었고, 앞으로도 새로운 전이 장소를 늘려나가면 세계 곳곳을 편하게 갈 수 있으리라.

아크가 그런 미래의 여행 계획을 상상하자, 아리안이 풍경을 묘사한 책자를 빼앗아 황금색 눈동자를 휘둥그레 떴다.

"잠깐만요, 아크! 이거! 나 아니에요!?"

아리안이 가리키며 보여준 그림은 선실 침대에서 기분 좋다는 얼굴로 잠이 든 그녀의 천진난만한 모습이었다.

"으음, 스스로도 꽤 미인으로 그렸다고 생각하는데 어떻소?"

아크가 자신작에 가슴을 펴며 대답하자 아리안이 뭔가 말하고 싶다는 눈치로 몇 번이나 입을 우물거렸다. 그러나 아리안은 그대로 책자를 덮고 난폭하게 되돌려 주었다.

"그, 그냥 아무것도 아니에요……."

뾰족한 귀 끝을 붉게 물들이고 중얼거리는 아리안의 옆에서 치요메도 다시 그림에 시선을 떨어뜨렸다.

"……저는 이불을 덮고 자서 꼬리밖에 안 보이는군요."

치요메는 조금 아쉽다는 것처럼 혼잣말을 내뱉었고, 폰타는 아크에게 따지듯이 투구를 탁탁 때렸다.

보다시피 아크가 자던 침대의 시점에서 그렸으므로, 같은 침대를 쓴 폰타는 그림 속에 없었다.

일단 아크는 폰타의 그림은 다음에 그리기로 하고, 이번에도 새로운 전이 장소를 그려두기로 했다.

"인간족의 영역으로 나가기 전에 한 시간쯤 여유를 가져도 좋겠소? 이 마을의 풍경도 그려두고 싶어서 말이오."

무슨 일이 벌어졌을 때는 전이마법으로 곧장 신사까지 돌아갈 수 있지만, 다시 여기로 돌아오는 게 힘들어진다.

특징적인 풍경을 보이는 드란트라서 가까운 거리를 전이하는 정도는 문제없을 것이다. 그러나 기억이 모호해지면 전이를 못하게 된다──. 이 작업은 이른바 보험이다.

더구나 전이 가능한 장소를 한 번 죽 훑어볼 수 있다는 점도 나중에 뭔가 도움이 되리라.

"알았어요. 하지만 저쪽에서 또 시비를 걸면 성가시니까 조금 멀리 옮겨요."

아리안의 지시에 동의한 아크와 치요메는 드란트로부터 약간 떨어진 장소로 이동했다.

특징적인 풍경은 그리기 쉬워서, 작업 자체는 상당히 순조로웠다.

"으음, 상당히 잘 그렸군."

다 그린 풍경과 뒤에 펼쳐진 드란트의 먼 경치를 비교한 아크는 만족할 만한 그림에 혼자 자화자찬하는 말을 내뱉었다.

옆에 앉아 하품하면서 기다리던 아리안이 그 말을 듣고 아크에게 시선을 던졌다.

"뭐예요, 끝났어요?"

조금 전의 하품으로 눈가에 눈물이 맺힌 아리안은 크게 기지개를 켠 후 예쁘게 생긴 엉덩이에 묻은 흙먼지를 털어내고 일어섰다.

그때 근처의 커다란 나무에 올라 주위를 살피던 치요메도 내려왔다.

"출발합니까?"

아크가 조용한 목소리로 묻는 치요메에게 살짝 고개를 가로저었다. 그러자 치요메는 의아하다는 듯이 고개를 갸웃거리며 아크의 얼굴을 올려다보았다.

아크는 그런 치요메에게 변명하듯이 손을 내젓고 대답했다.

"아니, 바로 출발할 셈이지만, 잠시만 기다려 주시오."

아크는 아리안과 치요메로부터 조금 떨어진 장소로 가서, 장거리 전이마법인 【게이트】를 발동시켰다.

곧바로 달려온 폰타는 아크의 몸에 달려드나 싶더니, 평소의 지정석인 투구 위에 올라탔다.

지면에는 빛나는 마법진이 벌써 만들어졌다. 다음 순간 눈앞이 어두워지고 나서, 정말 아크가 좌표로 설정한 기억 속의 풍경과 똑같은 장소에 서 있었다.

고개를 들자 하늘을 덮을 듯한 거대한 수목의 나뭇갓이 펼쳐졌고, 그 커다란 나뭇갓의 틈새로 쏟아지는 많은 햇빛이 발밑의 세계를 비추었다.

눈앞의 거대수는 로드 크라운이다.

그리고 지금 있는 장소는 절찬리에 새롭게 꾸미는 중인 북쪽 대륙의 낡은 신사였다.

주위를 둘러본 아크는 출발 전과 다름없는 풍경에 한숨을 내쉬고 소리를 질렀다.

"어~이, 시덴! 있으면 나와라—!"

아크가 주변의 울창한 숲을 향해 외치자, 방금까지 투구 위에 얌전히 앉아 있던 폰타가 따라 하듯이 짖어댔다.

"큐~웅! 큐~웅!"

폰타의 울음소리에 이끌렸는지 아니면 먼저 부른 아크의 성과였는지—— 숲속에서 나무들과 풀숲을 헤치며 한 마리의 드립트프스가 나타났다.

낡은 신사를 잘 지키라며 놔두고 온 드립트프스 시덴이다.

아크와 폰타의 모습이 시야에 들어오자, 시덴은 기쁘다는 울음소리를 내며 일직선으로 풀숲을 밟고 달렸다.

"규리이이이잉."

아크는 돌진해온 시덴의 거체를 있는 힘껏 받아냈다. 시덴은 아크의 발밑에 땅이 파이고 나서야 겨우 멈춰섰다.

일단 시덴의 입장에서는 반가운 마음에 장난을 치는 듯하다. 그러나 평범한 사람이라면 소형 트럭에 가볍게 부딪힌 상태다.

호인족에게 우호의 증표로 받기는 했는데, 이 녀석을 길들이기 위해서는 그에 걸맞은 힘이 필요하다.

겉보기에는 작은 용 같은 박력 있는 모습을 자랑하지만, 이렇게 잘 따르면 이상하게 귀여워 보이는 것은 어째서일까.

"큥! 큐~웅."

그때 폰타가 아크의 투구 위에서 시덴에게 말을 걸듯이 짖어댔다. 그러자 시덴도 폰타에게 대답하듯이 몸을 떨며 하얀 갈기를 흔들고 울음소리를 냈다.

아크는 우정을 주고받는 듯한 폰타와 시덴의 옆에서 말참견하는 형태로 끼어들었다.

"너도 여기서 지내는 데에 익숙해졌겠지만, 이 산 정상에만 있으면 답답할 테지. 잠시 바람이라도 쐬러 나가볼까. 오랜만에 마음껏 달리게 해 주마."

시덴의 목덜미를 어루만진 아크는 낡은 신사에 보관한 안장을 얹기 무섭게 올라탔다.

시덴은 크게 한 번 목을 떨더니, 콧김을 내뿜고 아크의 말을 이해한 것처럼 기쁘다는 듯이 앞발을 내저으며 보채는 몸짓을 했다.

아크는 그런 시덴을 진정시키려는지 목덜미를 쓰다듬고 달랜 후 다시 【게이트】를 열었다.

또 주위의 경치가 어두워지면서, 아리안과 치요메의 앞에 돌아와 있었다.

"꺄!?"

그러나 돌아온 순간, 아리안은 눈앞에 갑자기 모습을 드러낸 시덴의 거체에 놀라 무심코 비틀거리며 엉덩방아를 찧었다.

곧이어 아리안이 그 거체의 정체를 알아차리고는 아크를 향해 비난의 시선을 던졌다.

"저기요, 데려올 거면 미리 말해 줘요!! 정말이지……."

평소에는 별로 여성다운 비명을 지르지 않는 아리안이 허를 찔렸다고는 해도 빈틈을 보인 자신의 모습을 얼버무리려는 듯이 아크에게 불만을 내뱉었다.

"아크 님, 시덴을 타고 인간족의 나라로 들어가는 겁니까?"

가까이 다가온 치요메가 시덴의 거체를 올려다보면서 당연한 의문을 물었다.

"이 녀석도 가끔은 넓은 장소를 달리게 해 줘야겠다고 생각해서 말이오. 게다가 인간족의 영역에 들어가도 그렇게 남의 눈에 띄지는 않겠지."

이 세계의 인간이 차지하는 영역은 상당히 좁다.

물이 있고 농사에 적합한 평지에는 많은 인간족이 살지만, 마수가 날뛰는 이 세계에서 인간의 삶은 대부분 보호를 받는 성벽 안에 존재한다.

성벽 밖에 펼쳐진 경작지도 주거가 있는 중심지로부터 너무 멀리 떨어져서는 개척할 수 없기도 하다. 따라서 인간의 영역이라고 해도 사실은 사람의 눈길이 닿는 장소는 놀랄 만큼 좁다.

그 점은 이 이세계에 오고 나서 인간족의 도시를 여러 군데 들르며 피부로 느낀 인상이다.

시덴이 지금의 열 배인 40m는 될 법한 드래곤 로드급이라면 모를까, 현재의 크기로 이동하더라도 걱정과 달리 들키지 않는다고 짐작한 것이다.

또한 이번 목적지인 힐크 교국과 합친 4개국의 크기는 로덴 왕국의 국토를 훨씬 뛰어넘는다고 한다.

시덴의 답파력이라면 다소의 숲과 수풀은 길을 만들면서 나아갈 수도 있을 테고, 장거리를 주파하는 체력은 긴 여정에는 딱 알맞으리라.

그 점을 치요메도 이해했는지, 고개를 끄덕이며 시덴의 콧등을 어루만졌다.

"잘 부탁할게요."

치요메의 말에 대답하듯이 시덴은 크게 콧김을 내뿜었다.

"드란트 놈들이 또 시비를 걸기 전에 숲을 나가죠."

아크와 치요메의 대화에 무관심한 아리안은 방금까지 동요하던 모습을 전혀 보이지 않은 채 짐을 시덴의 안장에 매달면서 갈 길을 재촉했다.

그 의견에는 아크와 치요메도 찬성이었다. 시덴의 고삐를 쥔 아크는 녀석의 목을 아까 엘프족 수행원이 알려준 길—— 숲을 빠져나가는 방향으로 돌렸다.

"으음, 그럼 가볼까."

그렇게 말하자 아리안이 안장 뒤에 올라탔고, 치요메는 아크의 앞에 앉았다.

"큐~웅!!"

시덴의 머리 위, 하얀 갈기의 숲속에서 폰타가 출발 신호를 내리듯이 짖었다. 그러자 시덴도 그 소리에 따르는 것처럼 울음소리를 내더니, 아크의 지시를 기다리지도 않고 달리기 시작했다.

맹렬하게 속도를 높이는 시덴은 숲속의 좁은 길을 돌진하는 뿔을 이용하여 모조리 밀어젖힐 듯한 기세로 뚫으면서 나아갔다.

이따금 뻗어 나온 가지와 나뭇잎이 시덴을 탄 아크 일행을 무섭게 덮쳤다. 그러나 치요메는 몸을 낮추어 피했고, 아크는 전신 갑주의 방어력에 기대어 충돌과 함께 산산조각을 냈다.

아리안은 그런 아크를 방패로 삼아 그의 등 뒤에서 몸을 움츠렸다.

"와하하하하하하하하하하하!"

아크는 너무나 난폭하게 숲을 달리는 시덴의 모습에 갑자기 웃음이 치밀어올랐다. 투구 속에 울리는 목소리가 갑옷 사이로 새어 나와 루앙숲에 메아리쳤다.

남이 듣기에는 꺼림칙한 웃음을 흘린 아크는 뿔을 밀어붙이면서 숲을 질주하는 거체가 상당히 위험한 생물로밖에 보이지 않겠다는 생각을 떠올렸다. 그러는 동안 숲의 나무들은 드문드문해졌고, 곧이어 숲의 경계선이 시야 전방에 펼쳐졌다.

시덴은 숲속에서도 아무렇지 않게 자동차와 맞먹는 속도를 냈지만, 예상보다 숲의 경계선에 빨리 다다랐다.

시덴을 타고 아직 한 시간도 지나지 않았을까.

숲을 벗어나자 완만한 구릉지대가 지평선까지 이어지는 경치로 바뀌었고, 아크는 시덴의 고삐를 살짝 잡아당겨 속도를 늦춘 후 뒤돌아보았다.

"의외로 숲이 깊지 않네요. 때마침 이 일대가 그런 걸까요?"

치요메는 고삐를 쥔 아크를 올려다보고 말했다. 아크도 후방에 펼쳐진 루앙숲에서 시선을 옮겨 눈앞의 구릉지 주변을 살폈다.

"어쨌든 루앙숲을 빠져나온 건 좋지만, 사스케 공의 발자취를 찾겠다고 해도 광대한 땅에서 한 명의 흔적을 좇을 만한 뾰족한 수도 없소――. 그렇다면 문제의 힐크 교국을 향해야 하나?"

아크가 앞으로의 계획에 관해 중얼거리면서 눈앞의 치요메에게 시선을 떨어뜨리자, 그녀도 그 말에 동의하듯이 고개를 끄덕였다.

"그러네요. 가는 도중에 인간족의 도시를 들른다면 정보도 모을 수 있을 것 같습니다만."

"그럼 먼저 목적지는 힐크 교국으로 정할까. 사스케 공의 일도 그렇고 너무 방심하면 안 되겠지만, 여기서 고민해도 아무것도 시작하지 못할 테니 말이오."

아크는 약간 생각에 잠긴 듯한 치요메에게 나름대로 정리한 의견을 확인하듯이 말하고 이후의 방침을 결정했다.

그러고 나서 좌우를 둘러본 아크는 끝없이 펼쳐진 비슷한 풍경에 고개를 갸웃거렸다.

"그런데 목적지를 가더라도 힐크 교국은 어디로 향해야 하는 건지……."

뒤에 앉아 있던 아리안이 아크의 혼잣말을 듣고 어느 방향을 가리켰다.

"치요메 양의 얘기대로라면 힐크 교국은 델프렌트 왕국 서쪽에 있잖아요? 우리는 남쪽 해안 방면에서 올라왔으니까 북서쪽 아니에요?"

아리안이 논리정연하게 끌어낸 대답에, 조금 방향치인 아크는 의심할 여지도 없었다.

고삐를 잡은 아크가 시덴의 코끝을 아리안이 알려준 방향으로 돌리고 다시 출발했다.

키 작은 풀잎이 완만한 기복을 가진 구릉 전체를 덮은 초원, 그곳을 한 마리의 드립트프스가 기분 좋다는 듯이 여섯 개의 다리로 땅을 박차고 흙먼지를 일으키면서 달렸다.

아크 일행은 흘러가는 경치가 거의 바뀌지 않는 한가롭고 웅대한 자연 속을 나아갔다.

그러나 앞쪽을 바라보던 치요메가 뭔가를 발견했는지, 날카로운 목소리를 내고 어떤 방향을 가리키며 아크에게 시선을 들었다.

"아크 님! 오른쪽 전방에 질주하는 기마와 거미 괴물입니다!"

아크는 시덴의 안장 위에서 치요메가 가리키는 방향으로 시선을 옮겼다. 그러자 저 멀리 빠르게 달리는 여러 마리의 말이 보였다.

맨 앞쪽의 말에는 여성으로 여겨지는 기수가 지금의 아크처럼 안장에 소녀 한 명을 태웠다. 그리고 나머지 일행은 장비를 몸에 단단히 갖춘 남자들의 기마대다.

소녀를 태운 말을 지키듯이 주위를 둘러싸고 맹렬히 질주하는 기마대를 뒤쫓는 괴물의 모습이 눈에 들어왔다.

하반신은 거대한 거미였고, 몸통이 두 개로 갈라진 듯한 인간의 상반신을 지녔다. 또한 네 개의 팔에는 저마다 방패와 무기를 쥐었는데, 그런 이상한 형태이면서도 말과 비슷한 속도로 따라왔다.

한낮에 멀리서 보는 그 광경은 어딘가의 B급 공포 영화 같았지만, 쫓기는 당사자들에게는 악몽이나 다름없으리라.

"이런 행운이 있나! 저쪽에서 실마리가 찾아왔군!"

아크가 고삐를 내려치고 자신의 의사를 전하자, 그 뜻을 알아차린 시덴은 당장 방향을 바꾸었다.

정말 똑똑한 녀석이다.

"일단 쫓기는 자들을 도와서, 저 괴물의 출처를 물어보도록 할까!"

"네!" "그래요!"

아크의 말에 동의한 치요메와 아리안이 동시에 대답했다. 곧이어 땅을 달리는 여섯 개의 다리에 힘이 넘쳐흐르더니, 시덴의 거체가 더욱 가속하여 순식간에 거리를 좁혔다.

◆ ◇ ◆ ◇ ◆

사루마 왕국 동부.

노잔 왕국과 사루마 왕국을 가로막듯이 이어지는 소비르 산맥.

그 산맥의 동부지역에서 남앙해로 흐르는 휠스강 동쪽은 일찍이 노잔 왕국의 영토이기도 했던 토지였지만, 지금은 사루마 왕국의 땅이 되었다.

현재 그곳을 다스리는 인물은 사루마 왕국의 귀족—— 한때 노잔 왕국으로부터 이 일대를 빼앗은 활약을 보인 브라니에 후작이다. 그 후 변경백을 일컫고 있다.

그런 브라니에령(領)의 완만한 구릉지, 주변에 집락은커녕 경작지도 없는 초원에는 선을 그은 듯한 한줄기 거친 길이 뻗었다.

한 대의 마차가 그 거친 길을 서두르듯이 나아갔다.

마차 자체는 별로 의장에 공을 들여 만든 것은 아니었다. 최소한의 기능만 갖춘 어디에나 있을 법한 마차로밖에 보이지 않았지만, 마차의 격과 동떨어진 훌륭한 체격의 네 마리 말이 끌었다.

평소 오가는 사람이 별로 없는지, 거친 길에는 크고 작은 돌멩이들만 굴러다녔다. 그 때문에 마차가 돌멩이들을 밟고 덜컥덜컥 소리를 내며 흔들렸다.

그리고 그런 마차를 호위하듯이 주위에는 10기 정도의 기마가 나란히 달렸다.

말의 고삐를 쥔 이들은 각각 동일하게 갖춘 멋진 갑옷을 몸에 걸쳤다. 허리에 찬 검을 통해 그들이 기사나 그에 버금가는 무장집단이라는 사실을 알 수 있었다.

무장집단의 정체는 얼마 전에 노잔 왕국의 왕도를 탈출한 무리였다. 그리고 수수한 마차를 탄 이는 바로 현 국왕의 딸인 릴 제1왕녀다.

그러나 타국의 영토가 된 땅을 지나기 위해, 소속을 나타내는 문장과 깃발은 하나도 내걸지 않은 채 남의 눈을 피하듯이 그저 빠르게 이동할 뿐이었다.

집단의 선두에는 주변 사람들보다 화려한 장비를 걸친 한 쌍의 남녀가 보였는데, 그 둘은 릴 왕녀를 지키는 호위기사의 임무를 맡은 자들이었다.

그중 한 명인 호위기사 니나. 긴 검은 머리를 땋아 단단히 묶은 니나는 아직 젊었다. 약간 가느다란 흑요석 눈동자와 햇빛에 살짝 그은 피부는 어딘가 소녀의 느낌이 남아 있었다.

그런 니나가 옆에서 말을 타고 가는 거구의 남자를 향해 언짢다는 듯이 지금의 상황에 불만을 쏟아냈다.

"왕도를 떠난 지 이틀. 영내에서 말을 갈아타고 전속력으로 여기까지 왔는데, 사루마 왕국에 들어온 이후 눈에 띄게 속도가 떨어졌어. 디모 백작령에 가는 길을 서두르는 게 좋지 않아?"

고민하는 표정을 지은 니나에게 또 한 명의 호위기사인 자하르가 조용히 고개를 가로저었다.

짧은 밤색 머리와 날카롭고 사나운 얼굴, 그리고 말수가 적은 입을 굳게 다문 우람한 체격의 자하르는 왠지 위압적이었다.

"여기는 이미 적국이다. 영내의 도시처럼 들러서, 지친 말을 바꾸는 방법은 쓸 수 없다. 그럼 말이 지치지 않을 최대한의 속도로 이동하는 게 결과적으로는 목적지에 가장 일찍 도착한다. 말이 도중에 쓰러지면 전부 헛일이다."

자하르의 정확한 대답에 니나는 자신들이 놓인 상황을 재인식하고 분하다는 듯이 커다란 한숨을 내쉬었다.

현재의 장소는 목적지인 디모 백작령에서 말을 타고 약 한나절쯤 걸리는 곳이리라.

자하르의 말대로 이곳에서 괜히 말을 지치게 했다가는 자칫 타국을 걸어서 이동하는 꼴이 된다.

당장은 빠른 걸음 수준의 속도로 나아가는 게 옳다. 그러나 머릿속으로는 그게 옳다고 생각하면서도, 왕도를 쳐들어온 수많은 언데드와 언제 순찰병에게 들킬지 모른다는 걱정에 너무 느긋할 수 없다는 것도 사실이다.

한 번 크게 머리를 흔든 니나는 손에 쥔 고삐를 당겨 속도를 늦추더니, 자신의 주인인 릴 왕녀가 탄 마차 옆으로 바싹 붙었다.

마차 안의 릴 왕녀도 알아차렸는지, 나란히 달리는 니나에게 창문을 열고 물었다.

"왜 그러느냐, 니나? 무슨 일이 있었느냐?"

릴 왕녀는 선두를 나아가던 전속 호위기사의 행동에 의문을 품고, 살짝 고개를 갸웃거리면서 천진난만한 눈동자로 니나를 바라보았다.

니나는 작게 고개를 가로저으며 릴 왕녀에게 대답했다.

"아닙니다, 릴 공주님. 공주님이야말로 오랫동안 마차를 타서 피곤하지 않으십니까?"

니나의 물음에 릴 왕녀는 조금 전까지의 소녀다운 표정을 지우고 고개를 저었다.

"왕도가 위기에 처했는데, 내가 이만한 일로 약한 소리를 내서야 되겠느냐!"

릴 왕녀의 말에 주위의 다른 호위 병사들은 말문이 막혔다.

겨우 열 살을 넘었을 뿐인 작은 몸인데도 릴 왕녀는 국왕이 맡긴 임무를 다하기 위해 주먹을 꽉 움켜쥐며 굳은 결의를 내뱉고 다시 거듭 말했다.

"자하르에게도 가능한 한 서둘러 디모 백작령을 향하도록 말하고 싶구나, 니나."

릴 왕녀의 부탁에 니나도 감동을 하여 고개를 끄덕이더니, 선두를 달리는 자하르의 곁으로 돌아가려고 했다.

그러나 그때 뒤에서 병사 한 명의 위급함을 알리는 목소리를 듣고 단숨에 긴장되었다.

"후방으로부터 적 출현! 거미 괴물입니다!"

당장 마상에서 뒤를 돌아본 니나는 보고에 나온 거미 괴물이 있는지 살폈다.

그러나 찾는 수고를 덜어주듯이 시야가 탁 트인 구릉지의 먼 후방에서 자신들을 쫓아오는 이형의 괴물 한 마리가 눈에 띄었다.

그 괴물은 한 쌍으로 갈라진 우람한 인간의 상반신과 두 개의 머리, 그리고 하반신에 억지로 이어붙인 듯한 거대한 검은 거미의 몸통을 지녔다. 또한 등 뒤에 각각 두 개씩 달린 팔은 전부 네 개나 있었다.

얼룩으로 변색한 피부를 가진 거미 인간은 누가 봐도 사람의 손으로 만들어졌으리라 여겨지는 갑옷과 검, 방패를 무장한 채 조용히 미끄러지는 듯한 속도로 마차를 뒤따라왔다.

니나는 그 무시무시한 모습은 성에서 보고를 들었던 이형의 괴물이 틀림없다고 확신했다.

그리고 당연한 것처럼 어떤 의문이 니나의 머릿속을 스쳤다.

이 세계에서 언데드는 널리 알려진 존재다. 따라서 이따금 어떤 원인으로 생겨나는 언데드는 그리 빈번하지는 않아도 딱히 드문 존재도 아니다.

그렇다 보니 죽은 자가 언데드로 변하지 않도록 화장하는 게 사람들의 일반적인 습관이다. 그런 의미에서 인간이 언데드로 변한 종류는 희소했다.

문제는 노잔 왕국의 왕도 소우리아를 무수한 인간의 언데드 집단이 습격했다는 사실이다. 명백히 누군가의 지시로 움직였다고 판단할 수밖에 없었다.

하물며 그만한 수의 언데드가 자연 발생으로 나타날 리 없는 데다, 언데드 병사는 모두 똑같은 금속 갑옷을 장비하고 공격해 왔다.

전설에서는 죽은 자를 자신의 종으로 삼는 마법을 쓰는 존재가 있다고 한다. 각지를 여행하는 음유시인의 이야기 중 하나로서 부르는 노래를 들어보았지만, 이번 일은 그처럼 전설의 존재가 관계된 걸까.

니나는 그런 생각을 부정하듯이 머리를 흔들고, 선두의 자하르를 향해 말을 달렸다.

지금은 엉뚱한 의심에 마음을 빼앗겨 있을 상황이 아니다.

"자하르! 왕도를 덮친 거미 괴물이 왔다! 공주님의 마차를 앞으로 보내!"

니나의 말에 선두의 자하르가 말머리를 돌렸다.

"니나! 넌 공주님의 마차를 호위해! 맨 끝의 네 명은 나하고 함께 간다! 괴물을 맞아 싸운다!!"

여태까지의 과묵함은 어디로 갔는지 자하르는 뱃속에서 울리는 듯한 노성을 질렀다. 명령을 받은 네 명의 병사가 곧바로 반응하여 자하르의 뒤를 따랐다.

『찾았구나아, 버러지 놈드을!!!』

앞에서 닥쳐오는 이형의 거미 인간 괴물은 상반신에 달린 인간형 머리의 갈라진 입가를 일그러뜨리며 목구멍 깊숙한 곳에서 울리는 꺼림칙한 목소리를 내뱉었다. 그리고 머리에 들쭉날쭉하게 박힌 여러 눈알의 시선을 자신을 향해 덤벼드는 자하르 일행에게 보냈다.

자하르와 병사 네 명 전원은 그 위압에 침을 삼키며 검을 뽑더니, 한 손으로 고삐를 잡으면서 발뒤꿈치로 말의 배를 차고 속도를 높였다.

자하르는 평민 출신인데도 자신의 실력을 인정받아 기사가 된 인물이다. 또한 자하르를 쫓아가는 자들 역시 왕족의 호위를 맡은 근위 병사들이다.

저마다 뛰어난 무용을 자랑하는 이들로 이루어진 호위들은 두려워하지 않고 자하르를 따라 일정한 대열을 유지한 채 거미 괴물을 둘러싸듯이 다가갔다.

그러나 거미 인간은 이형의 겉모습과는 달리 집단에게 에워 싸이는 게 불리하다고 깨달은 듯했다. 포위망을 피하고자 호위들과 상대하기 직전에 거체를 깊숙이 낮추는가 싶더니, 자신에게 돌진하는 기마들을 거미 다리의 놀라운 다릿심으로 뛰어넘었다.

"뭐냐!? 빌어먹을!! 다들 반전한다!!"

거미 인간의 행동은 자하르에게도 상상을 벗어났던 까닭에, 그는 내뱉는 듯한 욕설과 함께 당장 고삐를 잡아당겨 말머리를 후방으로 돌렸다.

그러나 자하르의 눈에는 달리는 마차를 정확히 노린 거미 인간의 거체가 미끄러지는 것처럼 마차를 따라잡는 광경이 비쳤다. 다음 순간, 거미 인간은 다시 거체를 공중으로 띄워 올렸다.

한편 서서히 다가오는 이형의 괴물을 마차의 창문에서 몸을 내미는 듯한 자세로 지켜보는 릴 왕녀의 눈가에는 눈물이 맺혔다. 곧이어 릴 왕녀는 나이에 걸맞은 비명을 지르며, 평소 가장 의지하는 이의 이름을 있는 힘껏 외쳤다.

"뭐, 뭐냐, 저게!? 이, 이쪽에 왔다아아, 니나아아!!"

그 비명에 재빨리 반응한 니나는 달리는 마차에 말을 바싹 대더니, 몸을 내민 릴 왕녀의 작은 몸을 안은 채 창문에서 꺼냈다.

"니나!!"

"공주님! 떨어지지 않도록 단단히 제 몸을 붙잡으십시오!!"

니나가 주군을 자신의 말에 태우기 위해 마차에서 끌어올렸다. 바로 그때 나란히 달리던 마차가 위에서 떨어져 내린 거미 인간의 공격을 그대로 받아 산산조각이 나며 주변에 잔해를 흩뿌렸다.

마차를 끌던 네 마리의 말은 낙하 충격과 굉음으로 모두 그 자리에 쓰러졌다. 급격히 멈춘 탓에 두 마리는 다리와 목뼈가 부러져서 다 죽었다.

그리고 마차를 다루던 마부는 이미 몸의 절반이 찌부러져서 대지에 붉은 얼룩을 점점이 퍼뜨릴 뿐이었다.

릴 왕녀를 안장 앞에 앉힌 니나는 박살이 난 마차를 전속력으로 피하여 뒤를 돌아보고 괴물의 움직임을 살폈다.

『우오오오오오오오옷오오!!!』

거미 인간 괴물은 손에 든 대검으로 약간 숨이 붙어 있던 말을 때려죽였다. 분노를 담은 포효를 지른 거미 인간 괴물은 다시 여러 개의 눈알을 희번덕거리며, 멀어지는 릴 왕녀와 니나의 말을 노려보았다.

그때 후방에서 쫓아온 자하르 일행이 돌격하여 스쳐 지나듯이 잇달아 무기를 내리쳤다.

그러나 거미 인간의 표면은 여간 단단한 게 아니었는지, 병사들의 공격을 대부분 멀쩡하게 튕겨냈다.

다행히 자하르를 비롯한 몇몇 병사의 공격은 먹혀들어서 거미 인간의 몸에 상처를 남겼다.

거미 인간은 짜증 난다는 듯이 울부짖고 무기를 휘둘렀지만,

진작에 벗어난 자하르 일행에게는 아무리 강력한 공격이라도 닿지 않았다.

"여기서 녀석을 죽인다!!"

자하르의 호령과 함께 다시 말머리를 돌린 일행은 거미 인간을 향해 무기를 거머쥐고 돌격했다.

첫 번째 공격에서 거미 다리 하나에 깊은 타격을 받았는지, 두 번째 공격을 피하려던 거미 인간은 중심을 잃고 인간형 육체에 큰 상처를 입었다.

『아아아아아아아아아아아앗아아아아아!!!』

검은 피보라가 주위에 흩날렸고, 거미 인간은 더욱 고통스러운 비명을 질렀다.

그러더니 또 한 번 말머리를 돌리려는 자하르 일행을 상대하기를 그만두었다. 곧이어 멀리 달아나는 릴 왕녀와 니나에게 시선을 던진 거미 인간은 다친 다리를 억지로 움직여 피를 흘리면서 달리기 시작했다.

"젠장!! 공주님을 노릴 셈이다, 반드시 막아라!!"

자하르의 호령에 따라 근위 병사들은 말을 채찍질한 후 거미 인간을 쫓으려 했다. 그러나 거미 인간은 자신이 가진 대검 두 개 중 하나를 아무렇게나 내던졌다.

거미 인간이 엄청난 힘으로 날린 대검은 사신의 낫처럼 회전하더니, 뒤쫓던 병사 두 명을 고깃점으로 바꾸고 대지에 요란한 금속음을 울리면서 굴렀다.

부하들의 끔찍한 말로를 흘끗 쳐다본 자하르는 어금니를 악물고 이마에 핏대를 올렸다.

상처를 입은 거미 인간이 이판사판이 되었다고 판단한 자하르가 부하들에게 성급한 명령을 내린 결과——— 허를 찔린 뼈아픈 반격을 당했다.

자하르는 그릇된 판단을 한 자신을 있는 힘껏 때리고 싶은 충동에 휩싸였지만, 지금은 그럴 상황이 아니었다.

고삐를 쥔 주먹에 핏줄을 드러내면서도 어떻게든 냉정함을 지키려는 듯이 가는 숨을 내쉰 자하르는 거미 인간의 뒷모습을 노려보며 전속력으로 쫓아갔다.

그때 거미 인간이 노리는 전방의 집단, 릴 왕녀와 니나를 호위하는 무리에서 떨어져 나온 세 명의 근위병이 말머리를 돌리고 그대로 스쳐 지나는 것처럼 거미 인간의 공격에 끼어들었다.

거미 인간이 포효를 지르고 분노를 드러내는 가운데, 자하르는 세 명의 근위병과 합류했다.

"자하르 님! 니나 님이 이쪽을 거들라고 하셨습니다!"

합류를 이룬 근위병 한 명이 땅을 울리는 말발굽 소리에도 뒤지지 않는 커다란 목소리로 사정을 전하자, 자하르는 묵묵히 고개를 끄덕였다.

릴 왕녀의 호위를 줄인 니나의 판단은 만일의 경우에는 위험하겠지만, 눈앞의 괴물을 제거하지 못하면 어차피 안전을 확보할 수 없다.

그 점을 이해한 자하르는 무기를 치켜들고, 나란히 달리는 근위 병사들에게 명령을 내렸다.

"어쨌든 놈의 다리를 노려라! 다리를 멈추면 공주님이 훨씬 안전해진다! 동시에 공격한다!!"

자하르의 호령에 주위의 근위병들이 기합을 지르며 거미 인간에게 덤벼들었다.

앞에서 질주하는 니나 일행은 상처 입은 괴물의 숨통을 끊기 위해 분투하는 자하르와 근위병들의 활약을 이따금 뒤돌아보면서 살피던 까닭에 어떤 사실을 눈치채는 게 한발 늦었다.

그것을 제일 먼저 알아차린 이는 니나나 다른 근위병들이 아니라 그녀에게 안기듯이 안장 앞에 앉은 릴 왕녀였다.

"니나!! 오른쪽 전방이다!!"

작은 몸으로 있는 힘껏 소리를 지른 또렷한 경고.

주인인 릴 왕녀의 목소리에 니나는 그녀가 가리킨 방향으로 허둥지둥 시선을 돌렸다.

완만하면서도 기복이 많은 구릉지는 대지의 물결 사이에 사각을 만들어, 그곳에 숨은 존재를 시야로부터 쉽게 감추었다.

요컨대 사냥감인 니나 일행에게 다가가기에는 더할 나위 없이 좋은 지형이었다.

『놓치지 않는다!! 내려온 명령은, 왕도에서 도망치는 자들의 제거어!!』

후방에서 자하르가 상대하던 거미 인간이 아닌, 또 다른 거미 인간이 네 개의 팔에 쥔 금속제 둔기를 치켜들고 언덕 그늘에서 뛰쳐나왔다.

너무나 갑작스러운 괴물의 출현에 니나의 사고가 잠시 멈추었고, 인간과 거미를 뒤섞은 이형의 융합체가 우렁차게 외치면서 손에 든 무기를 내리쳤다.

"니나아!!!"

릴 왕녀의 비통한 외침에 니나의 몸은 반사적으로 멋진 반응을 보였다. 닥쳐오는 금속 덩어리 같은 대검이 광풍을 동반하여 양옆의 근위병을 산산조각내며 날려 버렸다.

그 공격을 아슬아슬하게 피한 니나는 허리에 찬 검을 한쪽 손으로 뽑아 거미 인간에게 반격을 노렸다——. 그러나 무기를 든 거미 인간의 팔은 하나만이 아니었다.

니나가 거미 인간을 향해 검을 휘두르려 했을 때 또 다른 대검이 그녀를 덮쳤다. 니나는 찰나의 판단으로 다시 공격을 피하고자 자세를 무너뜨렸다.

다음 순간, 검을 쥔 니나의 오른팔이 하늘 높이 날아가서 지면에 떨어졌다.

"우아아앗아아아아아아아앗아아아아아아아!!!"

어깨가 빠지는 듯한 충격과 타오를 것 같은 격통이 니나를 집어삼켰고, 안장 위에서 자세를 무너뜨린 채 말과 함께 옆으로 쓰러지며 내팽개쳐졌다.

안장 앞에 앉았던 릴 왕녀도 초원을 거칠게 구르면서 온몸에 찰과상을 입었다.

"릴 공주님!! 니나!!!"

거미 인간에게 발이 묶인 자하르는 시야 전방의 절망적인 상황에 평소의 냉정함도 잃고 부르짖었다.

그런 자하르를 눈앞의 상처투성이 거미 인간이 잠긴 목소리로 웃으며 가로막았다.

"비켜어어어!!! 성가시다아아!!"

분노를 담은 자하르의 포효에 주위의 근위병들도 분기(憤氣)하여 피에 젖은 무기를 치켜들었다.

그러나 지금 당장 괴물을 처치한다고 해도 릴 왕녀와 니나가 있는 장소까지는 꽤 먼 거리였다.

『노잔 왕국은, 여기서 아무도 모르게 사라진다아!!!』

불쾌하게 들리는 목소리를 내뱉은 거미 인간은 엄니가 즐비한 찢어진 입을 더욱 흉악하게 일그러뜨렸다. 그러더니 발밑에 쓰러져 신음하는 니나를 내려다보고, 손에 든 무기를 다시 높게 쳐들었다.

그 광경을 바닥에서 웅크리고 앉아 지켜보던 릴 왕녀가 목이 쉰 것처럼 흐느껴 울었다.

"싫어! 싫어어!! 니나아!!!"

그러나 거미 인간이 니나에게 대검을 내려치는 일은 벌어지지 않았다.

니나의 머리 위로 대검이 떨어지리라 생각했을 때, 어딘가에서 지면을 쿵쿵 구르는 듯한 땅울림이 구릉지 전체에 울려 퍼졌다. 그 소리에 정신을 빼앗긴 거미 인간이 두 개의 인간형 머리를 들어 올리고 주변을 둘러본 순간── 그것은 갑자기 모습을 드러냈다.

구릉지 사이에서 나타난 존재는 거미 인간보다 커다란 몸집을 자랑했다.

온몸은 검붉은 갑옷 같은 비늘로 덮였고, 거대한 두 개의 하얀 뿔이 뻗었으며, 등의 하얀 갈기가 바람에 나부꼈다.

그런 거체를 뽐내는 생물이 구릉지 사이에서 맹렬하게 등장

함과 동시에 무기를 치켜들고 굳어버린 거미 인간의 측면을 들이받았다. 이형의 괴물은 격렬한 충돌음과 함께 튕겨 날아갔다.

하얗고 단단한 두 개의 뿔에 찔렸는지, 괴물의 몸통인 거미 옆구리에 커다란 구멍이 뚫렸다. 잠시 후 그곳에서 거무칙칙한 액체가 새어 나왔다.

아마 괴물의 체액이리라. 거미 인간은 원망스러워하는 목소리로 크게 고함을 질렀다.

『웬 놈이냐아아아아아!!? 목격자도 죽인다아아아!!!』

찢어진 입가에서 점액 같은 침을 흩뿌리고 무기를 거머쥔 거미 인간을 향해 돌격해온 거구의 생물── 독특한 의장을 새긴 안장에는 세 명의 인물이 올라타 있었다.

"아리안 양, 치요메 양, 또 한 마리의 처리를 부탁하오."

그렇게 말한 이는 용 같은 생물의 한복판에 탄 갑옷을 걸친 기사다.

백색과 청색을 바탕으로 채색한 백은의 전신 갑주. 신화나 영웅담에서 나올 법한 정교한 의장으로 꾸며진 갑옷이었고, 밤하늘을 잘라낸 듯한 칠흑 같은 망토가 바람에 휘날렸다.

등에 멘 검을 뽑아 들자, 푸르고 날카로운 빛을 담은 성스러운 검신이 드러났다. 또한, 손에 쥔 둥근 방패도 복잡한 문양으로 장식되어 있었다.

그 위풍당당한 기사의 투구 위에는 어째서인지 가지런한 초록색 털과 솜털 꼬리를 가진 작은 동물이 달라붙은 채 바쁘게 꼬리를 흔들며 짖어댔다.

그런 신비로운 백은의 기사의 말에 대답하고 안장에서 내린 두 명의 인물.

　한 명은 아직 소녀처럼 보이는 나이였는데, 검은 머리에 커다란 모자를 깊숙이 눌러 썼다. 팔과 다리에는 간편한 검은색 방어구를 착용했으며 허리에는 단검을 찼다.

　그리고 나머지 한 명은 키가 큰 여성이었다.

　잿빛 외투로 완전히 몸을 가렸지만, 풍만한 곡선은 성숙한 여성이라는 사실을 알려 주었다.

　저마다 무기를 뽑은 두 여성은 자하르 일행이 분전하는 거미 인간을 향해 평범한 다릿심을 뛰어넘는 속도로 달려갔다.

　키가 큰 여성이 몸 주위에 출현시킨 화염은 의사를 지닌 듯이 꿈틀거리면서 그녀가 지닌 검을 휘감아 불꽃검을 만들었다.

　바람을 타고 흘러오는 열기에 섞여 여성의 입에서 이어지는 기도와도 비슷한 말이 들려왔다. 곧이어 여성이 휘두르는 불꽃검의 빛이 늘어나더니, 상처를 입은 거미 인간을 덮쳤다.

　그러자 화염의 궤적은 거미 인간의 거체를 핥듯이 기어올랐고, 상처를 안쪽에서부터 가차 없이 불태워 코를 찌르는 악취를 풍겼다.

　『아아아아아아앗아아아아아아아아웃우아!!!』

　절규하는 이형의 괴물에게 마지막 일격을 날린 이는 또 한 명의 작은 소녀였다.

　한 손으로 인을 맺은 소녀가 뭔가를 읊으며 푸른 눈동자를 크게 뜨자, 물로 이루어진 두 마리의 늑대가 옆에서 나타나 그녀를 따랐다.

더욱이 소녀의 단검은 하얀 냉기를 뿜었고, 그녀의 검섬은 꼬리를 끄는 것처럼 거침없이 공간을 갈랐다. 소녀는 잇달아 쏟아내는 공격으로 거미 인간의 몸을 난도질했다.

상처를 입은 거미 인간이 저항하기 위해 무기를 휘두르려고 했지만, 그런 움직임을 모조리 무력화시킨 존재는 방금 소녀의 손에 의해 만들어진 물의 늑대들이었다.

거미 인간이 거리를 좁히려 하면 다리를 물어뜯는 한편, 무기를 휘두르려 하면 팔을 물고 늘어졌다.

그런 광경을 눈앞에서 본 자하르와 근위병들도 잠시 멍하니 있었다.

두 여성의 검 솜씨는 실력에 자신이 있는 자하르가 보기에도 상당히 뛰어났다.

반면 엄청난 힘을 가진 거미 인간이 내뿜는 일격의 파괴력은 위협적이었지만, 검을 다루고 거리를 두는 법에 숙련된 두 여성에게는 오히려 빈틈이 커서 반격하기 쉬운 공격에 지나지 않았다.

이윽고 온몸을 화염과 얼음으로 좀먹힌 거미 인간은 거미 다리를 힘없이 꺾으며 그 자리에 주저앉았다. 그러고는 단말마의 비명과 함께 한때의 꿈이었던 것처럼 거체를 허물어뜨렸다.

그런 두 여성의 활약이 펼쳐지는 장소에서 떨어져, 백은의 갑옷을 걸친 기사는 손에 든 성스러운 검을 아무렇게나 쳐들었다.

"【와이번 슬래시】!"

낮은 목소리로 중얼거린 갑옷 기사는 광풍이 거칠게 불듯이 대검을 휘둘렀다──그 순간 번쩍인 검섬은 거미 인간을 향해 똑바로 날아갔다.

사람의 몸통 둘레만 한 나무조차 간단히 베는 참격의 검섬── 거미 인간은 그 공격을 아슬아슬하게 피하려 했지만, 조금 전 커다란 뿔에 받혀서 입은 상처가 원인인지 약간 비틀거렸다.

결국 거미 인간은 와이번 슬래시를 정통으로 거미 다리에 얻어맞았다.

강렬한 참격이 거미 인간의 다리를 잘라냈고, 거체를 떠받드는 다리 하나를 잃은 몸통은 크게 기울었다.

『뉘에이이노오오옴!! 네이노오옴!!』

고통스러운 표정을 지은 이형의 괴물은 핏발이 선 눈알 여러 개를 움직여, 앞에 서 있는 백은의 갑옷 기사를 노려보았다.

"괴, 굉장하구나……."

"웃으으으……."

그 전투 모습을 살피던 릴 왕녀와 호위기사 니나는 눈앞에서 벌어지는 초인적인 힘의 대전에 시선을 뗄 수 없었다.

완전히 다리를 멈춘 거미 인간을 상대로 이번에는 백은의 갑옷 기사가 방패와 검을 거머쥐고 거리를 단숨에 좁히며 덤벼들었다.

서로의 중량급 무기에서 불꽃이 튀었고, 주변에 금속끼리 긁어대는 불쾌한 소리를 울렸다.

그러나 네 개의 팔이 달린 거미 인간은 검을 맞댄 순간을 노리고 다른 무기를 있는 힘껏 휘둘렀다.

갑옷 기사도 그 공격을 읽었는지, 왼손에 쥔 둥근 방패를 이용하여 능숙하게 쳐냈다. 그 틈을 파고든 갑옷 기사는 검을 두 번 세 번 움직였다.

방패를 다루는 솜씨는 대단했지만, 검 실력은 약간 조잡한 부분도 보였다. 그러나 강한 힘으로 퍼붓는 파괴의 일격은 잔재주를 전부 엎어누를 만큼의 박력을 지녔다.

실제로 거미 인간이 피해서 빗나간 검의 일격이 그대로 지면을 파헤쳤는데, 대지를 깊게 할퀸 듯한 자국을 남길 정도였다.

저런 공격을 제대로 맞으면 설령 양손으로 튼튼한 방패를 거머쥐더라도, 인간쯤은 그 위에서 으깨질 만한 힘이었다.

그러나 상대도 보면 알 수 있듯이 터무니없는 괴물이다.

인지를 뛰어넘는 두 존재의 싸움에, 사람의 힘이 들어갈 여지는 전혀 없었다.

갑옷 기사와 거미 인간 양자는 '공방' 이라는 이름의 충돌을 여러 번 되풀이했고, 그때마다 거미 인간의 몸에는 치명상이 되기에 충분한 상처가 늘어났다.

그러자 거미 인간은 승산이 없다는 사실을 깨달았는지, 방어를 버린 채 앞으로 치고 나왔다.

『가아아아아아아아아아아아!!』

갑옷 기사는 거미 인간의 목숨을 건 마지막 공격에도 동요하는 기색을 보이지 않고, 냉정하게 거리를 재듯이 물러나 검을 고쳐 잡았다.

"【록 팽】!"

다음 순간, 갑옷 기사가 읊은 마법이 갑자기 거미 인간의 뒷다리 근처에서 발동했다. 바위의 엄니가 딱딱한 껍질을 잇달아 꿰뚫었고, 거미 인간의 의식이 약간 흐트러졌다.

"【칼라드볼그】!!"

거미 인간의 반응을 예상한 듯한 갑옷 기사는 상대가 빈틈을 보인 순간을 노려, 짧게 다시 마법의 말을 내뱉었다.

파란 번갯불을 뿜은 빛의 띠 같은 검신이 평소보다 두 배 이상 길어졌다. 곧이어 푸르스름한 빛이 거미 인간의 상반신에 있는 심장을 깊숙이 찔렀다.

거무칙칙한 피보라가 주변에 흩날렸고, 거미 인간의 등에서 튀어나온 푸르스름한 빛의 검은 아무런 저항도 없이 올라갔다. 그러자 괴물의 인간형 부위가 좌우로 갈라졌다.

실이 끊어진 꼭두각시처럼 힘을 잃은 괴물은 그 자리에 주저앉아 녹아내렸다. 거미 인간의 잔해는 소리도 없이 대지의 커다란 얼룩으로 바뀌었다.

"……설마 이렇게 빨리 이놈과 마주칠 줄이야."

독백하듯이 중얼거리는 백은의 갑옷 기사는 지금은 형체가 사라진 거미 인간 괴물의 얼룩을 흘끗 내려다본 후 검신에 두른 파란 빛을 떨쳐내는 것처럼 없애고 대검을 다시 등에 메었다.

그러고 나서 상처를 입은 채 쓰러진 니나와 여기저기 타박상을 입은 릴 왕녀에게 시선을 던졌다.

"니나!! 공주님!!"

그때 조금 전까지 거미 인간 괴물과 사투를 벌였던 자하르가 낯빛을 바꾸고 달려왔다. 자하르는 한쪽 팔을 잃고 피웅덩이에 잠긴 니나와 그 옆에서 멍하니 있는 릴 왕녀를 들여다보았다.

그런 자하르의 모습에 릴 왕녀도 겨우 사태가 진정된 사실을 이해했다. 그리고 자신을 구하려다 빈사 상태에 빠진 니나를 보더니 허둥지둥 그녀에게 기어갔다.

"니나! 정신 차리거라, 니나!!"

"……릴 공주, 님. 무사하셔서…… 다행, 입니다……."

고통으로 얼굴을 찌푸리는 니나의 모습에 릴 왕녀의 뜨거운 눈물이 그녀의 뺨에 뚝뚝 떨어졌다.

"정신 차려! 지금 지혈하겠다! 어이, 뭔가 묶을 걸 가져와라!"

얼굴이 새파랗게 질린 니나에게 큰 소리로 말을 건 자하르는 그녀의 팔이 잘린 부위를 억누르면서 근처의 근위병을 향해 고함을 지르듯이 지시를 내렸다.

그 말을 듣고 주위에서 달려온 근위병들이 어수선하게 움직이기 시작했지만, 위협적인 괴물을 간단히 굴복시킨 백은의 갑옷 기사가 나타나며 끼어들었다.

"미안하지만 잠시 비켜주실까……."

갑옷 기사의 꽤 느긋한 어조에 짜증을 느낀 자하르는 은인인 그를 살기가 가득한 눈으로 노려보았다.

투구의 틈새로 엿보이는 어둠 속에서는 갑옷 기사의 어떤 표정도 읽을 수 없었다.

그러나 갑옷 기사는 어느새 니나의 잘려 날아간 팔을 손에 들고, 가까이 모인 근위병들을 밀어젖히며 자하르의 옆에서 허리를 굽혔다.

릴 왕녀가 갑옷 기사의 그런 행동을 울어서 퉁퉁 부은 눈으로 올려다보았다.

백은의 갑옷 기사는 릴 왕녀에게 고개를 끄덕이더니, 들고 있던 니나의 팔에 물통의 물을 부어서 흙먼지를 씻어냈다. 그 후 곧바로 팔의 절단면을 니나가 피를 흘리는 부위에 맞추었다.

"아아아아아아아아아아앗아아아!!"

"!? 네놈, 무슨 짓을!!"

일련의 처치가 상처를 도려내는 듯한 통증을 니나에게 안겨주었는지, 비명 같은 신음을 지르는 모습을 본 자하르는 무심코 목소리를 높이며 붙잡으려 들었다.

그러나 지혈하기 위해 누른 니나의 팔을 뗄 수도 없는 노릇이었고, 분노의 화살을 거두지도 못한 채 한순간 당황했다. 그 빈틈을 별로 개의치 않은 눈앞의 갑옷 기사는 잘린 팔을 니나에게 꼭 갖다 대면서 마법의 말을 읊었다.

"그녀를 단단히 잡으시오. 【오버 힐】."

투구의 틈새로 새어 나오는 갑옷 기사의 말에 반응하듯이 그의 손—— 니나의 절단된 팔 주변에 밝고 따뜻한 빛이 흘러넘쳤다. 그 빛은 서서히 팔의 잘린 부위에 모여들었다.

반짝이는 빛은 마법을 발동시키는 기사의 백은의 갑옷에 반사되어, 그 기사 자체가 신성한 존재처럼 보이는 환상적인 풍경을 빚어냈다.

릴 왕녀는 그 광경에 커다란 눈동자를 더욱 휘둥그레 떴고, 목소리를 빼앗긴 듯이 마른침을 삼키며 바라보았다. 그것은 주위에 있던 자하르와 근위병들도 마찬가지였다.

몽롱한 의식으로 자신의 오른팔에 시선을 옮긴 니나는 절단면이 다른 생물처럼 서로 끌어당기며 이어지는 모습을 목격했다.

이윽고 빛이 가라앉자, 조금 전의 상처가 거짓말이었던 것 같은 깨끗한 피부를 지닌 니나의 팔이 그 자리에 드러났다.

자하르는 그 광경을 숨을 삼키고 지켜보았다.

방금 갑옷 기사가 보여준 마법이 교회의 사제가 잘 쓰는 치유 마법의 종류라는 사실은 알 수 있었다. 그러나 효력은 실제로 본 지금도 의심할 만큼 엄청났다.

그동안 자하르가 보아온 치유 마법은 얕은 상처나 붓기를 없애는 등 거의 눈에 띄지 않는 정도였다. 아무리 치유 마법에 뛰어난 유명한 사람이라고 해도 잘린 팔을 이어붙인다는 이야기는 들어본 적이 없었다.

보통은 교회 사제들이 신의 조화나 기적이라면서 베푸는 치유 마법이 어린아이 장난 같은 '주문' 수준으로밖에 보이지 않았다.

어안이 벙벙해진 자하르가 고개를 들자, 갑옷 기사의 동료로 여겨지는 여성 두 명이 시야에 들어왔다.

둘 다 바닥에 쓰러진 니나와 갑옷 기사의 행위를 지켜보는 듯했지만, 눈동자에 감탄한 빛은 띠었어도 딱히 놀라는 표정은 비치지 않았다.

아마 그들에게는 이 풍경이 별로 대단한 일도 아니리라.

그렇게 생각한 자하르는 전율을 느꼈다.

나라의 정예인 근위병들에게도 위협적인 존재를 가볍게 물리치고, 인지를 훨씬 넘어선 마법을 다루는 그들이 대체 무슨 목적으로 이 장소에 있는 걸까.

그리고 자신들이 위치한 이 땅이 어떤 곳인가── 노잔 왕국으로부터 영토를 빼앗은 공적과 무용을 갖추고 오랜 세월 노잔 왕국을 막아온 브라니에 변경백이 다스리는 토지다.

또한, 예술 작품 같이 만든 백은의 갑옷. 그런 갑옷을 한낱 용병이 가졌을 리도 없다.

눈앞의 인물이 브라니에 변경백의 오른팔이라고 불릴 만한 자라면, 노잔 왕국은 다시 토지를 빼앗길 운명에 처할지도 모른다.

그런 우려가 머릿속을 스친 자하르는 얼떨결에 침을 삼켰지만, 정작 그다지 신경 쓰지도 않는 당사자는 니나의 상태를 걱정스럽게 들여다보았다.

"큥!"

그때 여태까지 갑옷 기사의 투구에 달라붙었던 가지런한 초록색 털의 신기한 동물이 내려와서, 쓰러진 니나를 살피듯이 코를 여러 번 벌름거리며 짖었다.

솜털 꼬리를 살랑살랑 흔드는 모습에 그 자리의 긴장된 분위기가 안개처럼 흩어졌고, 니나는 그것을 기다린 것처럼 정신을 잃었다.

"니나!? 왜 그러느냐!? 니나!"

쓰러진 여성은 아마 기사이리라. 멋진 갑옷을 몸에 걸친 여성은 극도의 긴장이 풀려서 의식을 잃은 모양이었다.

그러나 그런 모습을 지켜보던 작은 여자아이는 대답하지 않는 여성의 용태를 걱정하여 매달리듯이 이름을 부르며 눈물을 흘렸다.

쓰러진 여성 기사의 가슴이 살짝 들썩이므로 문제없으리라.

"걱정할 필요 없소, 기절했을 뿐이오. 상처는 이미 치유 마법으로 나았지만, 상처 부위에서 피를 좀 많이 흘린 탓도 있겠지. 잠시 안정을 취하도록 놔두는 게 좋을 거요."

쓰러진 여성 기사―― 니나라고 불린 그녀에게 꼭 붙어 있던 여자아이가 고개를 들고 아크의 얼굴을 올려다보았다.

아크가 고개를 끄덕이자, 여자아이는 안도한 듯이 그 자리에 주저앉았다.

자세히 보니 그 여자아이도 여기저기 타박상과 찰과상을 입었다. 깨끗한 옷을 입었을 여자아이는 지금은 흙과 피투성이가 되어 꾀죄죄해 보였다.

그런데도 여자아이는 희미한 미소를 띠고, 쓰러진 여성 기사의 얼굴을 들여다보았다.

훌륭한 장비로 무장한 집단, 그리고 그중에서 단 혼자 나이도 차지 않은 소녀라는 구성원에 더해, 조금 전 여성 기사 니나의 '릴 공주님'이라는 호칭을 들건대 그들의 주인은―― 상당히 신분이 높은 자이리라.

"잠깐 얌전히 있으시오……."

아크는 릴 공주님이라고 불린 소녀의 상처투성이의 작은 몸을 향해 손을 뻗고 마법을 발동시켰다.

"【힐】."

곧이어 부드러운 빛이 생겨나더니 릴의 몸에 난 상처와 타박상에 빨려 들어가듯이 사라졌다. 그러자 피부에서 기존의 상처가 거짓말처럼 없어졌다.

"오오…… 굉장하구나!"

릴은 자신의 팔과 다리에 상처가 있던 자리를 확인하면서, 커다란 눈동자를 동그랗게 뜨고 놀란 목소리를 내뱉었다.

천진난만하게 떠드는 릴의 옆에서 방금까지 위협을 드러낸 거구의 남자는 말문이 막힌 듯했다. 남자는 아크와 정신을 잃은 채 쓰러진 니나를 번갈아 쳐다보며 시선을 헤매었다.

그런 남자의 태도를 알아차린 릴이 입을 삐죽 내밀고 그 점을 지적했다.

"뭐냐, 자하르. 뭘 멍하니 있느냐. 우리를 구해준 은인에게 예를 표해야 하느니라!"

릴은 눈가에 남은 눈물 자국을 도무지 귀인으로 여겨지지 않는 거친 몸짓으로 쓱쓱 닦더니, 장난스럽게 웃어 보였다.

자하르라고 불린 기사는 겨우 제정신을 차리고 한쪽 무릎을 꿇는 자세로 머리를 숙였다. 뒤에 있던 자들도 똑같이 그 자리에서 한쪽 무릎을 꿇었다.

"도움을 진심으로 감사드리오. 우리는———."

자하르는 그쯤에서 입을 딱 다물고, 뭔가 할 말을 찾듯이 시선을 갈팡질팡했다.

그때 자하르의 옆에 앉아 있던 릴이 그의 말을 잇는 것처럼 벌떡 일어나더니 아직 여성으로서의 성장이 보이지 않는 가슴을 펴며 입을 열었다.

"내 이름은 릴 노잔 소우리아. 사정이 있어서 여로에 올랐지만, 추격자에게 쫓겨 곤경에 처했느니라. 그대들의 활약으로 이 목숨을 부지할 수 있었다. 나도 거듭 감사의 말을 하마."

당당하게 말하는 릴의 모습은 불과 열 살 정도의 소녀인데도 불구하고, 의외로 몸에 밴 말투에서 상위자의 긍지로도 보이는 위압감이 느껴졌다.

아크는 릴이 밝힌 '노잔'이라는 이름을 들은 기억이 있다.

로덴 왕국의 랜드발트령(領), 그곳에서는 이웃 나라인 노잔 왕국과의 교역이 활발했다.

눈앞의 작은 소녀 릴이 '노잔'을 쓴 이름을 일컫고 많은 부하를 거느린 점을 비추어 보면, 그 왕국의 왕족—— 또는 그와 비슷한 신분을 가졌다는 뜻이다.

그러나 릴의 당당한 태도에 옆에서 한쪽 무릎을 꿇은 기사 자하르가 경악하고 초조해하는 얼굴을 번갈아 바꾸는 실로 놀라운 표정을 지었다.

자하르의 뒤에 있던 자들도 적지 않게 웅성거린 반응을 보건대, 아마 밝혀서는 안 되는 상황—— 또는 기밀이나 뭔가였으리라.

'노잔'을 일컫는 릴 일행이 현재 있는 장소, 루앙숲을 빠져나와 들어가는 인간족의 첫 번째 영역인 이곳은 분명 사루마 왕국의 영내였을 터다.

그런데 왕족으로 보이는 릴이 호위라고는 해도 아주 적은 인원만 데리고 이웃 나라의 땅에 있다.

사루마 왕국에는 사절로 왔을까, 아니면 망명일까.

더구나 릴은 또 하나 마음에 걸리는 발언을 꺼냈다.

아까 쓰러뜨린 괴물, 거미 인간을 '추격자'라고 말한 것이다.

릴 일행의 진로를 가로막으려는 존재가 뒤에 있다——라는 걸까.

아크가 깊은 생각에 빠진 가운데, 옆으로 다가온 아리안과 치요메도 그 사실을 깨닫고 뭔가 고민에 잠긴 듯싶었다.

단 한 마리, 폰타는 느긋하게 뒷다리로 귀 뒤를 긁으며 기분 좋다는 듯이 눈을 가늘게 떴다.

한편 기사 자하르를 비롯한 호위 집단의 근위병들은 어떻게 얼버무려야 할지 몰라 곳곳에서 신음을 흘렸다.

그러나 주위의 반응을 조금도 신경 쓰지 않는 릴은 커다란 눈동자를 반짝이면서 아크를 똑바로 바라보았다.

"그대들은 모두 엄청난 강자구나? 대체 어떤 자들이냐?"

순수한 흥미를 보이는 릴의 질문에 아크와 아리안, 치요메는 서로 시선을 주고받았다. 곧이어 아리안이 아크에게 묵묵히 고개를 끄덕였다.

"내 이름은 아크 라라토이아. 우리도 사정 때문에 지금은 여행 중이오."

아크가 자신의 이름을 밝히자, 옆에 있던 아리안과 치요메도 저마다 짤막하게 이름을 말했다.

"아리안 그레니스 라라토이아."

"치요메입니다."

왕족으로 여겨지는 이에 대한 자기소개로서는 약간 무례했지만, 당사자인 릴은 눈곱만큼도 불쾌한 표정을 짓지 않고 자주 고개를 끄덕이며 관심을 나타냈다.

릴의 뒤에서는 자하르가 놀란 얼굴로 아크에게 시선을 던졌다.

특별히 경악할 만한 말을 내뱉은 기억은 없었는데, 엘프족 마을의 이름을 대서 자신의 신원을 알아차린 걸까?

릴은 아크의 그런 의문에도 아랑곳하지 않은 채 몸을 내밀었다.

"여행자인가! 그대들의 목적이 급한 게 아니라면, 부디 내 호위를 맡기고 싶다만, 안 되느냐? 보수라면 부르는 값을 어떻게든 맞춰보겠다."

"!? 기다려 주십시오, 공주님!"

릴의 당돌한 제안에 가장 놀란 이들은 아크 일행이 아니라, 그녀의 뒤에 있던 자하르와 호위들이었다.

당황한 자하르가 릴을 말리며 목소리를 높였다.

호위 임무를 맡은 그들 앞에서 타인을—— 더구나 방금 만났을 뿐인 신원도 모르는 자를 새로 고용한다는 말은 체면에 관계된 문제이리라.

그러나 릴은 자신을 제지하는 자하르의 말을 작은 손으로 막았다.

"우리는 어떻게 해서든 이 사루마 왕국을 벗어나 디모 백작령으로 들어가야만 한다. 목숨이 아까운 게 아니니라. 우리가 백작을 만나 탄원하지 않으면 저 꺼림칙한 괴물들에게 왕도의 백성들이 죽임을 당한다…… 그러니!"

거기까지 말한 릴은 자신의 작은 손을 꽉 움켜쥐었다.

릴은 아직 앳된 소녀였지만, 진지한 눈빛과 진솔한 말은 비록 장소에 어울리지 않아도 이게 위에 서는 자의 긍지인가 싶을 만큼 감탄을 자아냈다.

그런 릴의 모습을 보고 뒤에 있던 자하르와 근위병들은 침통한 얼굴로 입을 다물었다.

아무래도 이들은 사루마 왕국의 영내에 무단으로 들어온 듯했다.

뭐, 아크 일행도 남의 말을 할 처지는 아니었다. 애당초 뚜렷한 국경선을 긋지 않은 이 세계에서는 한데 모은 병력의 이동을 제외하고는 다소 위험을 안더라도 타국 영내를 가로지르는 일이 비교적 많을지도 모른다.

디모 백작에게 가서 탄원하는 게 목적인 듯싶었다. 그러나 릴에게는 사루마 왕국의 영내를 가로질러서라도 반드시 해내야만 한다는 기개가 있었다.

조금 전 릴의 이야기를 통해 짐작하건대 아마 왕도에 원군을 요청하려는 걸까.

그럼 디모 백작이란 누구인가——라는 의문이 생겨난다.

아크가 곁눈질로 치요메에게 확인하자, 그녀는 그 시선의 의미를 이해하는 눈치였으나 고개를 작게 가로저어 대답을 대신했다. 치요메도 디모 백작이 어떤 자인지 모르는 모양이었다.

그러나 왕도의 백성이 괴물에게 살해된다는 이야기는 꽤 험악하다.

괴물은 아까 쓰러뜨린 이형의 언데드인 거미 인간이리라. 보아하니 본격적으로 언데드를 수하로 삼아 움직이는 세력이 있는 듯하다.

그 첫 번째 후보가 힐크 교국이 되는 셈인가——.

아크가 살짝 망설이듯이 아리안에게 시선을 보내자, 그녀는 노골적으로 한숨을 내뱉으며 어깨를 으쓱였다.

잿빛 외투 속에서 엿보이는 황금색 눈동자가 말하는 내용은 평소처럼 어이없다는 뜻일까.

치요메는 뭔가를 생각하더니 아크에게 다가와 귓속말을 했다.

"흐음."

치요메의 의견을 듣고 난 아크는 머리에 덮어쓴 투구를 천천히 벗으며 릴 일행의 앞에 민얼굴을 드러냈다.

"이럴 수가, 엘프인 게냐!?"

"엘프!? 루앙숲의 주민인가!?"

자하르는 아크의 검은 머리와 갈색 피부, 진홍색 눈동자와 길고 뾰족한 특징적인 귀를 보더니 루앙숲의 엘프족으로 판단한 듯싶었다.

거미 인간과 대치할 때 미리 로드 크라운의 샘물을 마신 이유는 이런 사태를 예상해서——는 아니다.

최근 육체를 가진 상태에서 그레니스나 아리안과 전투 훈련을 했던 성과를 시험하고 실천하기 위한 행동이었다.

알맹이가 해골 몸인 경우는 전투에서 공포라는 감정이 억제

되어 대담하게 움직일 수 있다. 그러나 샘물을 마시고 육체를 되찾으면, 마찬가지로 감정의 동요도 돌아온다. 당연히 전투에 익숙하지 않은 아크는 공포 따위의 감정으로 몸이 굳어지는 등의 폐해를 겪는 것이다.

다만 아까 전투에서는 짧기는 해도 그레니스와 아리안으로부터 철저히 받은 수련의 성과가 나왔다.

아직 오랜 시간의 긴장에는 견딜 수 없지만, 짧은 전투라면 나름대로 몸이 움직인다는 사실은 앞으로도 수련을 계속 이어 나가기 위한 중요한 동기부여가 된다.

아크는 그레니스와 아리안의 수련을 머릿속에 떠올리고, 머리를 거칠게 흔들며 그 생각을 떨쳐냈다.

아크의 신체적 특징은 이 세계의 엘프족이나 아리안 같은 다크엘프족도 아니다. 그러나 엘프족 자체를 볼 일이 드문 인간족의 사회에서는 길고 뾰족한 귀를 가진 자는 대체로 엘프족이라는 인식을 가진 듯하다.

아크도 굳이 그 점을 지적하지 않았고 사정을 설명할 마음도 없었지만, 한가지 바로잡을 사실은 있었다.

"아니—— 우리는 루앙숲의 주민이 아니오. 우리는 캐나다 대삼림의 마을에서 왔소."

아크의 말에 옆에 있던 아리안도 잿빛 외투의 후드를 느릿느릿 내렸고, 특징적인 옅은 자주색 피부를 드러내며 황금색 눈동자로 자하르와 근위병들을 쏘아보았다.

"쿵! 쿵!"

아리안의 시선에 자하르와 근위병들이 숨을 삼키는 소리를 낸 듯했지만, 그녀의 발밑에서 뭔가 자기주장을 하는 폰타의 영향으로 이상한 분위기가 되었다.

"캐나다…… 엘프족의 최대 세력, 거기서 왜 이런 곳에……."

"캐나다란 게 뭐냐?"

자하르는 캐나다 대삼림을 아는 모양이었지만, 릴은 작게 고개를 갸웃거리더니 뒤를 돌아보고 그에게 직접 의문을 던졌다.

"우리는 보다시피 인간족이 아니오. 그런데도 고용할 생각인가? 그럴 마음이 있다면 보수로 정보를 요구하겠소. 결정은 어떻게 할 거요?"

아크의 물음에 자하르와 근위병들의 시선이 일제히 주인인 릴에게 향했다.

잠시 침묵이 흘렀고, 호위를 책임지는 자하르가 입을 열려는 순간 선수를 치듯이 앞으로 한 걸음 내디딘 릴이 먼저 말을 꺼냈다.

"내가 대답할 수 있는 정보라면 그대들이 만족할 때까지 대답하마! 그걸로 이 여로의 안전을 사는 거라면 싼값이지!"

릴은 가슴을 펴고 잘라 말했다. 아크는 그 모습을 바라보면서 치요메에게 곁눈질했다.

아크의 시선을 눈치챈 치요메는 고개를 한 번 끄덕인 후 나서더니, 커다란 모자를 벗으며 눈앞의 소녀에게 투명하고 푸른 눈동자를 향했다.

"묻고 싶은 게 하나 있습니다……."

치요메의 조용하면서도 압박감을 주는 박력 넘치는 목소리가 릴은 물론 그녀의 뒤에 있는 자하르와 근위병들 사이에 울려 퍼졌다.

그러나 치요메가 모자를 벗고 짐승 귀를 보이자, 갑자기 그 자리는 떠들썩해졌다.

"……수인."

누군가의 작은 목소리가 치요메의 귀에 들렸고, 그녀의 한쪽 귀가 살짝 흔들렸다.

다만 함께 있는 아크와 아리안 같은 엘프족의 존재 덕분인지, 두 종족의 관계를 알 길이 없는 그들 중에는 노골적으로 업신여기는 듯한 태도를 비치는 자는 없었다.

역시 북쪽 대륙에서 캐나다 대삼림의 영향력은 상당히 큰 듯하다.

"제가 묻고 싶은 건 노잔 왕국에 있는 동포들의 최근 동향입니다. 두드러진 움직임이나 사건, 그런 걸 안다면 알려 주시기 바랍니다만."

말을 마친 치요메는 시선을 천천히 움직여 모두를 둘러보았다.

바로 앞의 릴은 고개를 돌려 자하르에게 무슨 일이 있었는지 눈짓으로 물었지만, 그도 딱히 이렇다 할 만한 사건은 짐작 가는 게 없는지 고개를 갸웃거렸다.

헛수고였나—— 아크가 그렇게 실망하면서 한숨을 내뱉자, 흠칫한 호위병 몇 명은 서로 시선을 주고받은 다음 그중 한 명이 자하르에게 귀엣말을 건넸다.

자하르는 뭔가를 떠올린 듯한 얼굴로 한 번 크게 헛기침을 하더니, 시선을 조금 갈팡질팡하고 나서 입을 열었다.

"……얼마 전 왕궁의 보물창고에 도적이 침입했는데, 그 도적이…… 수인이었다는 얘기를 들었소. 엄중한 경비를 재빨리 빠져나가서 당시에 커다란 소동을 일으켰지만, 나중에 조사한 바로는 아무것도 도둑맞은 물건이 없다고 밝혀졌지. 도적을 찾았다는 보고는 아직도 들리지 않더군."

자하르가 말하기 어렵다는 듯이 이야기를 꺼내고 아크 일행의 반응을 살피는 시선을 보냈다.

치요메는 자하르의 시선을 신경 쓰지 않은 채 생각에 잠긴 표정을 지었다.

아크도 그 정보는 다소 마음에 걸렸다.

왕궁의 보물창고에 얼마나 경계태세를 갖췄는지는 모르겠지만, 그래도 한 나라의 중요시설이라면 상당한 경비였을 터다.

그런 경비를 뚫고 침입하는 능력은 보통 실력이 아니다. 더구나 침입했으면서 그냥 빈손으로 나온 데다, 붙잡히지도 않고 탈출한 점이 더욱더 대단하다.

치요메처럼 '산야의 민족'으로 불리는 수인족은 남대륙과 달리 이곳 북대륙에서는 인간족으로부터 숨어지내는 까닭에 생활은 결코 편하지 않다.

보물창고에서 약간의 금품도 훔치지 않고 탈출할 만한 자는 수인족에도 하물며 인간족에도 그리 흔하게 있는 존재는 아니리라.

아크는 그렇게 생각하면서 곁눈질로 치요메의 표정을 슬쩍 살폈다.

치요메는 자하르의 이야기에 나온 도적을 사스케라고 추측하는 걸까.

한편 아리안은 발밑에서 돌아다니던 폰타를 안아 올리고, 다른 이들이 대화를 나누는 모습을 조용히 지켜보았다.

그런 가운데 자하르가 다시 곤혹스러운 표정으로 말을 이었다.

"그리고 이건 교국과 접한 삼국이 다 비슷한 상황일 텐데, 교국에 속한 신전기사들이 이 주변 일대에 숨은 수인들을 대부분 사냥했다고 들었소. 여하튼 교국은 노동력을 얻기 위해서라더군. 우리 나라나 다른 나라도 마찬가지겠지만, 수인에 관한 대처를 교국에게 의뢰하는 형태를 취한 거요."

그 말에 치요메는 푸른 눈동자로 날카롭게 자하르를 바라보았다.

위압이 담긴 시선이었지만, 자하르도 나름대로 경험을 쌓아 왔으리라—— 거북한 표정을 짓기는 했어도 기가 죽은 모습은 보이지 않았다.

"흐음. 하지만 당신들 나라는 그 교국의 신전기사와 군대가 자국 영내에 들어오는 걸 눈감아준 건가?"

아크가 그런 사소한 의문을 입에 담자, 호위병들에게서 험악한 분위기가 새어 나왔다.

그러나 자하르는 호위병들을 손으로 제지하여 진정시키더니, 아크를 똑바로 바라보았다.

"물론 보통은 받아들이기 어려운 행위지. 그게 설령 교의에 따른 인간족의 이상 사회를 만드는 일이라 해도 말이오. 하지만 교국이 지닌 무력은 솔직히 그 규모부터 차원이 달라서, 주변 각국은 다들 거절할 힘을 갖고 있지 않을 거요……."

자하르의 말을 그동안 잠자코 듣던 릴은 깜짝 놀란 표정을 지었다. 그리고 시선을 자하르와 치요메에게 번갈아 던지며 주먹을 꽉 움켜쥐었다.

아무래도 릴은 모르는 이야기였던 모양이다.

나라를 다스리는 입장인 긍지 높은 릴에게는 타국의 간섭을 물리치지도 못하고 고분고분 따랐다는 사실이 몹시 참기 힘들었는지도 모른다.

그나저나 또 힐크 교국의 그림자가 어른거릴 줄이야.

그러나 지금은 이런 장소에서 너무 시간을 보낼 여유는 없으리라.

아크가 손가락을 가볍게 입술에 대고 휘파람을 불자, 조금 떨어진 장소에서 풀을 뜯던 시덴이 얼굴을 든 후 달려왔다.

"일단 우리는 정보의 대가는 치르겠소. 그 괴물이 언제 또다시 나타날지 모르니, 당신들이 향한다는 디모 백작령에 동행하려고 하오. 얘기는 가면서 해도 상관없겠지."

아크의 제안에 겨우 잡념을 떨쳐낸 릴이 고개를 끄덕였다.

"물론이다! 아무렴, 내가 반드시 해야 할 일을 할 뿐이다."

스스로를 타이르듯이 중얼거리는 릴에게 뒤에 있던 자하르가 새로이 예를 표하는 자세를 취했다.

그러고 나서 자하르는 쓰러져 있는 여성 기사 니나를 우람한 체격의 어깨에 짊어지더니, 자신의 말을 향해 걸어갔다.

우선 디모 백작령을 가보기로 할까── 아크는 옆에 다가온 시덴의 목덜미를 어루만지면서 시선을 돌려 주변을 살폈다.

그런데 자신은 대체 어느 방향에서 온 걸까.

✦ 제3장 원군 아크 ✦

노잔 왕국 왕도 소우리아.

느닷없이 왕도 주변에 나타난 정체불명의 언데드 집단에게 포위된 지 이틀째.

단속적으로 쳐들어오는 언데드 군단에 맞선 왕국군은 적은 병력이기는 해도 견고한 방벽을 이용하여 어떻게든 버티는 아슬아슬한 공방을 펼쳤다.

왕국을 지키는 성난 병사들이 끔찍한 사령병은 물론 이형의 거미 인간 융합체들과 방벽을 사이에 두고 시끄럽게 싸웠다──. 그러나 그 소리는 중앙의 왕성까지 닿기에는 멀어서, 바람을 타고 이따금 귀에 들려올 정도였다.

전장으로 바뀐 방벽에서 멀리 떨어진 왕도 중앙에 우뚝 솟은 왕성은 이 땅의 오랜 분쟁의 역사를 이야기하듯이 거칠고 튼튼한 외관을 주위에 보였다.

그러나 그처럼 투박한 성이라도 귀인을 맞이하는 방은 나라의 위신을 나타내므로, 실내 장식이 눈부시게 화려하고 사치스러운 게 일반적이다.

실제로 타국의 빈객을 맞이한 그 방은 타국과 비교해도 결코 뒤지지 않았다.

실내에 놓인 대면식 소파에는 두 명의 인물이 마주 보는 형태로 앉아 있었다.

한 명은 엄격해 보이는 중년 남자였다. 몸에 걸친 의복은 언뜻 화려하게 비치지는 않았지만, 정성스러운 만듦새를 보면 상당히 값비싼 물건임을 알 수 있었다.

그도 그럴 것이 그 의복을 입은 이는 이 나라의 최고 권력자인 국왕 아스파루프 노잔 소우리아였다.

보통은 일국의 왕이라는 존재로서 위엄에 가득 찬 태도를 갖추고 주변 인물을 대했다. 그러나 지금 눈앞에 앉아 거드름을 피우며 차를 마시는 자에게는 평소의 태도를 숨기고 약간 겸손한 어조로 말을 걸었다.

"그럼 팔루모 경은 이 땅에 본인의 의지로 남은 거요?"

국왕 아스파루프의 질문에 맞은편 남자는 뜸을 들이고 느긋하게 고개를 끄덕였다.

그 인물은 힐크교의 성직자가 몸에 두르는 법의보다 더욱 호화로운 법의를 걸쳤는데, 마시던 차를 입에서 뗀 후 부드러운 미소를 띄었다.

검은 머리를 머릿기름으로 깔끔하게 가다듬은 얼굴은 조금 신경질적으로도 보였다.

노잔 왕국의 이웃 나라, 힐크 교국의 정점인 교황을 제외한 가운데 가장 높은 지위를 지닌 일곱 추기경.

그중 한 명인 팔루모 아바리티아 리베랄리타스 추기경은 국왕의 물음에도 사람 좋은 미소를 지으며 대답했다.

"신을 향한 신앙을 말하는 제가 갑자기 나타난 수만의 언데드 무리에게 등을 돌리고 달아나다니── 그래서는 제 신앙심을 의심받을 뿐만 아니라, 이곳에 사는 신자들의 불신을 사게 됩니다. 그럼 분노한 민중은 이 왕도를 혼란의 도가니에 처넣을 겁니다."

말을 마친 팔루모는 한 번 크게 한숨을 내뱉더니 진지한 눈빛을 마주 보는 국왕에게 향했다.

"신은 인간의 행위를 보고 계십니다. 이번 일도 신의 시련, 인간은 하나로 뭉쳐 맞서야 합니다. 그리고 그 시련을 뛰어넘으면 이 나라는 커다란 축복을 얻겠지요."

조용히 기도를 올리는 몸짓을 취한 팔루모에게 국왕은 모호하게 고개를 끄덕였다.

"……확실히 이 뜻밖의 국난을 이겨내면 적어도 지금 왕도에 있는 이들과의 유대는 깊어질 테지만……. 그것도 이겨냈을 때의 얘기──."

국왕은 실내의 창문으로 시선을 던졌고, 저 멀리 보이지 않는 뭔가를 보듯이 눈을 가늘게 떴다.

"내 아이들이 사자로서 얼마나 원군을 데려올지, 우리가 며칠이나 이 방벽 안에서 버틸지── 신의 시련이란 이다지도 힘든 것인가……."

깍지를 끼고 힘없이 고개를 수그린 국왕에게 탁한 시선이 쏟아졌다.

시선을 떨어뜨린 국왕 앞에 앉아 있는 팔루모의 눈동자 속에서 희열의 빛이 새어 나왔다.

그러나 국왕의 시선에는 잘 닦인 테이블에 비치는 자신의 얼

굴만 보일 뿐이었다.

"백성을 위하는 그 마음을 신은 결코 내버리지 않을 겁니다. 그래서 저는 지금 이 자리에 이렇게 있는 것이 신의 인도라고 믿습니다."

팔루모의 말에 시선을 든 국왕은 눈을 휘둥그레 떴다.

"……그, 그 말은."

말문이 막힌 국왕을 향해 팔루모 아바리티아 리베랄리타스 추기경은 밝은 미소를 띠었다.

"신의 사도인 우리도 이 나라의 백성처럼 인간이라는 사실은 마찬가지입니다. 사람들을 구원한다는 교의를 따라, 도움을 바라는 이들에게 손을 내민다 한들 아무런 문제도 없습니다. 이미 제 부하들을 교황님께 보내두었습니다."

그 말에 국왕은 정말 신의 도움을 얻었다는 얼굴로 눈앞의 남자를 바라보았다.

그러나 작은 의문이 머리를 스친 국왕은 입을 열어 물었다.

"하, 하지만 포위된 이 왕도에서 용케 사절이 빠져나갈 수 있었군요."

국왕의 질문에 팔루모의 관자놀이가 살짝 꿈틀거렸다.

"제 부하들은 이래 봬도 정예를 자랑하는 신전기사들이니까요. 어젯밤에 소수의 인원을 내보냈습니다. 뭘요, 신앙심을 갖지 않은 언데드에게는 뒤지지 않을 겁니다."

여유로운 미소를 띤 팔루모에게 국왕은 납득했다는 듯이 고개를 끄덕였다.

"오오, 과연. 확실히 저 무리는 웬일인지 밤이 되면, 갑자기

통제를 잃고 따로따로 행동한다는 보고를 들었소. 그걸 알아차렸다니 역시 대단하군요."

국왕의 발언에 팔루모의 손끝이 살짝 반응했지만, 아무 일도 없었다는 듯이 애써 시치미를 뗀 표정으로 입가에 미소를 띠었다.

"일단 저도 성직자 나부랭이니까 말이죠. 수만 많은 언데드는 겁낼 게 못 됩니다. 남은 일은 희망의 불을 잇기 위해 우리가 여기서 견뎌내는 것이죠."

팔루모의 말에 동의하는 것처럼 국왕도 힘차게 고개를 끄덕이며 눈동자에 단호한 빛을 담았다. 그때 갑자기 팔루모는 자신의 감각을 건드리는 느낌에 무심코 그쪽으로 돌아보았다.

"무슨 일이오, 팔루모 경?"

국왕은 팔루모의 행동을 의아하게 여기며 물었다. 그러자 팔루모는 가볍게 헛기침을 하고 고개를 돌렸다.

"아뇨, 신경 쓰지 마십시오. 그냥 제 기분 탓입니다."

팔루모는 그렇게 대답했지만, 눈동자 속에는 약간 동요하는 빛이 떠올랐다.

그러나 국왕은 팔루모의 태도를 마음에 둘 틈도 없이, 자신을 맞이하러 온 신하들을 거느린 채 귀빈실을 떠났다.

아스파루프 국왕의 뒷모습을 지켜보던 팔루모는 다시 시선을 어떤 방향으로 향하고 눈을 감았다. 얼마 지나지 않아 팔루모는 미간을 찌푸리며 눈을 떴다.

"설마 추격자로 보낸 사령기사 두 마리의 반응이 사라질 줄이야……. 호위가 예상보다 뛰어났던 걸까요. 그나저나 이전에도 비슷한 일이 있었는데…… 제비를 잘못 뽑은 기분이군요."

팔루모는 불쾌하다는 듯이 코웃음을 치고 크게 한숨을 내뱉었다.

"어쩔 수 없죠. 제때 도착할지는 모르겠지만, 추가로 사령기사 네 마리를 보내둘까요. 역시 네 마리나 내보내면 충분하겠지요……."

혼잣말하는 팔루모의 시선이 방금 물러난 국왕이 바라보았을 곳을 향했다.

팔루모의 표정은 잔학한 미소로 일그러졌다.

"그럼 저는 민중의 계몽에라도 힘을 써볼까요. 있지도 않은 희망에 매달려 썩어 문드러지는 사람들을 특등석에서 구경하는 건 늘 참을 수 없는 쾌락을 안겨주는군요."

뱃속을 흔드는 듯하면서도 조용한 웃음이 실내에 울려 퍼졌다.

날은 이미 상당히 저물어서 하늘이 서서히 불그스름하게 물들기 시작했다.

그에 따라 구릉지의 녹음도 하늘처럼 붉은색을 띠었고, 같은 색조로 바뀌는 경치 속에서 지면에 그림자를 길게 뻗은 집단이 곧장 남쪽을 향해 나아갔다.

이번에 우연히 마주친 상대는 노잔 왕국의 릴 제1왕녀였다.

릴 왕녀는 열한 살의 나이라지만, 발언이나 행동은 역시 왕족이라는 사실이 느껴졌다.

지금은 디모 백작령으로 향하는 집단의 가운데쯤에서 호위기사의 한 명인 자하르에게 안긴 듯한 자세로 말을 탔다.

　아직 어린 왕녀 릴은 이따금 자하르의 팔 사이로 얼굴을 내밀고 후방에 있는 아크를 살폈다.

　릴 왕녀의 표정에는 떨어져 있어도 알 만큼 걱정스러워하는 모습이 엿보였다.

　그러나 릴 왕녀가 바라보는 대상은 아크가 아니었다.

　집단의 최후미를 맡게 된 아크는 놀란 얼굴의 근위병들 뒤에서 말과는 특별히 다른 체구를 가진 드립트프스 시덴을 올라탔다. 그리고 정신을 잃은 또 한 명의 호위기사 니나를 적재량이 많은 시덴으로 옮기게 되었다.

　릴 왕녀의 시선은 똑바로 니나를 향했다.

　처음에는 호위대 대장인 자하르의 말에 니나를 태울 셈이었던 듯싶지만, 튼튼한 군마라고 해도 나를 수 있는 인원은 기껏해야 두 명이 한계다.

　그럼 가장 중요한 릴 왕녀를 마차도 없는 현재 어떻게 데려갈지 고민하던 차에, 왕녀 자신은 망설이지 않고 아크의 시덴을 올려다보며 함께 타기를 바랐다.

　그러나 자국의 왕녀를 타국은커녕, 타종족인 아크 일행에게 맡기는 것은 여러모로 난처하다는 자하르의 의견 탓에 이런 상황에 빠졌다.

　지금 니나는 간단한 끈을 이용하여, 아크의 등에 업힌 형태로 매달렸다.

　그리고 니나를 뒤에서 받쳐주는 자세로 아리안이 앉았다.

아무리 드립트프스가 거체라지만, 네 명이나 등에 올라타기란 어려웠다. 그래서 치요메는 전사한 근위병이 썼던 말을 빌렸다.

치요메는 평소에 말을 탄 적이 없었지만, 운동신경이 좋다고 해야 할까—— 금세 요령을 이해하더니 빨리 달리게 하는 정도라면 문제없이 고삐를 쥘 수 있게 되었다.

치요메 같은 수인 종족은 뛰어난 신체능력도 지녀서인지, 숲 속을 어렵지 않게 주파하는 모양이다. 그 때문에 평지에서만 속도를 올리는 말을 그동안 쓸모없다고 여겨온 듯하다.

수인족은 자신들이 살던 땅에서 인간족에게 쫓겨난 이후 산이나 숲에서 숨어 지낸 까닭에 여태까지 말이 불필요했는지도 모른다. 그러나 풍룡산맥을 넘은 곳에서 발견한 신천지는 나름대로 평야도 존재했다.

앞으로 새로운 땅을 개발하고 삼림을 개척하면 평야는 더욱 넓어지리라.

그럼 장거리 이동수단의 하나로서 말을 타는 법을 익혀두면 손해는 없을 테고, 뭣하면 말 몇 마리를 구하는 것도 고려하는 게 좋을지 모른다.

말을 다루는 치요메는 달리는 데에 흥미를 느꼈는지, 말의 목덜미를 쓰다듬으며 교류를 꾀하는 등 상태를 살피면서 멋진 승마 솜씨를 보였다.

옆에서 보기에 그 모습은 숙련자 같았다.

역시 수인 종족에게는 동물과 마음을 나누는 능력이 있는 걸까.

아크는 시덴의 갈기에 엉킨 채 느긋하게 하품하는 폰타를 내려다보았다.

어지간해서는 인간족을 따르지 않는다는 정령수── 솜털 여우라고 불리는 종류의 폰타도 순식간에 치요메와 친해졌다.

그러나 처음에는 아크에 대해서도 잔뜩 경계심을 품었지만, 먹이로 꾀자 금세 잘 따른 폰타로는 딱히 참고는 되지 않았다.

혹시 폰타는 애당초 아크가 인간족이 아니라, 엘프족의 아종 이라는 사실을 알았던 걸까?

"큥?"

아크의 시선을 눈치챘는지, 폰타가 뒤돌아보고 고개를 작게 갸웃거렸다.

아크는 폰타에게 아무것도 아니라는 듯이 고개를 흔들고 앞을 바라보았다.

그러나 아까 왕녀 일행과 합류했을 때 폰타는 릴 왕녀를 별로 낯설어하지 않았지만, 호위기사 자하르와 주위의 근위병들에 게는 가까이 가려 하지 않았다.

다만 의식을 잃고 쓰러졌던 또 한 명의 호위기사, 니나의 옆에 는 흥미진진하다는 듯이 다가갔다. 그러고는 니나의 코끝에서 솜털 꼬리를 살랑거리며 간질이는 정말 어이없는 장난을 쳤다.

귀여운 몸짓을 보이지만, 단순히 호기심이 강할 뿐 기절한 상 대에게는 센 척하는 것이다.

아크가 그런 생각을 하면서 일행이 나아가는 전방의 경치를 바라보자, 갑자기 등에서 움직이는 기척이 전해졌다.

"우…… 웃. 아……! 뭐, 뭐야 이건…….”

약간 잠긴 목소리를 지르며 몸을 비튼 이는 줄곧 정신을 잃었던 니나였다.

서서히 의식이 돌아오면서 주위를 인식한 모양이었다. 자신이 지금 왜 전신 갑주를 걸친 자의 등에 끈으로 묶인 것처럼 업혔는지——영문을 모르겠다는 듯이 날뛰었다.

"아니, 여긴 어디지!? 네놈은 대체 누구냐!?"

집단의 최후미인 데다 니나의 시선을 가로막듯이 눈앞에는 아크의 전신 갑주밖에 비치지 않았다. 기억이 흐릿한 니나의 입장에서는 무슨 일이 벌어졌는지 혼란스러우리라.

"얌전히 계시오, 니나 님."

등 너머로 니나에게 말을 건 아크는 시덴을 조금 앞으로 움직이더니, 자하르와 릴 왕녀에게 바싹 붙어서 불러세웠다.

"자하르 님, 릴 님, 잠시 멈춰주시오. 니나 님이 정신을 차렸소."

그 말에 릴 왕녀가 니나를 보기 위해 자하르의 팔에서 몸을 내밀었다.

"니나!? 니나, 눈을 떴느냐!? 다행이구나……."

"……공주님! 이게 대체……."

릴 왕녀는 제정신이 든 니나의 모습에 희색을 띠며 기뻐했다. 니나는 낯익은 주인의 얼굴을 보고, 비로소 진정한 듯이 아크의 등에서 난폭한 행동을 그만두었다.

"니나, 정신이 들었나? 팔의 상태나 몸에 위화감은 없는 건가?"

자하르가 말을 멈추는 것과 마찬가지로 아크도 시덴의 고삐를 잡아당겨 세웠다. 그 후 등에 업힌 니나를 묶은 끈을 풀었다.

니나는 쓰러졌을 때의 기억이 겨우 돌아왔는지, 눈을 크게 뜨고 자신의 팔을 바라보았다.

"분명…… 실수를 해서 내 팔은…… 떨어졌을 텐데."

니나는 잘려나갔던 오른팔을 여러 번 움직였다.

"니나의 팔은 갑옷을 입은 거기 있는 아크 경이 치유마법으로 고쳐주었느니라!"

니나가 여우에게 홀린 듯한 표정을 지었다. 만면에 미소를 띠고 사정을 알려준 릴 왕녀는 자하르의 팔에서 빠져나와 땅으로 뛰어내렸다.

그를 따르듯이 니나도 시덴의 거체에서 미끄러져 내리더니, 자신에게 달려오는 주군을 한쪽 무릎을 꿇고 맞이했다.

"다행이구나! 걱정했다, 니나아!"

"걱정을 끼쳐 죄송합니다, 공주님……."

니나는 자신의 품을 향해 뛰어든 작은 왕녀에게 머리를 숙이며 사죄했다.

그러나 릴 왕녀는 그런 말은 필요 없다는 것처럼 눈가에 눈물을 흘리면서 니나의 심장 소리를 확인하듯이 앞가슴에 깊숙이 얼굴을 파묻었다.

두 사람이 잠시 그러고 있자, 가까이 다가온 자하르가 마상에서 릴 왕녀에게 말을 걸었다.

"공주님, 지금은 한시라도 빨리 이 땅을 나가야 합니다. 니나의 무사함을 확인했으면 서두르십시오."

자하르는 주위를 경계하듯이 주변을 살폈다. 릴 왕녀는 불만스러운 얼굴을 향했지만, 자하르의 주장을 이해했는지 얼마 지나지 않아 니나의 가슴팍에서 일어났다.

"알고 있느니라. 힐 성채까지 앞으로 조금 남았겠지?"

아크는 릴 왕녀의 물음에 고개를 끄덕이는 자하르에게서 시선을 떼어 니나를 보았다.

"정말 다행이다. 그대도 아크 경에게는 아주 정중히 예를 표해야 하느니라!"

그 말만 남긴 릴 왕녀는 다시 자하르의 말에 타기 위해 뛰어 돌아갔다.

릴 왕녀의 뒷모습을 지켜본 니나가 뒤돌아서서 뭔가를 말하려던 순간, 아크의 등 너머로 얼굴을 비친 아리안을 발견하더니 눈을 휘둥그레 떴다.

"엘프족!?"

니나의 놀란 감정은 시덴 옆에 말을 바싹댄 치요메를 보고 더욱 커졌다.

"수인족이 어째서!?"

릴 왕녀는 자신을 안아 올리는 자하르의 품에서 니나의 말을 듣고 주의를 주었다.

"니나! 그분들은 그대의 은인이고, 지금은 우리가 가는 길의 경호를 부탁했느니라! 결코 무례한 언동을 해서는 안 된다!!"

"넷, 죄송합니다, 공주님!"

릴 왕녀의 말에 반쯤 반사적으로 대답한 니나는 아크를 향해 예를 표했다.

"아크 님, 당신에게 큰 신세를 진 것 같소. 목숨을 위협한 괴물을 처치했을 뿐 아니라, 내 목숨까지 구해 주어 감사하오."

니나는 자하르보다 꽤 젊었지만, 사례의 말을 하는 모습은 과연 기사라고 할 만했다.

약간 햇빛에 그은 피부와 가느다란 눈동자, 여성이면서도 날카롭고 사나운 얼굴 생김새. 그러나 니나의 눈동자에는 치요메와 아리안을 살짝 엿보는 태도가 비쳤다.

그것은 당사자인 치요메와 아리안도 눈치챘으리라.

역시 힐크교의 교의가 널리 퍼진 나라인 까닭일까. 노골적인 모멸이나 비난의 시선은 없었지만, 인간족인 니나에게서는 확실히 선을 긋는 듯한 느낌을 받았다.

그러나 어쩔 수 없는 일인지도 모른다.

종교의 교의를 따라 오랜 세월 길러왔을 가치관과 관념을 그리 간단히 떨쳐내지 못하는 게 보통이다.

오히려 그런 점을 눈곱만큼도 겉으로 드러내지 않는 릴 왕녀가 특별한 것이리라.

"별거 아니오. 그저 비탄에 잠기는 소녀를 보고 싶지 않았을 뿐이니까."

아크의 대답에 니나는 머리를 숙이고 뒤를 돌아보았다.

"내 말은 있나?"

"넷, 여기!"

니나가 부르는 소리에 근위병 한 명이 말 한 마리를 끌고 앞으로 나왔다.

정신을 잃어서 탈 수 없게 된 니나의 말을 부하가 맡았던 모양이었다.

니나는 말의 고삐를 잡더니, 다친 몸이라고는 여겨지지 않는 가벼운 몸놀림으로 안장에 올랐다.

그리고 다른 병사들로부터 검이며 다른 장비를 건네받은 후 자하르에게 다가갔다.

"걱정을 끼쳐서 죄송합니다."

"복귀한 지 얼마 안 된 몸으로는 힘들 테지만 잘 부탁한다."

니나의 말에 자하르가 고개를 끄덕이고 나서, 뒤에 있는 이들에게 손짓으로 지시를 내렸다.

발을 멈춘 일행은 그 지시를 따라 디모 백작령을 향해 행군을 재개했다.

이윽고 불그스름하게 물든 하늘이 남색으로 바뀔 무렵, 비로소 눈앞의 경치에 변화가 생겼다.

해가 지면서 앞이 내다보이지 않는 전방에 장대한 그림자의 벽이 나타난 것이다.

벽의 높이는 10m 남짓. 그림자에 잠겨 알아보기 어려웠지만, 재질이 석조 양식인 듯한 벽은 좌우로 끝없이 뻗으며 목적지를 가로막았다.

그 광경은 이전에 남쪽 대륙으로 건너간 곳에서, 인간족의 영역을 확보하기 위해 만든 타지엔트의 성벽을 떠올리게 했다.

"이 벽은 뭔가?"

아크가 시덴의 고삐를 쥐면서 앞에 보이는 벽의 좌우로 시선을 던지고 근처의 근위병 한 명에게 묻자, 그는 안도한 표정을 지으며 입을 열었다.

"저건 디모 백작령과의 경계에 쌓은 힐 성채의 성벽입니다.

저걸 넘으면 백작령이죠."

근위병의 말에 그동안의 긴박감은 성벽이 모습을 드러내면서 느슨해졌다.

"겨우 여기까지 왔구나."

"공주님, 성문이 위치한 장소는 좀 더 동쪽입니다."

마음을 놓은 릴 왕녀도 한마디 말을 내뱉었다. 그러나 뒤에서 릴 왕녀를 떠받치는 자하르가 고개를 가로젓더니, 자신의 말에 매달린 작은 짐가방 속에서 잘 접힌 천 한 장을 꺼냈다.

"그건 뭐냐?"

릴 왕녀의 질문에 자하르는 천을 펼쳐 보였다. 꽤 훌륭해 보이는 천의 한복판에는 풍부한 색채로 뭔가 화려하게 꾸민 문장의 자수를 놓았다.

아마 노잔 왕국의 문장이리라.

자하르는 그 훌륭한 천을 자신의 검집에 끈으로 매달아, 즉석에서 왕국기를 만들어 냈다.

자하르가 완성한 왕국기를 부하 근위병에게 건네자, 그는 왕국기를 내걸고 선두를 달리기 시작했다.

왕녀 일행은 자신들의 소속을 밝히는 물건을 전혀 내보이지 않는데, 타국의 영토를 가로지르기 위한 대응이었으리라.

그리고 이번에는 성벽 너머에 있는 아군을 향해 이렇게 소속을 드러내는 기를 내걸었다.

해가 떨어지고 주변의 어둠이 짙어진 상황에서 과연 기의 문장을 알아볼지 어떨지는 모르지만, 벽에 다가온 집단이 뭔가를 내걸었다는 사실은 상대에게 확인 작업을 강요하리라.

저쪽에서 문장을 정확히 확인할 때까지는 상대로부터 공격을 받을 가능성이 줄어든다는 계산일까.

어깨너머로 그런 광경을 바라보던 아리안도 몹시 흥미롭다는 듯이 그 행위의 의미를 이해했는지, 그녀의 황금색 눈동자는 그림자 덩어리로 바뀌는 성벽 위를 향했다.

아크는 아리안의 반응을 등 뒤로 느끼면서, 사소한 의문을 그녀에게 물었다.

"아리안 양, 엘프족도 마을 소속을 나타내는 물건이 있소?"

"있어요. 주로 외부에서 활동하는 전사들밖에 갖고 다니지 않지만요."

아크의 질문에 긍정하듯이 고개를 끄덕이는 아리안.

아무래도 엘프족의 전사에게도 소속을 상징하는 물건은 있는 모양이다.

"인영이 보여요."

아크가 그 물건이 어떤 것인지 물어보려는 찰나, 아리안이 맞은편 성벽 위에서 뭔가를 발견하고 가리켰다.

아리안의 시선 앞, 줄곧 그림자 속에 가라앉았던 장대한 성벽에는 화톳불 같은 횃불이 드문드문 동일한 간격으로 놓였다. 곧이어 성벽 위로 작은 성채의 모습이 하늘을 배경 삼아 떠올랐다.

성벽 위에는 보초 몇 명이 보였는데, 다들 성벽을 따라 달리는 왕녀 일행을 확인했다. 금세 왠지 시끄럽게 떠드는 목소리가 말발굽 소리의 틈새를 뚫고 나오듯이 들려왔다.

이윽고 왕녀 일행은 여러 개의 횃불이 어둠 속에서 떠오른 성채 아래에 이르렀다. 그러자 성벽 위에 질서정연하게 서 있는 병사들이 왕녀 일행을 맞이했다.

병사들이 나란히 늘어선 성벽 아래의 주변에는 큰 성문이 보였다.

저곳이 이 성벽의 출입구이리라.

"누구냐!? 이 앞의 땅은 노잔 왕국 디모 백작이 다스리는 영지임을 아느냐!?"

그런 가운데 노년에 접어든 남자 한 명이 성벽 위에 나타나 왕녀 일행을 검문했다.

자하르는 마상에 릴 왕녀를 남긴 채 내리더니, 그 말을 끌고 성문 앞으로 나아갔다.

"내 이름은 자하르 바하로브! 노잔 왕국 제1왕녀 릴 노잔 소우리아 님의 호위기사다. 그리고 이 분이 바로 릴 공주님이다."

자하르는 성벽 위에 있는 지휘관처럼 보이는 남자에게 큰소리로 이름을 밝힌 후 성문 앞에 늘어놓은 화톳불의 빛 속으로 말을 움직였다.

그 옆에는 방금 왕국기를 내걸었던 근위병이 한 걸음 물러난 형태로 뒤따랐다.

"내 이름은 릴 노잔 소우리아! 국왕인 아버지의 사자로서, 벨무어 드 디모 백작을 접견하기 위해 왔다! 개문을 요구하노라!"

마상에서 당당한 태도를 보이는 릴 왕녀의 모습에 성벽 위의 지휘관이 허둥지둥 뒤쪽으로 지시를 내리는 목소리가 들려왔다.

"개문! 개문해라! 릴 공주님을 맞이해라! 개문!!"

그들이 성벽을 사이에 두고 감시하는 땅은 적대국인 사루마 왕국의 영토다.

그런데 그 땅을 가로질러 자국의 공주님이 소수의 호위병만 데려왔다는 사실 자체가 예상 밖이었던 게 틀림없다.

성문이 무거운 소리를 삐걱대며 열리자마자, 안에서 조금 전에 본 노년의 지휘관이 숨을 헐떡이고 나왔다. 노년의 지휘관은 릴 왕녀를 태운 말 옆에 한쪽 무릎을 꿇었다.

"죄송합니다, 릴 공주님. 설마 사루마 왕국령을 지나서 오실 줄은 눈곱만큼도 생각지 못했기에……!"

말을 마친 지휘관은 바닥에 엎드렸고, 릴 왕녀는 너그럽게 받아들이며 대답했다.

"괜찮으니라. 사루마의 침공을 막는 그대들의 공로는 잘 안다. 이번에 왕도에서 긴급을 알리는 사태가 일어나서 말이다. 이렇게 브라니에를 가로지른 건 고육책이었다."

왕녀의 말에 지휘관은 놀란 얼굴을 보였지만, 후방의 성문이 완전히 열린 소리를 듣고 다시 머리를 숙였다.

"일단 안으로 들어가시지요. 조금 무례한 자들이 모인 땅이므로, 공주님께서는 부디 용서해 주십시오."

그 말에 고개를 끄덕인 자하르가 뒤에 있는 이들에게 신호를 보냈다.

그렇게 해서 릴 왕녀가 탄 말을 선두로 그녀를 호위하는 근위병들이 따랐다. 최후미의 아크 일행도 시덴을 몰고 쫓았다.

그러나 역시 시덴의 거체가 화톳불의 빛 앞에 나온 순간, 커다란 웅성거림이 들렸다.

노년의 지휘관도 눈을 휘둥그레 뜨고 옆에 있는 자하르에게 시선을 보냈지만, 아무 말도 하지 않은 그는 고개를 끄덕이며 갈 길을 재촉할 뿐이었다. 지휘관은 아크에게 이따금 흘끗흘끗 시선을 보내면서 성채 안으로 들어갔다.

성채에 들어서자 시덴과 그 위에 탄 수상한 갑옷 기사인 아크에게 더욱더 눈길이 모이는 듯했다. 갑자기 투구가 벗겨지기라도 한다면 아주 성가신 일이 벌어지리라.

아크는 허리에 찬 물통을 꺼내더니, 안에 든 샘물을 짚 빨대를 써서 마셨다.

어쨌든 이렇게 해 두면 예기치 못하게 투구를 벗거나 투구가 벗겨지는 상황에 직면하더라도 엘프족이라는 사실이 들키는 정도로 끝날 터다.

"큐~웅."

폰타는 시덴의 머리 위에서 하품을 크게 하고 눈을 깜박거렸다.

벌써 주변은 완전히 어둠의 지배하에 놓였고, 빛은 구름 사이로 떨어지는 희미한 달빛과 성채 내에 피운 화톳불이 전부였다.

아리안과 치요메는 주위 사람들의 눈을 피하기 위해서인지, 지금은 외투의 후드와 모자로 종족의 특징을 감춘 채 신기하다는 듯이 성채 내부를 살폈다.

성채 내부는 한마디로 말하면 전선의 투박한 요새라는 느낌이었는데, 어쩐지 이곳에 영주 디모 백작이 있을 것 같지는 않았다.

그러나 이미 날도 저문 주변은 가로등도 없어서 앞을 내다보기 힘들었다.

오늘은 이곳에서 하룻밤을 묵게 될 듯싶었다. 그런 생각을 하고 아리안에게 고개를 돌린 아크는 그녀와 시선이 맞았다. 아무래도 엉덩이 부위를 신경 쓰는 모습을 보건대, 오랜 시간 시덴을 타고 이동한 탓에 상당히 피로가 쌓였는지도 모른다.

그때 성채 안으로 가장 먼저 들어온 자하르와 릴 왕녀의 말다툼이 귀에 들렸다.

"어째서냐, 자하르!? 힐 성채에서 백작이 있는 킨 영도는 한나절도 걸리지 않는데, 왜 오늘은 여기까지라는 거냐!?"

릴 왕녀의 비통한 호소에 호위기사 자하르가 고개를 가로저었다.

"그 때문입니다, 공주님. 왕도를 떠난 지 이틀, 적국의 영내를 지나온 지금은 쉴 필요가 있습니다."

"하지만 이러는 동안에도 왕도는—— 웃!"

다시 호소하는 릴 왕녀의 앞에 또 한 명의 호위기사인 니나가 나섰다.

왕녀의 필사적인 시선을 똑바로 마주친 니나는 천천히 타이르듯이 말했다.

"공주님, 이 자리에서 무리하다 만약 공주님이 쓰러지시기라도 한다면…… 누가 백작에게 왕도의 곤경을 전하고 힘을 빌릴 수 있겠습니까? 더구나 당장 백작에게 가더라도 결국은 전력을 모으는 데 시간이 걸립니다."

니나의 말에 릴 왕녀는 작은 어깨를 떨면서 시선을 내렸다.

그러자 계속 잠자코 대화를 듣던 성채의 지휘관인 노년의 남자가 공손하게 입을 열었다.

"뭔가 우리 왕도에 심상치 않은 위기가 찾아온 듯싶군요. 그럼 백작님에 대한 용건은 어느 정도 사정을 글로 적어, 파발을 먼저 영도 킨에 보내도록 하겠습니다. 그러니 공주님은 오늘 밤은 성채에서 여독을 푸시기 바랍니다."

남자는 다시 머리를 숙이고 릴 왕녀의 허락을 기다리는 자세를 취했다.

릴 왕녀는 마상에서 지휘관 남자를 내려다보았다. 그리고 이어서 양옆에 있는 자신의 호위기사 두 명의 얼굴을 살피더니, 비로소 포기한 듯이 고개를 끄덕이며 작게 대답했다.

"알았느니라……. 킨에 보내는 연락을 잘 부탁하마."

왕녀의 대답을 들은 세 명의 얼굴에 안도하는 기색이 떠올랐다.

그 후, 성채의 지휘관에게 왕도의 현 상황이 전해졌다. 또한 그 소식과 릴 왕녀의 급작스러운 방문 이유를 적은 문서를 지닌 사자가 파발을 이용하여 영도를 향해 밤의 가도를 달렸다.

그날은 성채의 부지 내에 따로 마련된 숙사에서 호위라는 명목으로 따라온 아크를 비롯하여 아리안과 치요메는 방 두 개를 얻었다.

실내는 역시 평소에는 병사나 사관만 쓰는 탓인지, 장식품이 없는 살풍경한 공간이 펼쳐졌다.

실내에 놓인 간소하게 만든 침대 두 개. 아크가 그 위에 갑옷을 입은 채 앉자, 침대는 비명처럼 삐걱거렸다. 그러나 그 소리를 무시한 아크는 커다란 기지개를 켜고 쓰러졌다.

성채의 만찬 자리에 아크 일행도 불렸지만, 일단 자신들은 왕녀의 호위로 고용된 용병 같은 존재였다. 그래서 성채에 종사하는 자들과의 교류를 우선하라며 사양했다.

전선의 요새라고는 해도 왕족의 공주에게 나오는 요리에는 깊은 관심이 있었지만, 혹시라도 인간족의 영역에서 지난번처럼 엉뚱한 실수를 저지르고 싶지 않다는 게 솔직한 이유였다.

그래서 오늘 저녁은 방에서 먹게 되었고, 성채로부터 받은 식사가 테이블에 늘어섰다.

기다란 바게트 모양의 빵은 갓 구워서 구수한 밀 냄새를 풍겼다. 여러 종류의 채소와 콩을 넣어 끓인 수프, 그리고 무슨 고기인지는 모르지만 뼈가 붙은 다리 살 구이 요리 등이 있었다.

성채에서 나오는 요리이므로 좀 더 검소한 식단을 상상했지만, 의외로 짐작을 빗나간 꼴이었다.

식사를 가져온 이의 이야기에 따르면 성채 밖에는 병사들을 상대로 장사를 시작한 자들이 모여 작기는 해도 거리가 형성된 모양이다. 또 주변에는 경작지도 개척한 듯하다.

그 덕분인지 성채에는 비교적 신선한 채소와 근처에서 수확한 밀로 만든 빵이 들어온다고 한다.

"꽤 평범한 요리가 나왔네. 아까 그 사람이 말한 것처럼 식재는 풍족한가 봐요."

아리안은 외투를 벗은 모습으로 특징적인 뾰족한 귀를 드러냈다. 그리고 기다란 바게트를 찢어서 입에 넣으며, 테이블의 요리를 본 감상을 한마디 중얼거렸다.

아리안의 말에 고개를 끄덕인 치요메는 뼈가 붙은 다리 살 구이를 물어뜯었다.

"그런 것 같습니다. 이 주변의 지리는 우리 인심일족도 별로 파악하지 못한 상태입니다."

치요메는 물어뜯던 다리 살 구이에서 입을 떼었다.

디모 백작령은 남앙해에 튀어나온 반도를 영지로 삼는다. 그런데 애당초 노잔 왕국령이었던 브라니에를 사루마 왕국에게 빼앗긴 이후, 반도에 대한 침공을 방어하기 위해 장대한 성벽을 쌓았다.

그것은 반도 내의 마수를 줄인다는 뜻밖의 혜택을 주었고 북쪽에 있는 본국보다 경작지를 개척하기도 쉬워졌다.

그러나 그 장대한 성벽도 반도를 완전히 봉쇄하지는 않은 모양이다.

식사를 가져온 남자에게 그 이유를 묻자, 그는 아리안을 흘끗흘끗 살피면서도 설명해 주었다.

반도의 입구인 서쪽 땅에는 엘프족이 사는 루앙숲이 펼쳐져 있는데, 백작측과 엘프측에서 서로 불간섭 정책을 유지하여 숲속에는 성벽을 지을 수 없다.

사루마 왕국은 루앙숲을 넘어 백작령에 들어가려면, 필연적으로 엘프족과 대치해야 한다. 그래서 백작과 엘프족이 결탁하는 것을 꺼리는 사루마 왕국의 브라니에 영주는 루앙숲에는 손을 대지 않는다.

그 때문에 루앙숲을 통해 반도로 마수가 들어오는 까닭에 본국보다는 개척하기 쉽다고 해도 도시에는 마수의 침공을 막는 방벽도 필요하다.

그럼 루앙숲을 피하여 숲을 둘러싸듯이 성벽을 세우면 어떨까 싶었지만, 아무래도 그리 간단한 문제는 아닌 듯했다.

숲이 비교적 깊지 않은 장소는 근처의 주민도 많이 이용하는 데다, 남북으로 긴 루앙숲을 에워싸려면 기존보다 두 배 이상 먼 거리를 두르는 성벽을 쌓아야 한다.

자연히 성벽을 짓는 돈만으로도 백작가의 재정을 압박하게 된다.

웬만큼 주변의 지리와 사정을 다 들은 아크는 식사를 가져온 남자가 방을 나가자 안에서 문을 잠그고 비로소 자신도 식사 자리에 앉았다.

"큥!"

폰타는 접시에 담아준 수프를 벌써 깨끗이 비우고 더 달라는 자세를 보였다.

"어쩌다 보니 기괴한 언데드와 빨리 마주쳤는데……."

아크는 그렇게 말을 꺼내며 투구를 벗었다. 아직 몸이 샘물의 힘 덕분에 해골로 돌아가지 않은 탓인지, 테이블 위의 요리를 눈앞에 두고 묘하게 배가 고픈 감각에 휩싸였다.

일단 발밑에서 접시 주위를 빙빙 돌며 보채는 폰타에게 다리살 구이를 한 조각 떼어주었다.

아크는 자신에게 모이는 두 시선을 느끼고 치요메를 향해 고개를 돌렸다.

"치요메 양에게 묻고 싶소만, 호위기사 자하르 님이 말한 보물창고에 들어간 도적은——."

"사스케 오라버니가 틀림없는 듯합니다."

아크의 짐작을 긍정하듯이 치요메가 먼저 대답했다.

"나도 들었는데, 수인족을 목격했을 뿐이잖아요?"

아리안은 딱 잘라 말하는 치요메에게 당연한 의문을 물었다. 아크도 아리안의 말에 동의한다는 뜻으로 고개를 끄덕여 보였다.

"으음. 나도 엄중하게 경계하는 보물창고로 도적이 손쉽게 침입해서 탈주했다는 얘기를 듣고, 뛰어난 신체능력과 더불어 잠입에 익숙한 인심일족일 가능성이 크다는 생각이 들었소. 하지만 그게 사스케 공이었는지는 아무런 확증도 없다고 보오."

아크의 의견에 치요메는 물어뜯던 다리 살 구이를 입에서 떼고 고개를 가볍게 가로저었다.

"보물창고에 들어간 도적은 아무것도 훔치지 않았다고 했습니다. 이건 한조 님에게 들은 얘기지만, 사스케 오라버니는 일족이 잃은 '언약의 정령결정'의 행방을 독자적으로 쫓았다고 합니다."

그 이름을 듣고 아크는 얼마 전 용의 턱에 위치한 동굴을 빠져나와 도착한, 인심일족 선조의 근거지였던 '신사'에서 치요메가 발견한 무지개색으로 빛나는 마름모꼴의 보석을 떠올렸다.

그 보석은 인심일족의 초대 한조가 이 세계에 가져온 마도구였는데, 정령과 계약하여 체내에 받아들이면 마법적성이 낮은 수인 종족도 강력한 정령마법을 다룰 수 있게 해 주는 물건이었다.

애당초 인심일족은 그 정령마법을 '인술'이라는 형태로 구사하는 모양인데, 치요메처럼 여섯 닌자의 이름을 받은 자들은 저마다 '언약의 정령결정'을 체내에 품는다고 한다.

"이전에 치요메 양이 '신사'에서 말해 준 그건가. 분명 초대

한조 님이 열 개를 가져왔고, 지금 인심일족의 손에는 아홉 개가 있나?"

아크가 기억을 더듬으면서 치요메에게 묻자, 그녀는 작게 고개를 끄덕였다.

"사스케 오라버니는 어떤 정보를 얻고, 노잔 왕국의 보물창고에 잠입한 것 같습니다. 하지만 자하르 님의 말이 사실이라면, '연약의 정령결정'은 그곳에 없었겠죠."

아크는 치요메의 추측을 들으며 수프에 적신 빵을 입에 넣었다.

조금 딱딱한 빵은 수프의 맛이 배어들고 부드러워져서 먹기 편했다.

"그렇군. 하지만 사스케 공이 보물창고에 침입한 시기는 딱히 오래된 얘기도 아니었소. 그러고 나서 남쪽 대륙에 사스케 공이 모습을 나타낼 때까지는 별로 공백 기간도 없었지——."

줄곧 테이블에 앉아 묵묵히 귀를 기울여 듣던 아리안이 뾰족한 귀 끝을 살짝 위아래로 흔들었다.

"요컨대 사스케는 노잔 왕국의 보물창고로부터 뭔가 단서를 찾았고, 목적지에서 무슨 일이 생겼다—— 그런 말인가요?"

"네, 장소는 추측할 수 없지만……."

아리안의 말에 고개를 끄덕인 치요메는 식사를 하던 손을 멈추었다.

둘의 대화가 끊기자 이번에는 아크가 이후의 예정을 제시했다.

"실마리를 손에 넣으려면 우리도 노잔 왕국의 보물창고로 들어가야 하지 않겠소?"

아크의 의견에 아리안과 치요메의 시선이 모였다.

"……사스케처럼 잠입하려고요?"

아리안은 고개를 갸웃거리고 물었다. 그러나 아무리【디멘션 무브】같은 전이마법으로 잠입이 편하다고 해도, 만에 하나 들키면 나중에 성가신 일이 될 게 뻔하다.

그보다 확실성이 높은 방법이 있다.

"아니, 릴 왕녀는 왕도 소우리아를 구하기 위해 원군을 데리고 돌아가는 게 목적일 터. 그럼 우리는 거기에 편승해서 동행을 청하는 게 좋지 않겠소? 보수로 보물창고의 구경이라도 바라면 들여 보내줄 가능성은 비교적 크다고 생각하는데."

아크의 말에 아리안은 자신의 커다란 가슴을 껴안듯이 팔짱을 끼고 미간을 찌푸렸다.

"확실히 그게 나으려나……. 릴 양이 가려는 왕도가 타지엔트처럼 되었다는 느낌이 들지 않아요?"

치요메는 아리안이 말하는 타지엔트 같은 사태를 상상했는지 살짝 반응을 보였다.

아직 자신들은 왕도 소우리아가 어떤 상황인지 자세한 내용을 듣지 못했다. 아마 디모 백작의 영도 킨까지만 호위하는 형태로 고용된 몸인 데다, 타종족에게 너무 상세한 사정을 밝히기는 꺼려졌으리라.

그래도 그들이 나눈 대화의 구석구석에서 어느 정도 추측은 할 수 있었다.

현재 노잔 왕국의 왕도는 이형의 괴물, 거미 인간을 비롯한 많은 언데드의 공격을 받은 모양이다.

그러나 만약 왕도의 보물창고를 조사하려면 도시가 멀쩡해야 한다.

타지엔트 같이 온도시가 전장으로 바뀌어 여기저기 불길이 치솟아서는 보물창고도 무사할지 어떨지 의심스럽다.

"내일 영주를 찾아가는 릴 왕녀와 교섭해서 어떻게든 원군 속에 숨어드는 수밖에 없겠군. 왕도가 함락되고 보물창고가 불타기라도 하면, 사스케 공의 실마리를 잃을지도 모르오."

"그러네요."

아크의 의견에 아리안이 고개를 끄덕이며 동의했다.

그러나 그 옆에서 치요메가 혼자 굳은 표정을 지으며 아크에게 시선을 보냈다.

"글쎄요. 디모 백작이라는 인물이 과연 왕녀의 요청을 들어주고 왕도에 원군을 파병할지는 내일이 되어봐야 알 겁니다."

치요메의 말에 아리안은 고개를 갸웃거렸다.

"왕도는 그 땅의 중심도시죠? 같은 소속의 도시가 위기라면 구하러 가잖아요?"

아무렇지 않게 내뱉는 아리안의 말에 아크와 치요메가 얼굴을 마주 보았다.

동료 의식이 강한 엘프 종족인 아리안으로서는 어째서 동포를 구출하지 않는다는 선택지가 있는지 신기해하는 눈치다.

그러나 아리안은 잊고 있었다——.

"디모 백작가와 릴 왕녀의 왕가 사이에 엘프족이 말하는 캐나다 대삼림과 루앙숲의 관계처럼 반목이 있다면 납득할 만한 일이 아니오? 아리안 양도 배를 타고 올 때 캐나다 대삼림에서 구조대를 보낸 결정에 불만을 품지 않았소?"

아리안은 복잡한 표정을 지으며 입을 다물었다.

"……으음, 그런가."

캐나다 대삼림과 루앙숲은 같은 종족이어도 소속된 집단이 다르므로, 엄밀히 말하면 방금 예시는 미묘하게 어긋날 테지만 말이다.

"우선은 내일 킨으로 향하고, 그곳에서 이후의 일을 생각하면 괜찮소. 우리는 결론이 어느 쪽이든 노잔 왕국의 왕도를 가게 될 거요."

릴 왕녀와 동행하지 못한다면 왕도의 정확한 위치를 모르는 자신들로서는 조금 고생하겠지만 어쩔 수 없다.

"쿵! 쿵!"

아크가 자신의 발밑에서 안달하는 기색으로 씩씩하게 짖어대는 폰타를 내려다보자, 녀석은 텅 빈 접시를 코끝으로 밀어내며 또 더 달라는 요구를 할 뿐이었다.

"너는 어디서나 변함이 없구나……."

아크는 폰타의 탐스러운 머리를 이리저리 쓰다듬었다.

이튿날 아침, 아직 주변에 햇빛이 쏟아지지 않은 이른 시간.

주위에는 여전히 짙은 밤의 분위기가 떠도는 가운데, 힐 성채에서 킨 영도까지 뻗은 가도를 호위기사 자하르를 선두로 하는 집단이 서둘러 남쪽을 향했다.

일행의 중앙에는 호위하는 근위병들의 기마에 둘러싸이듯이 한 대의 간소한 마차가 보였다.

그 안에는 호위 대상이기도 하는 릴 왕녀가 타고 있었다.

성채에 대기하는 국경경비부대가 소유하는 마차였는데, 부서진 마차를 대신하여 릴 왕녀를 위해 준비한 것이다.

그리고 최후미에는 기마대의 무리를 쫓아가듯이, 커다란 드립트프스 시덴이 아크와 아리안, 치요메를 안장에 태우고 달렸다.

몇 번의 휴식을 사이에 두면서 릴 왕녀 일행은 곧장 가도를 남하했고, 점심을 조금 앞둔 무렵이 되자 눈앞에 킨의 모습이 나타났다.

성채를 지키는 성벽에서도 똑같이 느꼈지만, 견고하고 빈틈없는 양식의 방벽은 상당히 공격하기 어려울 듯싶었다.

방벽 너머에 펼쳐진 거리도 꽤 북적거렸고, 영도로 이어지는 여러 개의 가도에는 많은 짐을 실은 마차를 가진 교역 상인도 있어서 일상생활은 제법 윤택한 모양이었다.

근위병들 중에도 그 광경을 처음 접하는 이들이 대부분인지, 사루마 왕국에 의해 본국과 고립된 백작령의 현 상황에 약간 놀란 시선을 던졌다.

원래 이곳 출신이라는 근위병의 말에 따르면 루앙숲으로 인하여 반도를 완전히 봉쇄하지는 못했지만, 힐 성채를 비롯한 성벽 덕분에 마수는 남하하는 정도로 줄었고, 백작령의 남부는 매우 풍족해졌다고 한다.

보통은 마수의 대책을 고려하여 너무 소규모의 집락은 이루지 않는다. 그러나 백작령의 남부에는 소규모 집락 위주의 경작지가 넓게 펼쳐져 있었다.

그런 백작령의 거의 모든 물자는 클라이드만을 넘어 노잔 왕국 본토에 내보내기도 하지만, 이 영토의 중심지인 영주가 머무는 킨에도 수많은 짐을 들여온다.

영도에 물자를 옮기는 교역 상인의 대열을 곁눈질하고, 자하르를 선두로 하는 국왕의 사자는 가도를 일정 속도로 나아갔다.

가도를 오가는 사람들이 늘어날수록 무장한 집단의 보호를 받는 간소한 마차와 그 뒤를 따르는 본 적도 없는 드립트프스의 모습에 적지 않은 시선이 모여들었다.

도시에 가까운 가도에서는 아무래도 붐비는 인파 탓에 속도를 내기 어려웠다. 어쩔 수 없는 일이었지만, 마차의 창문에서는 릴 왕녀가 영도를 앞에 두고 초조한 표정을 지었다.

이윽고 영도 킨의 도시문에 다가가자 이미 전날 먼저 소식을 보냈기 때문인지, 길가에는 위병들이 영민을 가도 끝에 바싹 밀어내는 대처를 취해 놓았다. 도시문을 지날 때는 자하르가 마상에서 경례만 하면 될 뿐이었다.

영도로 들어가자 이번에는 길을 안내하는 위병의 기마대가 붙어서 거리를 당당하게 나아갔다.

영주가 지내는 저택까지의 가도는 다른 위병들이 통행을 확보하고자 움직였고, 길가에는 무슨 일인가 싶어 호기심에 달려온 사람들이 인파를 만들었다.

"……눈에 띄네요."

아크의 뒤에서 잿빛 외투의 후드를 깊숙이 눌러쓴 아리안이 거리 주변에 시선을 보내며 조용히 중얼거렸다.

"뭐, 이건 어쩔 수 없지."

그런 대화를 나누는 동안 왕녀 일행은 이 도시의 영주가 사는 저택 앞에 이르렀다.

견고한 석조 양식의 벽은 방벽보다 낮았지만, 그래도 5m 남 짓했다.

위병의 기마대가 왕녀 일행을 선도하는 형태로 큼직한 출입 문을 들어갔다.

그 출입문을 빠져나오자 넓은 앞뜰을 'ㄷ'자로 에워싸듯이 지은 3층짜리 커다란 저택이 모습을 드러냈다.

저택의 현관 앞에는 노년에 접어든 훌륭한 옷차림의 귀족 남 자 한 명과 고용인들 십수 명이 질서정연하게 늘어서서 왕녀의 마차가 도착하기를 기다렸다.

적국의 영지를 가로질러 먼 길을 마다치 않고 찾아온 릴 왕녀 를 맞이하기 위해서이리라.

그리고 아마 고용인들 중앙에 서 있는 귀족 남자가 이 땅의 영주일 것이다.

릴 왕녀가 탄 마차는 저택 앞에서 멈추었다.

그 뒤에 시덴을 탄 아크 일행의 모습을 확인한 모두가 일제히 놀란 얼굴을 보였지만, 역시 귀족가라서 그런지 금세 웅성거림 도 잦아들고 다들 허리를 굽혀 맞아들였다.

마차의 문을 마부가 공손한 태도로 열자, 그곳에서 릴 왕녀 가 조용히 내려섰다.

릴 왕녀의 옆에는 어느새 말에서 내린 호위기사 자하르와 니 나의 모습도 보였다. 두 사람은 호위기사답게 왕녀의 양옆을 지키듯이 서 있었다.

릴 왕녀는 한 번 주위를 둘러보더니, 여전히 허리를 굽힌 채 있는 노년의 귀족 앞으로 나아가 말을 걸었다.

"마중하느라 수고했다. 그대가 이 땅을 다스리는 디모 백작인가?"

그 말에 눈앞의 노년의 귀족은 깊숙이 허리를 숙인 자세로 대답했다.

"넷. 그렇습니다, 릴 왕녀님. 제가 이 지방을 맡은 벨무어 드 디모라고 합니다."

백작은 왕녀의 물음에 정중하게 대답하고 고개를 들었다. 조금 둥근 얼굴에 머리가 하얀 백작은 왠지 음악교실에 걸린 바흐를 떠올리게 한다.

"그래, 백작. 오자마자 미안하다만, 내가 여기 온 이유는 이미 전해 들어서 알 거다. 부디 백작이 왕도 구출을 위한 원군을 편제하──."

릴 왕녀의 말에 디모 백작이 당황한 것처럼 끼어들었다.

"리, 릴 왕녀님! 말씀하시는 중에 정말 죄송합니다. 제가 들은 말은 왕도의 사태가 진정될 때까지 릴 왕녀님을 보호하라는 내용이었습니다만?"

백작의 말에 릴 왕녀는 잠시 눈을 휘둥그레 뜬 후 옆에 있던 호위기사 두 사람을 올려다보고 날카로운 시선을 던졌다.

"어떻게 된 일이냐, 자하르, 니나!? 나는 아버지로부터 왕도를 구출할 원군을 부탁하는 사자로서 이 땅에 온 게 아니더냐!? 어째서 나를 보호하라는 말을 전했느냐!?"

릴 왕녀는 자신의 호위기사에게 비난의 눈길을 보냈지만, 자하르가 그 자리에 한쪽 무릎을 꿇고 그녀의 물음에 단호한 태도로 대답했다.

"이것은 국왕님의 뜻이기도 합니다. 왕도 구출을 위한 원군은 테르바 님과 세바르 님에게 맡기셨고, 릴 왕녀님은 이 땅에 한동안 머물도록 하라는……."

"뭣 때문이냐!? 그때 아버지는 그런 말씀을 한마디도 한 적이 없지 않느냐!"

왕녀의 눈가에 살짝 눈물이 맺혔다.

그런 릴 왕녀를 향해 니나는 부드러운 눈빛을 띠었다.

"릴 왕녀님은 백성을 위하는 다정한 분입니다. 국왕님도 그 점을 아시기에 도망가라는 지시를 내리지 않았답니다."

니나의 상냥한 목소리에 릴 왕녀는 그 말을 뿌리치듯이 고개를 크게 옆으로 흔들었다.

"아버지가 나를 소중히 여기시는 건 알고 있느니라! 하지만 아무리 그래도 내가 여기서 가만히 상황이 나아지기만 기다려서는 백성을 볼 낯이 없다!"

말을 마친 릴 왕녀는 눈가에 맺힌 눈물을 닦고 당당한 태도를 보였다.

"백작! 왕도를 구출할 원군을 얼마나 내보낼 수 있느냐!?"

위엄이 담긴 릴 왕녀의 말에 디모 백작은 둥근 얼굴을 딱딱하게 굳혔다.

"릴 왕녀님, 저희도 나라의 위기라면 지금 당장에라도 달려가고 싶습니다. 하지만 현재 이 땅에서 왕도로 향할 병력을 보내는 건 현실적이지 않습니다."

이어서 백작은 이마에 솟은 땀을 손수건으로 닦으면서, 백작령의 사정을 밝혔다.

"지금 이곳 킨에 상주하는 병사는 기껏해야 5백 명입니다. 왕녀님이 지나온 힐 성채에는 1천 5백 명. 다 합치면 2천여 명이지만, 이 병력을 전부 왕도 구출을 위해 보낼 수 없는 노릇입니다. 사루마 왕국이 왕도 소우리아와 우리 영지를 분단한 상태에서, 성채를 텅 비우면 기다렸다는 듯이 쳐들어올 가능성도 있습니다."

백작은 그쯤에서 한숨을 내쉬더니, 눈꼬리를 내리고 새로이 문제점을 지적했다.

"더구나 많은 병력을 편제해서 다시 사루마 왕국령을 거쳐 본국으로 향하기란 어렵겠지요. 소수의 인원이라면 몰라도, 병력을 어느 정도 갖추면 상대에게 눈치채입니다. 그렇다고 배를 이용하여 클라이드만을 건너 본국으로 가는 교역 경로는 아무리 서둘러도 닷새나 엿새는 걸릴 우려가 있습니다. 병력을 준비하는 과정까지 고려하면 그 이상의 시간이 필요합니다."

디모 백작의 설명에 릴 왕녀의 눈동자에는 실망하는 빛이 뚜렷하게 떠오르더니, 힘없이 고개를 떨구었다.

"그럴 수가……. 그럼, 난 여기서 왕도가 함락되는 걸 잠자코 지켜볼 수밖에 없는 게냐……?"

망연자실한 듯이 가라앉은 릴 왕녀의 잿빛 눈동자가 촉촉해졌고, 눈가에서 뚝뚝 넘쳐흐른 눈물이 지면에 작은 얼룩을 만들었다.

가녀린 어깨를 떨며 꾹 참고 흐느끼는 듯한 왕녀의 울음이 주위의 적막한 분위기 속에 울려 퍼졌다. 근위병들도 릴 왕녀의 비탄에 잠긴 목소리를 견딜 수 없다는 것처럼 고개를 숙였다.

그러나 그런 무거운 분위기에서 가장 먼저 고개를 든 이는 릴 왕녀였다.

뺨에 묻은 눈물 자국을 닦아낸 릴 왕녀는 단호한 잿빛 눈동자를 크게 떴다.

"난 포기하지 않느니라! 왕도는 굳건한 이중 방벽에 둘러싸였고, 아버지가 그리 간단히 질 리 없을 터! 설령 여러 날이 걸리더라도, 내가 원군을 이끌고 왕도로 향하겠다!"

릴 왕녀의 결의에 찬 선언을 들은 두 명의 호위기사가 허둥지둥 그녀를 말리듯이 입을 열었다.

"기다려 주십시오, 릴 님! 원군을 왕도로 데려간다 해도, 공주님이 스스로 원군을 이끌다니 당치도 않습니다! 만약 공주님에게 무슨 일이 생기면, 저희는 국왕님께 드릴 말씀이 없습니다!"

"릴 님, 다시 한번 생각해 주시기를── 원군의 지휘라면 이 자하르가 임무를 맡겠습니다."

두 호위기사의 만류에도 왕녀는 거칠게 고개를 흔들고 버렸다.

"이제 싫으니라! 그저 지켜지기만 할 뿐인 게 싫단 말이다!"

릴 왕녀는 눈동자에서 눈물을 주르르 흘렸고, 작은 손을 움켜쥐며 어깨를 떨었다.

아직 어린 왕녀의 그런 모습에 디모 백작을 비롯한 주위 사람들은 연민의 눈빛을 보냈지만, 그녀는 눈물을 머금은 눈동자로 그들의 시선을 바라보았다.

어른들로서는 단순히 철부지 어린아이의 생떼로 비쳤으리라.

그러나 릴 왕녀의 서투른 어휘만으로는 어쩔 수 없는 것도 사실이다.

두 명의 호위기사 자하르와 니나는 나라를 걱정하는 릴 왕녀의 평소 마음을 유일하게 알기 때문인지, 괴로운 심정이 밴 얼굴을 숙였다.

"……게다가 왕도에 쳐들어온 언데드의 수를 떠올리면, 이 땅도 결코 안전하지 않느니라."

릴 왕녀가 조그맣게 흘린 그 말은 옆에 있던 두 명의 호위기사에게 닿았다. 그리고 귀가 보통 사람보다 밝은 엘프 종족 및 수인 종족인 아크를 포함한 아리안과 치요메에게도 들렸다.

"큐~웅……."

이 자리에 흐르는 무거운 분위기를 민감하게 느꼈는지, 폰타는 시덴의 갈기 속에서 주변을 살피듯이 둘러보고 금세 목을 움츠렸다.

아크는 자신의 기대와 어긋나게 흐르는 상황에 어떻게 된 일인가 싶어 팔짱을 꼈다.

치요메와 아리안도 마찬가지여서 둘의 시선이 아크를 향해 넌지시 어쩔할지를 물었다.

"……으~음."

고민하는 목소리를 예민하게 알아차린 듯한 릴 왕녀가 돌아서서 아크를 바라보았다.

"……"

"응?"

릴 왕녀와 예상치 못하게 시선이 마주친 아크는 고개를 갸웃거렸다. 릴 왕녀는 작은 몸을 가능한 한 크게 보이려는 듯이 성큼성큼 다가왔다.

모두의 시선이 일제히 둘에게 모이는 가운데, 릴 왕녀가 발 밑에서 아크를 올려다보았다.

"아크 경. 여기까지 호위하느라 대단히 수고했다!"

화제가 갑자기 바뀐 사실에 당황한 아크는 고개를 갸웃거리 면서도 일단 예의로서 릴 왕녀에게 한쪽 무릎을 꿇고 그녀의 말을 묵묵히 들었다.

"그대에게는 충분한 사례를 하겠지만, 한 번 더 나를 도와주 지 않겠느냐?"

릴 왕녀의 말에 주위 사람들이 웅성거렸다.

"흐음, 그 말씀은?"

아크는 왠지 릴 왕녀가 무슨 말을 하려는지 짐작하고, 다음 말을 재촉하듯이 맞장구를 쳤다.

"나는 다시 노잔 왕국으로 돌아가서 원군을 내줄 만한 영주 를 찾겠노라! 엘프족은 무용에 뛰어난 자들이라고 들었다. 그 대에게는 가는 길의 호위를 또 부탁하고 싶구나!"

릴 왕녀가 제안한 내용에 호위기사들도 디모 백작도 경악한 표정을 지었다.

그리고 가정 놀란 목소리를 낸 이는 디모 백작이다.

"릴 왕녀님, 방금 뭐라고 말씀하셨습니까!? 지금, 이 자들이 엘프족이라고요!?"

"놀랄 부분이 거긴가?"

뒤에서 대화의 흐름을 조용히 듣던 아리안이 무심코 조그맣 게 중얼거렸다.

아리안의 심정도 이해하지만, 디모 백작의 마음도 모르는 바는 아니다.

어쨌든 루앙숲의 고압적인 엘프족과 영지를 맞대고 있는 것이다. 아마 서로 그다지 좋은 인상은 지니지 않았으리라.

"루앙숲의 엘프족과는 불간섭 정책을 지킬 터인데, 어째서 그 엘프족이 여기에!?"

경악하는 백작의 목소리에 아리안은 짜증난다는 듯이 잿빛 외투의 후드를 내리고 얼굴을 드러냈다.

"!? 제가 아는 엘프족과는 조금 다른 듯싶습니다만……."

옅은 자주색 피부와 약간 뾰족한 귀, 황금색 눈동자와 눈처럼 하얀 머리. 백작의 영지에 접하는 엘프족과는 차이가 나는 특징이었다. 백작은 눈을 깜박거리며 의아해하는 얼굴로 고개를 갸웃거렸다.

"당연하죠! 난 루앙숲의 엘프족이 아니니까. 나는 캐나다 대삼림에 사는 다크엘프족이에요."

아무렇게나 내뱉은 아리안의 말에 백작은 눈을 휘둥그레 뜨고, 옆에 있는 왕녀의 호위기사들에게 시선을 돌렸다.

"이 땅으로 향하는 도중에 왕도를 습격한 적의 추격자에게 붙잡힐 뻔 상황에서 도움을 얻었습니다."

백작의 시선을 받은 자하르가 간단히 일의 자초지종을 이야기했다.

"하지만 엘프족과 공공연히 관계를 맺으면 교국의 미움을 살 겁니다!!"

계속 엉뚱한 화제에 열을 올리는 백작에게 릴 왕녀는 언성을 높이며 그 말을 잘랐다.

"그런 건 당장 아무래도 상관없느니라! 지금은 나를 데리고 본토로 돌아가는 길의 호위를 아크 경에게 부탁하지 않느냐!"

릴 왕녀의 말에 그제야 호위기사 두 사람도 본제를 떠올리고 당황했다.

"공주님! 부디, 그것만큼은 다시 생각하십시오!"

자하르가 릴 왕녀에게 강한 어조로 독촉하면서 아크를 향해 걸어왔다.

그 모습을 본 왕녀는 즉시 자하르에게서 달아나 아크를 방패로 삼듯이 내세웠다.

그나저나 뜻밖에도 릴 왕녀가 노잔 왕국으로 돌아갈 때의 호위를 본인이 직접 지명했는데 이제 어떻게 해야 할까.

자신들은 이 나라의 왕도에 있는 보물창고를 조사하고 싶으므로 릴 왕녀의 의뢰는 정말 바라마지 않은 일이지만, 한가지 마음에 걸리는 점이 있다.

릴 왕녀는 한 번 노잔 왕국으로 돌아가서 다른 영주에게 원군을 요청하고 왕도로 향한다지만, 과연 그동안 왕도가 함락되지 않을까.

그리고 문제는 눈앞에도 남았다.

호위기사 두 명과 디모 백작은 릴 왕녀가 다시 노잔 왕국에 향하는 결정을 반대한다. 이대로 의뢰를 받아도 그들과 대립할지 모른다는 것이다.

간절하고 정중하게 설득해 보는 방법도 좋겠지만, 그렇게 여유를 부리는 사이 그 또한 왕도의 함락을 불러올 우려가 있었다.

이 자리를 어떻게든 수습한 후 신속히 노잔 왕국으로 돌아가 재빨리 왕도를 향한다—— 그리고 자신들이 제시하는 보수를 상대가 받아들이게 한다…….

상당히 어려운 상황이지만, 교섭해볼 수밖에 없다.

아크는 뒤에서 몸을 굳힌 릴 왕녀를 흘끗 내려다보고, 흘러가는 정황을 주시하는 치요메에게 시선을 옮겼다.

치요메는 평소와 다름없는 표정이었지만, 그녀의 푸른 눈동자는 긴장한 듯이 보였다.

이 국면을 어떻게 풀어나가는지에 따라 이후의 행동이 크게 변할 테니 어쩔 수 없다.

아크가 시선을 앞으로 돌리자 눈앞에 선 자하르의 날카로운 시선이 기다렸다.

"아크 님, 릴 왕녀님을 이쪽으로 보내시오. 당신들에게는 여기까지 호위해준 사례를 건네겠소."

자하르가 굵은 팔을 뻗으며 아크에게 손을 내밀었다.

아크는 뒤에 있는 릴 왕녀의 작은 손이 『벨레누스의 성스러운 갑옷』을 세게 붙잡는 감촉을 피부도 없는 해골 몸인데도 느꼈다.

"자하르 님. 난 릴 님의 이번 의뢰를 맡을 셈이오."

그 말에 자하르는 잠시 어안이 벙벙해졌고, 아크 뒤의 릴이 작은 환성을 질렀다.

그러나 그때 곧바로 반론을 꺼낸 이는 당당한 얼굴을 분노의 표정으로 바꾼 니나다.

"말도 안 된다! 지금 왕도를 포위한 건 10만에 달하는 언데드 군단이다!! 그런 곳에 릴 공주님을 데리고 돌아가겠다니 동의할 수 없다!!"

니나는 분노에 떨리는 목소리로 따졌지만, 그녀가 내뱉은 말에 주위 사람들에게서 동요가 일어났다.

아크는 물론 아리안과 치요메도 마찬가지여서, 지나치게 많은 적의 수에 신음이 흘러나왔다.

"흐음, 왕도를 공격하는 언데드가 설마 그렇게 어마어마한 수였을 줄이야……."

아크 일행은 왕도가 언데드 군단의 공격을 받는다는 사실은 알았다. 그러나 그 정도 수의 언데드가 왕도에 몰려들었다는 것은 전혀 예상 밖이었다.

디모 백작과 주위의 고용인들도 그처럼 구체적인 수를 못 들었는지, 크게 동요한 표정으로 거동이 의심스러워졌다.

"사, 사실인가? 10만이나 되는 언데드가 현실에 있을 수 있는 건가……?"

디모 백작이 두 명의 호위기사와 그들이 이끌고 온 근위병들을 바라보았고, 대답을 구하려는 듯이 시선을 헤매었다.

그런 시선을 피하는 것처럼 자하르와 니나, 근위병들이 살짝 고개를 숙였다.

아무래도 니나가 아까 내뱉은 말에 요란스러운 과장이 있는 것도 아닌 듯하다.

"여, 역시 가는 건 무리일까……?"

아크 뒤에 숨어 있던 릴 왕녀는 주위의 숨죽인 듯한 반응에 주뼛주뼛 그를 올려다보고 물었다.

(10만의 언데드 군단한테 공격을 당하면, 어지간한 방벽으로는 못 버티지 않아요?)

옆에 서서 이야기를 듣던 아리안이 작은 목소리로 말을 걸었다. 릴 왕녀는 귀를 기울였던 차에 그 내용을 민감하게 알아차리더니, 아리안을 향해 반론하는 목소리를 높였다.

"아버지는 그리 빨리 무너지지 않는다! 분명 나와 두 오라버니가 원군을 데려오기를 믿고 왕도에서 견딜 게다!!"

아크는 릴 왕녀의 말에 신경 쓰이는 점을 발견하고 그녀에게 돌아섰다.

"릴 님에게는 두 명의 오라버니가 계신가? 그 두 사람도 원군을 요청하러 간 거요?"

아크의 질문에 릴 왕녀는 크게 고개를 끄덕였다.

"그렇다! 오라버니들의 원군과 합류하면, 저런 괴물 녀석쯤은——!"

릴 왕녀는 작은 주먹을 치켜들고 힘차게 말했다.

두 명의 오라버니가 데려온다는 원군이 10만의 대군을 처리할 만한 수를 갖추려면, 준비하는 데에도 그럭저럭 시간이 걸릴 것이다.

그럼 자신들은 서둘러 왕도를 향하고, 조금이라도 언데드의 수를 줄여 왕도 함락을 늦추는 데에 집중해서——.

도시의 규모에도 좌우될 테지만, 왕도는 나름대로 많은 인구를 수용할 수 있을 만큼 커다란 크기일 터다.

그런 도시를 10만 남짓한 언데드의 군단이라고 해도 굳건히 포위하기란 우선 불가능할 게 틀림없으리라.

엷은 포위망을 뚫고 일단 왕도에 들어간 후 안에서 지구전을 펼치면 충분히 승산은 있다.

아크는 옆에 있는 동료들을 바라보았다.

정령마법을 잘 다루며 검기(劍技)도 뛰어난 다크엘프족의 아리안.

정령마법을 인술로 이용하는 '인심일족'에 속한 여섯 닌자의 한 명이기도 한 치요메.

강력한 돌진력과 천리를 달린다고 할 정도의 체력, 이 세계에서는 중장갑차 같은 드립트프스 시덴.

그리고 덤이나 마찬가지인 먹보 폰타.

방벽을 사이에 둔 지구전이 어떤 싸움일지—— 솔직히 경험한 적은 없지만, 이 멤버만 있으면 당장 뒤지지는 않을 것이다.

아크가 각자에게 시선을 보냈다. 그러자 아리안은 뭔가 포기했다는 표정을 지었고, 치요메는 힘차게 고개를 끄덕였다. 반면 시덴은 무슨 생각을 하는지 알 수 없었다.

폰타는 평소처럼 다음 식사라도 상상하는 게 분명하다.

"그럼 결정이군. 우리는 노잔 왕국의 왕도로 직접 가도록 하지."

아크의 발언에 릴 왕녀를 비롯한 전원이 놀란 얼굴로 쳐다보았다.

"기다려, 기다리거라! 왕도로 향하기 전에 난 영지를 돌아다니면서 원군을 모아야 하느니라!"

줄곧 자하르로부터 달아나기 위해 뒤에 숨어 있던 릴 왕녀가 당황한 듯이 뛰쳐나와 자신이 계획한 작전을 다시 한번 아크에 게 들려 주었다.

그러나 아크는 릴 왕녀의 말을 고개를 가로저으며 막았다.

"릴 님, 나는 왕도의 수비가 어느 정도인지 모르오. 하지만 릴 님이 이렇게 위험을 무릅쓰면서까지 다른 곳에서 원군을 끌고 와야 할 만큼 매우 절박한 상황이라는 사실은 알 수 있소. 두 오라버니가 원군을 얼마나 데리고 돌아올지는 분명치 않지만, 병력을 편제하는 데에도 시일은 걸릴 거요. 그럼 우리는 먼저 발이 빠른 최소한의 병사들만 이끌고 왕도로 돌아가서 원군이 도착할 동안 왕도가 함락되지 않도록 시간을 벌어야 하겠지 ——. 난 그렇게 판단했는데, 어떻소?"

아크의 말에 릴 왕녀는 몇 번 눈을 깜박이고, 방금 들은 내용을 음미한 후 작게 고개를 끄덕였다.

"……확실히 그렇구나! 원군을 이끌고 오더라도 왕도가 함락되어 있으면——!"

점점 열을 띠는 릴 왕녀의 말에 허겁지겁 끼어든 이는 호위기사 자하르였다.

"기다려 주십시오, 릴 님! 10만의 적을 향해 밖에서 소수의 유격전을 펼쳤다가는 순식간에 뭉개질 뿐입니다! 시간을 벌려면 왕도의 포위망이 느슨한 부분을 뚫고 들어가야 하는데, 그래도 원군이 오지 않으면—— 아니, 늦기라도 한다면 어쩌시렵니까!"

자하르의 큰 목소리에 릴 왕녀가 살짝 주춤하며 말을 삼켰다.

그리고 자신을 올려다보는 릴 왕녀에게 아크도 투구 속에서 시선을 보냈다.

"어떻게 할지는 릴 님에게 달렸소. 덧붙여서 이미 알겠지만 나를 포함한 이곳에 있는 세 명은 실력이 몹시 뛰어나다고 자부하오. 다들 병사 백 명의 몫을 해낼 거요."

아크의 말을 받아들였는지, 릴 왕녀는 아까 거미 인간과의 전투를 떠올린 듯이 진지한 눈빛으로 고개를 끄덕였다.

한편 주위에 있던 릴 왕녀의 호위인 근위병들로부터 험악한 기색이 새어 나왔다. 아크는 물론 옆에서 성가시다는 표정을 지은 아리안, 무뚝뚝한 얼굴의 치요메에게도 전해졌다.

그들의 처지에서 보자면 모욕을 당했으리라.

그러나 그것은 그것대로 좋은 기회인지도 모른다.

엘프 종족으로서 여기에 서 있는 자신들이 주위에 힘을 보여 주는 일은 이후 인간족을 견제하기도 할 터다.

더구나 상대가 언데드라면 아마 그걸로 약 1만의 수는 섬멸할 수 있다고 예상하기도 했다.

사전 연습 없이 바로 사용하는 셈이지만, 역시 시험 삼아 쏠 만한 스킬도 아니다.

그렇다면 이 상황에서 쓰는 게 최고의 시험이 될 거다.

"릴 님."

"릴 님!"

아크와 자하르 둘에게서 대답을 요구받은 릴 왕녀가 잠시 시선을 좌우로 돌렸다. 그러나 이윽고 뜻을 결심한 듯이 그 자리에서 가슴을 펴며 입을 열었다.

"나는 왕도로 가겠다! 자하르, 니나! 이건 결정사항이니라! 중추를 잃고 나 혼자 남은 노잔 왕국을 주변국이 내버려 둘 리 없을 테니 말이다!"

"……넷!" "읏!"

릴 왕녀의 결의에 찬 말에 두 명의 호위기사, 자하르와 니나는 아랫입술을 깨물고 그 자리에 한쪽 무릎을 꿇었다.

그 두 사람의 분노를 드러낸 시선이 아크를 향해 아무런 거리낌 없이 쏟아졌다.

그들로서는 어린 왕녀를 사지로 꼬드긴 외부인—— 아니, 힐크교의 교의가 뿌리 깊은 이 땅에서 엘프족과 수인족은 혐오하고 경멸해야만 하는 존재로서 여겨질 가능성이 크다.

종족 간의 골을 약간 깊게 만든 듯한 느낌도 들지만, 지금은 어쩔 수 없다.

더구나 인간족 앞에서 전이마법의 사용은 가능한 한 피할 셈이지만, 여차하면 릴 왕녀 일행만이라도 도망치게 할 생각이다.

릴 왕녀를 이용하는 꼴이 되었으니 하다못해 보증 정도는 해 두지 않으면 자신의 마음도 여러모로 불편한 것이다.

특히 조금 전부터 한심해 하는 황금색 눈동자가 똑바로 등 뒤에 꽂히는 느낌을 받아서 더욱 그렇다.

"큥?"

폰타는 아크와 아리안 사이에 생겨난 미묘한 분위기 속에서 고개를 갸웃거렸다.

그런 가운데 릴 왕녀는 한쪽 무릎을 꿇은 자신의 호위기사와 뒤에 있는 근위병들을 둘러보더니, 이어서 시선을 디모 백작 일행에게 보냈다.

"그리고 디모 백작!"

"……넷, 네!"

"당장 준비할 수 있을 만한 발이 빠른——그렇구나, 기마대를 준비해라! 왕국의 백작인 그대가 이대로 내게 호위도 붙이지 않고 왕도에 돌려보내는 일은 결코 하지 않을 테지!?"

릴 왕녀가 당당한 태도로 명령하자, 그 말에 동의하는 뜻을 비친 호위기사와 근위병들도 무언의 압력을 백작에게 넣었다.

역시 어려도 왕족이다.

왕국의 귀족인 백작이 릴 왕녀를 왕도로 보내는 길에 한 명의 병사도 내어주지 않는다면, 훗날 반심을 품었다는 말을 들을지 모르는 문제가 되리라.

나라가 사라지면 그런 말도 듣지 않을 테지만, 혹시라도 이 국난을 노잔 왕국이 이겨냈을 때는 백작은 틀림없이 작위를 빼앗길 것이다.

그런데 릴 왕녀는 더 양보하여 발이 빠른 기마대만으로 호위를 편제하라는 허가를 내렸다.

곧바로 준비할 수 있는 기마대의 수는 그리 많지 않을 터다.

기마대이므로 모조리 잃으면 나름대로 손실이지만, 만에 하나 백작의 자리를 박탈당할 사태를 대비한 보험이라고 여기면 비싼 값은 아니다—— 그런 걸까.

"넷, 아, 알겠습니다. 즉시 준비시키겠습니다! 어이, 누가 위병 대장을 불러라!"

디모 백작은 릴 왕녀의 기백에 밀려 구르다시피 저택으로 달려갔고, 기마부대를 편제하기 위해 이리저리 바쁘게 돌아다녔다.

"……믿어도 괜찮겠느냐?"

백작의 뒷모습을 지켜보던 릴 왕녀는 주위에 들릴까 말까 할 정도의 목소리로 아크에게 물었다.

아크는 릴 왕녀의 불안에 흔들리는 잿빛 눈동자를 보고, 뭔가 말로 표현하기 어려운 죄악감이 솟아났다.

이 상황에 차마 이런 말을 릴 왕녀에게 건네기란 몹시 어렵지만, 그녀는 작은 몸으로 나라를 짊어진 것이다.

그럼 아크도 그에 걸맞게 상대해야 한다.

"흐음. 그럼 서둘러서 미안하지만, 보수에 관한 얘기를 나누려 하는데."

아크의 말에 긴장한 릴 왕녀의 표정을 알 수 있었다.

왠지 순진한 소녀를 속이는 나쁜 아저씨 같은 기분이지만, 아크로서도 청구할 만한 일은 청구해 두어야 한다.

"그, 그랬지. 여기 올 동안의 호위와 합쳐 얼마나 바라느냐?"

어떻게든 자신의 초조함을 보이지 않고 대응하려는 심산이리라, 릴 왕녀는 떨리는 손끝을 필사적으로 억누르면서도 당당한 태도로 아크를 올려다보았다.

그러나 아크는 의뢰의 보수로 돈을 요구할 마음은 없었다.

"일단 우리는 성공 보수만 받아도 괜찮소. 그리고 첫 번째 요구할 사항은 왕도를 해방했을 때 그곳에 있다는 보물창고를 구경시켜주면 좋겠군."

어떤 요구 금액이 나올지 잔뜩 굳어서 기다리던 릴 왕녀와 뒤에 있는 호위기사들은 아크가 제시한 보수 내용에 눈을 휘둥그레 뜬 후 미심쩍다는 것처럼 고개를 갸웃거렸다.

"왕도 소우리아의 보물창고에 있는 보물이 아니라, 보물창고 안을 구경만…… 해도 되겠느냐?"

릴 왕녀가 한마디 한마디 확인하듯이 묻는 말에 아크는 고개를 끄덕였다.

"그렇소. 보물창고를 잠시 살펴보게 해 주면 그걸로 충분하오."

아크는 자신의 말에 고개를 끄덕이는 치요메를 곁눈질했다.

"알았느니라. 내 이름으로 보물창고의 출입을 허가하겠다! ……그럼 두 번째는 무엇이냐?"

보물창고 출입을 허가해준 릴 왕녀는 이어서 다음 요구 내용을 아크에게 재촉했다.

역시 제일 처음의 가벼운 요구 내용에 들떠서 '첫 번째'라고 했던 말을 놓치지는 않은 모양이다.

반면 뒤쪽의 호위기사 니나는 보수 내용을 듣고 노골적으로 안심한 얼굴을 보니, 제대로 못 들은 게 틀림없다.

"두 번째는 노잔 왕국에 붙잡힌 엘프족과 수인족의 전원해방, 그리고 이후의 포박 행위에 대해 엄벌을 확실히 약속해 주기를 바라오."

이 요구에 놀란 표정을 지은 이들은 두 명의 호위기사와 아크의 뒤에 있던 아리안과 치요메다.

당사자인 릴 왕녀는 의아해하는 얼굴로 그 요구 내용을 혼자 음미하듯이 되뇌며 중얼거렸다.

곧이어 한 번 고개를 끄덕이고 얼굴을 든 릴 왕녀는 만면에 미소를 띤 채 대답했다.

"해방한 자들은 물론 그쪽에서 떠맡아주는 거겠지? 그렇다면 문제 없——."

"기다려 주십시오! 릴 공주님!!"

릴 왕녀의 말을 가로막듯이 소리를 지른 이는 니나였다.

"그 요구에 대한 대답은 릴 공주님 개인이 약속할 수 있는 범주를 벗어났습니다!"

니나의 말에 릴 왕녀는 이상하다는 것처럼 고개를 갸웃거렸다.

"어째서냐? 아크 경은 엘프족과 수인족의 죄인을 넘겨달라는 게 아니냐? 나라의 중대사를 생각하면 이 정도 결단은 내 판단으로 내릴 수 있을 거다."

"아닙니다, 공주님! 이 자가 말하는 대상은 나라의 노—— 노예입니다!"

아무래도 릴 왕녀와 니나 사이의 대화가 미묘하게 어긋난 듯 싶었다.

"노예? 노예는 분명 빚을 진 노예와 죄수 노예, 그리고 전쟁에서 붙잡힌 포로 노예뿐이지 않느냐?"

릴 왕녀의 물음에 니나는 약간 기가 죽은 듯이 우물거렸다.

아크는 두 사람의 대화를 통해 그럭저럭 사정을 엿볼 수 있었다.

"귀국에는 우리 엘프족과 수인족 노예는 없다——그런 견해로 봐도 좋은가?"

그 말에 니나가 묵묵히 이를 악물었다.

아마 릴 왕녀에게 겉으로는 엘프족과 수인족의 노예가 있다는 사실을 감추었으리라.

엘프족과 수인족의 존재를 꺼려하는 교의를 가르치는 근원지, 이웃 나라 힐크 교국의 영향 탓에 공공연하게 엘프족과 수인족의 소유를 공표하지 않는 암묵적인 양해라도 있는지 모른다.

굳이 이웃 나라로부터 신전기사를 이끌고 와서 수인 사냥을 벌이는 세력이다. 엘프족과 수인족의 노예를 소유했다는 게 세상에 드러나면 교의를 이유로 교국에게 바쳐야 하리라.

그리고 그들의 그런 행동에 이의를 내세우지도 못하는 까닭은 국가간의 무력 차이 때문이다.

"어떻게 된 거냐!? 우리 나라는 로덴 왕국과 마찬가지로 엘프족의 노예 소유는 물론 수인족의 노예 소유도 금지한다고 들었느니라!"

릴 왕녀는 약간 당황한 얼굴로 아크와 니나 둘을 번갈아 보듯이 고개를 돌렸다.

공식적으로는 존재하지 않는 노예의 해방을 조건으로 엘프족과 수인족의 협력을 얻어낸다.

표면상의 견해가 말한 그대로라면, 이번 조건은 노잔 왕국에게 아무런 영향도 주지 않는다. 그러나 만약 이 조건을 받아들이고 나서 불법 행위가 드러났을 경우, 왕가는 온 나라의 개인이 소유하는 엘프족과 수인족의 노예를 강제로 몰수하거나 사들여서 아크 일행에게 주어야 한다.

힐크 교국에게 숨기고 소유할 수 있는 엘프족과 수인족의 노예가 얼마나 될지는 모르지만, 니나의 반응을 보건대 결코 적지 않은 수가 암암리에 있으리라.

그러나 공식적인 소유를 인정하지 않는다면, 농성에 들어간 왕도의 엘프족과 수인족의 노예들에 대한 처우는 몹시 위태로운 상황에 빠졌다는 사실을 뜻한다.

농성에서 가장 신경 쓰는 부분은 비축한 식량과 물이다.

왕도가 어느 정도의 인구를 떠맡는지 몰라도, 그들에게 비축한 식량과 물을 먹일 경우는 될수록 소비를 억누를 필요성이 있다. 그러나 그때 제일 먼저 불이익을 당하는 게 신분이 낮은 자들이다.

여기에서는 공식적으로 존재하지 않는다고 알려진 엘프족과 수인족의 노예들이리라.

주로 애완용이나 자손을 만들 목적으로 비싼 값에 팔리는 엘프족은 그럭저럭 괜찮지만, 뛰어난 신체능력을 살린 노동력으로 싼값에 팔리는 수인족은 가장 잘 버려지는 종족이다.

이 일은 자신들도 너무 시간을 끌면서 교섭할 여유는 없다고 여긴 아크는 다시 눈앞의 어린 릴 왕녀와 침묵을 지킨 두 명의 호위기사에게 시선을 던졌다.

이럴 때는 조금 양보하는 모습을 보이며, 빠르게 조건을 밀어붙이고 싶었다.

"흐음, 노잔 왕국이 엘프족과 수인족의 노예 소유를 인정하지 않는다면, 이후에도 부디 그 방침을 지키기를 바라오. 다만 어떤 나라에도 괘씸한 놈은 있는 법이지, 그렇지 않소?"

아크가 하는 말의 의도를 어렴풋이 알아차렸는지, 릴 왕녀와 두 명의 호위기사는 서로 시선을 주고받았다.

그리고 아크의 말을 잇듯이 입을 연 이는 릴 왕녀였다.

"요컨대 우리 나라의 방침을 어긴 자들이 소유한 엘프족과 수인족의 노예를 몰수해서 그대들에게 넘기면 되는 게 아니냐?"

역시 이해력이 좋다.

이 방침이라면 왕가는 대의명분이 서는 데다, 왕국 내의 귀족으로부터 노예를 징수하기 쉽다.

나머지는 왕가의 판단이 옳다는 사실을 다른 귀족에게 알려주기 위해 아크 일행이 조금 도울 필요가 있다.

그렇지 않으면 왕가의 판단에 불복한 귀족들이 모반을 일으킬 테고 결국 나라가 무너져서는 의미가 없다.

릴 왕녀의 대답에 크게 고개를 끄덕인 아크는 시선을 맞추듯이 그 자리에 한쪽 무릎을 꿇더니 오른손을 내밀며 악수를 청했다.

릴 왕녀는 아크가 내민 손을 자신의 작은 손을 뻗어 힘차게 쥐었다. 뒤에서는 두 명의 호위기사가 하늘을 올려다보며 머리를 감쌌다.

이 약속이 반드시 지켜지도록 사람들에게 릴 왕녀의 판단은 옳았다고 믿게 하기 위해서는 조금 커다란 힘을 보여주어야 하리라.

아크는 그런 생각을 하며 투구 속에서 깊은 미소를 지었다.

그 모습을 눈앞의 작은 왕녀는 민감하게 알아차렸는지, 어깨를 한 번 흠칫했다.

제4장 천기사 아크

사루마 왕국 동부 변경 브라니에령.

일찍이 노잔 왕국의 영지였던 휠스강 동쪽의 땅.

현재 이 땅을 다스리는 주인은 사루마 왕국의 귀족 중 하나, 변경백의 작위를 지닌 브라니에가(家)다.

일가에서 다스리기에는 무척 광대한 이 토지는 지금으로부터 70년 전에 현 당주의 2대를 거슬러 올라가는 당시 기사단장이 었던 브라니에가의 당주가 동방 원정에서 선진(先陣)을 맡는 등 두드러진 공훈을 세우고 사루마 왕가에게 하사받은 땅이었다.

그러나 그것은 평민 출신이었던 기사단장의 약진을 꺼린 중 앙귀족들이 격렬한 전투로 파괴된 경작지나 주민과의 마찰, 또 노잔 왕국의 보복 위협에 드러난 성가신 토지를 억지로 떠맡겼 다는 게 실제 사정이었다.

애당초 그곳의 토지는 완만한 평야 지대여서, 소비르 산맥을 통해 강력한 마수들이 내려오는 경우를 제외하면 비교적 윤택 하다. 또한 선선대의 억척스러운 부흥 활동과 기사단 위주의 철저한 방어 및 향상된 치안으로 서서히 지력(地力)을 높였다.

그리하여 브라니에가는 왕가로부터 변경백의 작위를 얻었 고, 이제는 사루마 왕국의 유력 귀족 중 하나가 되었다. 그러나 그 일을 달가워하지 않는 다른 가문의 귀족들이 더욱더 거북하게 여기는 결과를 낳았다.

다른 가문이 문자 그대로 '변경'이라고 야유하는 땅의 중심, 그곳에 있는 영도 브라니에는 오래전 노잔 왕국의 영주가 지은 원래 저택을 영주성으로 정하고 개축한 것이다.

우아하고 아름다운 양식의 저택은 가만히 놔둔 채 그 주위를 투박한 성벽과 성탑으로 둘러싸서, 일반적인 영주성과는 달리 조금 특이한 형태를 띤다.

그런 독특한 양상을 보이는 영주성의 중심에 세워진 저택. 그 넓은 저택의 어느 방에서는 노년에 접어들었을 남자 한 명이 커다란 집무 책상 앞에서 서류 작업을 하는 중이었다.

노년이라고 해도 눈에 띄게 늙었다는 느낌을 주는 모습은 적다.

바느질이 훌륭한 옷은 그 인물이 높은 신분에 있음을 가리켰지만, 옷 속에는 몹시 단련된 다부진 체격이 감춰져 있었다. 또 코 밑에는 하얀 수염을 기르고, 서류를 노려보는 눈매는 날카로워서 오히려 어딘가 악당처럼 보이기도 한다.

하얀 머리가 약간 벗겨져 이마가 넓은 점이 유일하게 나이에 걸맞은 부분이랄까.

벤드리 드 브라니에 변경백.

사루마 왕가가 하사한 선선대의 브라니에령을 물려받고 오늘날까지 그 신분을 유지하여 다스리는 대영주이자, 오랜 세월 노잔 왕국의 반격을 막아온 무용에 뛰어난 귀족이기도 하다.

그런 그가 묵묵히 펜 끝을 움직이는 소리만 울리는 집무실에 누군가 조용히 문을 두드렸다. 브라니에 변경백은 펜을 멈추고 고개를 들었다.

"들어와라."

낮고 조용하면서도 또렷한 입실허가의 목소리에 반응하여, 한 명의 젊은 여성이 가볍게 인사를 한 후 들어왔다.

귀족 사회에서는 그다지 볼 수 없는 복장의 젊은 여성은 차분한 동작으로 변경백의 앞에 나아갔다.

보통 이런 자리에 나타나는 여성은 고용인이거나 아름답게 차려입은 귀부인이 대부분이지만, 그녀의 모습은 어딘가 비서를 떠올리게 하는 옷차림이다.

브라니에 변경백은 젊은 여성을 확인하더니, 그저 말없이 펜을 놓고 그녀의 용건을 재촉하듯이 턱짓을 할 뿐이었다.

"벤드리 님, 조금 전 영내 순회병들에게 신경 쓰이는 보고를 받았습니다."

"호오, 뭔가?"

젊은 여성의 말에 브라니에 변경백은 멋진 수염을 쓰다듬으면서 날카로운 시선을 보내는 한편 이어질 뒷말을 보채는 것처럼 맞장구를 쳤다.

"남서쪽 땅에서 마차를 이끄는 무장집단이 처음 보는 괴물에게 습격당하는 광경을 그 지방의 주민이 목격했다고 합니다."

젊은 여성의 대답에 브라니에 변경백은 눈썹 끝을 올렸다.

변경백이 반응하는 것은 당연하다. 브라니에령은 원래 노잔 왕국의 영토에 침공하여 얻은 토지이므로, 이웃 나라 노잔 왕국이 여러 번 영토 회복을 꾀하는 부대를 보내는 일이 있었기 때문이다.

그러나 눈앞의 젊은 여성이 올린 다음 보고에서 아무래도 그와는 다르다는 사실을 알아차렸다.

"무장집단의 정확한 수는 모르는 듯했지만, 마차 한 대에 기마 여럿이 따른 모양입니다. 아마 요인을 데려가는 호위대라고 여겨집니다. 목격한 인물이 멀리서 봤을 뿐, 소속을 알리는 문장이나 깃발은 전부 불확실합니다."

"그 장소가 남서쪽이라고 했나⋯⋯. 왕도 라리사에서 오는 사자나 그런 건가? 그래서? 마차의 행방과 습격한 괴물이란 게 뭐지?"

브라니에 변경백은 그 보고에 턱을 어루만지면서 혼잣말을 하고, 다시 자세한 내용을 젊은 여성에게 재촉했다.

"네. 마차 일행은 그곳에서 동쪽으로 향했다고 합니다. 그 주변을 수색한 결과, 산산조각이 난 마차의 잔해와 상급병으로 보이는 무장을 갖춘 몇 명의 시체를 발견했습니다. 하지만 마차에 탔으리라 짐작되는 요인은 찾을 수 없었는데, 아마 도주에 성공한 듯합니다. 그리고 목격한 괴물에 관한 얘기입니다만, 목격자의 증언을 바탕으로 간단한 초상화를 준비했습니다."

젊은 여성이 수중의 서류에서 양피지 한 장을 꺼내어 브라니에 변경백에게 건네자, 그는 양피지를 받아서 거기에 그려진 기괴한 그림을 보고 눈썹을 찌푸렸다.

"하반신은 거미에, 상반신은⋯⋯ 뭐냐 이게? 사람 둘이 뒤얽힌 듯한 모습에 네 개의 팔이라고? 신종 마수인가⋯⋯ 아니,

그렇다 해도——."

한참동안 괴물의 초상화를 보고 신음하던 브라니에 변경백은 마침내 그 그림을 집무 책상에 내던지며 눈앞의 젊은 여성에게 날카로운 시선을 보냈다.

"그런데 호위대의 일원이었던 자의 신원은 알아냈나?"

"아니요. 장비의 질을 보건대 요인을 담당하는 호위라는 보고입니다만, 신원을 밝힐 만한 물건은 아무것도 지니지 않아서 알 수 없었습니다."

변경백의 질문에 분명하게 대답한 젊은 여성은 그의 지시를 기다리듯이 입을 닫았다.

"신분을 나타내는 물건을 일절 갖고 있지 않았다는 건 이상하군. 내 영내에 신원을 감춘 채 들어오다니, 중앙귀족들이 이곳의 내정을 살피러 온 건가……? 아니, 그럼 요인을 데려올 필요도 없겠지."

브라니에 변경백은 머릿속의 생각을 정리하는 것처럼 혼자 중얼거렸지만, 이윽고 뭔가를 알아차렸는지 벗겨진 머리를 뒤따르듯이 넓어진 자신의 이마를 쓸어올렸다.

"……설마 노잔 왕국에서 디모 백작령으로 들어가려고 한 건가? 하지만 뭣 때문에? 클라이드만을 배로 건너면 될 텐데, 왜 군이 위험을 무릅쓰면서까지 육로를 취했지? 아니, 그건 나중에 추측해도 상관없겠군."

수염을 한 번 쓰다듬은 브라니에 변경백은 대기하던 젊은 여성에게 지시를 내렸다.

"일단 행방을 감춘 무장집단의 수색과 정체불명의 괴물을 토벌할 부대를 편제한다! 괴물에게서 달아날 때 촌락을 미끼로 썼을 가능성도 있다. 여섯 소대를 남부방면으로 파견하고, 각 소대에 일개 분대씩 꼬리를 붙여서 주변 지역을 찾게 하라!"

브라니에 변경백의 지시에 젊은 여성이 작게 고개를 끄덕였다.

"알겠습니다, 서둘러 기사단장에게 그 뜻을 전하겠습니다."

젊은 여성은 그 자리에서 가볍게 인사를 하더니, 즉시 등을 돌려 빠른 걸음으로 집무실을 나갔다.

젊은 여성의 뒷모습을 지켜본 후 브라니에 변경백은 천천히 의자에서 일어났다. 그리고 집무실의 창가에 다가가 유리창 너머로 시선을 던졌다.

"……노잔 왕국에서 무슨 일이 생긴 건가?"

브라니에 변경백은 창문을 통해 저택의 깔끔하게 손질된 정원을 바라보면서 누구에게랄 것도 없이 물었다. 그러나 그의 질문에 대답할 수 있는 이는 그 자리에 아무도 없었다.

"이걸로 되었겠지?"

킨의 중심이기도 하는 영주가 지내는 저택의 방을 하나 빌린 릴 왕녀는 커다란 책상에 앉았다. 그리고 양피지 한 장에 이번 왕도 해방 작전에서 아크 일행이 요구한 보수 내용을 명시한 계약서를 쓰는 중이었다.

릴 왕녀는 작성한 계약서 내용을 아크에게 보이며 확인했다.

"확실히 조금 전의 조건대로군."

옆에서 일련의 작업을 지켜보던 아크는 내용을 죽 훑고 고개를 끄덕였다.

그러자 모든 내용을 살펴본 아리안이 아크에게 귓속말을 하듯이 끼어들었다.

(잠깐만요, 이렇게 작은 어린애랑 하는 약속이 정말로 지켜질 거라고 생각해요? 본인이 그럴 마음이라도 주변에서 그걸 놔두지는 않을 것 같은데요?)

예쁜 눈썹을 찌푸린 아리안은 의심스럽다는 듯이 릴 왕녀 곁에 서 있는 두 명의 호위기사, 자하르와 니나에게 시선을 보내며 그런 말을 흘렸다.

그 점은 아크 자신도 동의할 수밖에 없는 반응이었다.

아크 일행이 제시한 조건이기는 하지만, 아직 어린 릴 왕녀에게 그 조건을 이행할 만한 힘이 있을지 미심쩍은 것은 사실이다.

(아리안 양의 우려는 당연하지만, 나도 이번 조건이 완전히 이루어지리라고는 여기지 않소.)

그 대답에 아리안은 의아해하는 얼굴로 아크를 올려다보았다.

힐크 교국의 교의가 뿌리 깊은 지역의 국가를 상대로, 이종족인 아크 일행과 맺은 계약을 성실히 이행할지 묻는다면 꽤 불확실하다는 점은 부정할 수 없다.

(그럼 왜 저런 계약서를 쓰게 했어요?)

아리안은 눈썹을 찌푸리며 고개를 갸웃거렸고, 왠지 아크에게 불만스럽다는 얼굴을 향했다.

바로 그 때문에 왕족인 릴 왕녀가 직접 쓴 계약서를 남겨두면, 완전히 이행하지는 않더라도 어느 정도의 조건을 제시할 수 있다고 예상한 것이다.

그리고 무엇보다 상대에게 요구를 받아들이도록 하는 최고의 수단, 그것은——.

(계약서는 어디까지나 사전에 나눈 약정이 있다는 사실을 가리킬 뿐이오. 이걸 이행시키기 위해서는 우리가 힐크 교국과 같은 방법을 보여주면 될 거요.)

아크의 말에 민감하게 반응한 이는 방의 구석에서 기척을 죽인 치요메였다.

머리에 달린 고양이 귀가 아크의 말을 듣고 움찔했다.

늘 앉는 자리인 투구 위의 폰타는 그 움직임에 따르듯이 양쪽 귀를 쫑긋거렸다.

그런 한 명과 한 마리의 반응과는 달리, 아리안은 뭔가 딱 감이 오지 않는다는 모습으로 살짝 고개를 갸웃거리며 아크를 쳐다보았다.

(신전기사로 무력을 보인 힐크 교국이 타국에 개입한 것처럼 우리 엘프족도 나름대로 힘을 보여주고 방심할 수 없는 상대임을 알려 주면 괜찮소.)

아크의 설명을 듣고 아리안이 노골적으로 싫다는 표정을 지었다.

(또 엉뚱한 생각을 하는 건 아니겠죠?)

아리안이 따지는 목소리를 냈지만, 서명을 마친 릴 왕녀가 대화에 끼어들며 완성한 계약서를 아크에게 가리켰다.

"나는 서명을 했느니라. 그대의 서명만 넣으면 이번 계약은 성립한다."

릴 왕녀의 말을 들은 아크는 자신 앞에 놓인 계약서를 두고 아리안에게 눈길을 보냈다.

그러자 아리안은 의아해하는 얼굴로 아크를 바라보았다.

"이 자리의 서명은 아리안 양이 어울리겠지."

아크의 말에 릴 왕녀를 비롯한 노잔 왕국측 사람들의 시선이 아리안에게 쏟아졌다. 아리안은 곤혹스럽다는 표정을 지으며 아크를 노려보았다.

(저기, 아크. 왜 서명을 내가 해요!?)

아리안은 숨죽인 듯하면서도 강한 어조의 목소리로 따지고 들었다. 아크는 아리안의 반발을 피하며 이유를 간단히 설명했다.

"나는 아직 마을에서 말석을 차지하는 몸이요. 그래서 이 자리는 아리안 양이 적임자라고 판단한 거요."

아크의 발언에 릴 왕녀 일행의 시선이 아리안에게 모였다.

그 시선에서 적지 않게 놀란 감정을 엿볼 수 있었다.

아마 엘프족의 대표를 아크라고 여겼을지도 모르지만, 아리안에게도 말했듯이 아크는 라라토이아에 들어온 지 얼마 안 된다. 엘프족의 지위를 말하자면 아리안이 압도적으로 위다.

그리고 무엇보다 가장 큰 이유는 아크가 이 세계의 문자를 쓰지 못한다는 점이었다.

이 세계의 문자는 가만히 보면 그 내용은 이해할 수 있지만, 막상 쓰려고 하면 문자와 문법을 익혀야 한다.

이것은 이후의 과제이리라.

왕녀 일행의 시선에 아리안은 요란하게 한숨을 내뱉더니, 계약서에 자신의 서명을 하고 펜을 놓았다.

"이걸로 되었죠?"

확인을 구하는 아리안의 목소리에 릴 왕녀가 계약서를 훑어보고 고개를 끄덕였다.

"으음, 계약서는 완성이구나! 아리안 경, 아크 경, 그리고 치요메 경. 이제 우리 나라를 구하기 위한 약정을 맺었다고 믿어도 좋은 건가?"

릴 왕녀의 흔들리는 커다란 잿빛 눈동자를 보고 아리안은 약간 불편하다는 듯이 어깨를 으쓱였다.

그 옆에서 계약서를 받아든 아크는 릴 왕녀를 안심시키도록 크게 고개를 끄덕이며 대답했다.

"걱정하지 마시오, 릴 님. 우리는 지금부터 노잔 왕국의 왕도를 언데드로부터 해방하기 위해 있는 힘을 다하겠소. 릴 님은 보수를 마련할 방법을 생각해 주시오."

아크의 말을 들은 릴 왕녀는 비로소 작게 한숨을 내쉬었다.

릴 왕녀의 곁에서 잠자코 지켜보던 호위기사 니나는 아크에게 시선을 보내며 뭔가 묻고 싶어 하는 눈치를 보였다. 그 사실을 알아차린 아크가 니나에게 재촉하자, 그녀는 마음을 굳힌 듯이 입을 열었다.

"만약 왕도로 들어가게 되었을 때 그곳에 다친 사람이 많을 경우, 당신이 저기…… 내게 써준 치유마법으로 그들도 고쳐 줄 수는 없겠소?"

니나는 거미 인간에게 잘린 자신의 오른팔이 치유마법으로 이어진 부위를 살짝 어루만지면서 그런 질문을 던졌다.

너무 성대한 치유마법을 쓰면 나중에 문제를 일으킬지도 모르는 데다, 왕도의 인구 및 피해 정도에 따라서는 마력의 한계라는 게 생길 수 있다.

보유하는 마력이 많더라도 역시 터무니없는 수는 대응하지 못하지만…… 아크는 그런 점을 고려하여 대답했다.

"내 힘이 미치는 범위라면…… 노력한다고 약속하지."

아크의 말에 니나는 조그맣게 숨을 내뱉고 눈인사를 했다.

이 일은 타산도 따져보았다.

궁지에 몰린 민중을 마법의 힘으로 낫게 한다는 행위는 그게 힐크교의 교의에 어긋나는 이종족의 도움이라도 그리 매몰차게 거절하지는 못할 터다.

편견을 없애는 일은 무리라도 타종족에게 관용을 베풀거나 우호적인 자를 소수라도 볼 수 있다면 감지덕지하는 정도로 작용하는 것이리라.

스스로 생각해도 빈틈없는 회유책이다——. 아크가 그렇게 자화자찬할 때 고용인 한 명이 집무실에 들어와서 릴 왕녀에게 말을 전했다.

"릴 왕녀님, 백작님이 밖에 기마대 준비를 마쳤다고 합니다."

"알았느니라. 당장 가겠다고 해라."

의자 위에서 발을 흔들고 있던 릴 왕녀는 디모 백작이 전한 보고를 듣고 뛰어내리듯이 일어섰다. 그리고 옆에 있는 두 명의 호위기사를 올려다본 후 시선을 니나에게 옮겼다.

"니나, 안색이 나쁘구나. 남아 있어도 괜찮다."

릴 왕녀는 자신의 호위이기도 하는 니나에게 염려하는 표정을 지었다.

릴 왕녀의 말대로 확실히 니나의 얼굴빛은 별로 좋지 않았다. 거미 인간에게 오른팔을 잘리면서 피를 많이 흘린 탓이리라.

치유마법으로는 잃은 피까지 회복시킬 수 없다는 사실은 이전에 증명을 끝냈다.

그러나 아직 만난 지 얼마 안 된다고는 해도 니나의 성격은 그럭저럭 파악했다.

릴 왕녀의 위로하는 말에도 니나는 조용히 고개를 가로저으며 한쪽 무릎을 꿇었다.

"아니오. 릴 공주님이 왕도로 향하는데 저만 이곳에 남다니요. 설령 공주님이 허락한다 해도 저 자신이 그걸 받아들이지 못합니다!"

막무가내로 내뱉는 그 말에는 니나 자신의 강한 의지가 담겨 있는 듯했다. 그것은 릴 왕녀에게도 전해졌으리라.

릴 왕녀는 니나에게 조금 난처하다는 표정을 지었지만, 눈동자 속에는 어딘가 고마워하는 마음이 담긴 듯이 비쳤다.

"어쩔 수 없는 녀석이구나. ……그럼 우리도 준비하러 가겠노라!"

조그맣게 미소를 흘린 릴 왕녀는 옆에 놓인 우아한 의장을 새긴 가죽 갑옷을 들더니, 드레스 위로 능숙하게 걸쳤다.

왕족의 기본 소양이라는 걸까.

익숙한 손놀림으로 껴입은 가죽 갑옷이었지만, 근위병이나 자하르와 니나 같은 호위기사가 몸에 두른 갑옷 종류와는 달리 높은 방어 성능을 지닌 듯이 보이지는 않았다.

그러나 맨몸보다는 낫다고 해야 할까.

집무실을 앞장서서 나가는 릴 왕녀에 이어 두 명의 호위기사도 뒤를 따랐다.

실내에 남은 아크와 아리안, 치요메는 서로 시선을 주고받았다.

그리고 입을 열자마자 뭔가 지친 듯한 목소리를 낸 이는 아리안이었다.

"……늘 겪는 일인지도 모르는데, 왠지 묘한 전개가 된 느낌이네요."

"큥?"

그렇게 한탄하는 아리안을 투구 위의 폰타가 이상하다는 얼굴로 고개를 갸웃거리며 바라보았다.

그리고 아리안의 말을 들은 치요메가 조금 미안하다는 듯이 입을 열었다.

"따지고 보면 제가 부탁한 안건이 이번 사태를 불러일으킨 셈입니다……."

치요메의 말에 당황한 아리안은 고개를 가로저었다.

"나, 나는 딱히 치요메 양을 비난하지 않았어요. 다만 마을 대표도 아닌데, 인간족의 나라와 이런 엄청난 약속을 나눠도 괜찮을까 싶어서…… 알겠죠?"

거기까지 말한 아리안은 난감해하는 얼굴을 아크에게 돌리고 노려보았다.

아리안의 시선에서 항의하는 목소리가 들려오는 듯했다.

"이건 어디까지나 우리와 노잔 왕국의 사적인 계약이오. 마을이 있는 캐나다 대삼림에는 민폐를 끼치지 않을 거요. 어쨌든 이 계약에서는 성공 보수만 언급했소. 그 말은 상대가 보수를 지불할 지 안 할지에 달려 있을 뿐이오. 우리가 성공하지 못했다고 해서, 특별히 지탄받을 일은 없을 테니까."

"뭐, 그렇지만……."

아크의 설명에도 아리안은 약간 불만스럽다는 듯이 입을 삐죽 내밀었지만, 한 번 크게 한숨을 내뱉자 황금색 눈동자에 힘이 넘치는 게 느껴졌다.

"하지만 우리가 이 일을 성공시키지 못하면, 보물창고에 들어갈 수 없다는 거죠?"

아리안의 말에 동조하듯이 힘차게 고개를 끄덕인 이는 사스케의 발자취를 좇는 치요메였다.

"그럼 우리도 가보도록 할까."

아크를 비롯한 세 명은 집무실을 나간 릴 왕녀 일행의 뒤를 쫓았다.

저택을 벗어나 커다란 앞뜰로 나오자, 그곳에는 백 기 남짓한 기마대가 질서정연하게 늘어선 모습이 눈에 들어왔다.

저마다 같은 갑옷을 몸에 걸쳤고, 다들 몸집이 튼실한 말에 탄 상태였다.

햇빛을 반사하는 마상의 전사들이 눈부신 빛을 뿜어내는 것처럼 보였다. 먼저 와서 그 장관을 이룬 광경을 바라보던 릴 왕녀가 힘차게 고개를 끄덕였다.

그러나 여기서 용감하고 씩씩하게 보이는 백 기의 기마대도 10만에 가까운 언데드의 무리 앞에서는 압도적인 수의 탁류에 삼켜져 그야말로 물고기 밥이 되는 미래밖에 상상할 수 없었다.

마상에 있는 이들의 얼굴은 모두 의기양양한 표정이었다. 어쩌면 디모 백작은 이 부대를 편제할 때 목적의 대부분을 이야기하지 않았는지도 모른다.

뭐, 왕도 해방 작전의 적 진용을 알고 무서워진 기마대가 도망치는 상황이 벌어지면 백작 자신의 체면에도 흠이 갈 것이다. 그럼 두 명의 호위기사는 어떻게든 릴 왕녀를 힐 성채에서 내보내지 않으리라. 따라서 아크 일행에게도 나쁜 일은 아니다.

릴 왕녀와 두 명의 호위기사가 앞뜰에 모습을 드러내자, 그때까지 술렁거렸던 장소는 쥐죽은 듯이 조용해졌고 말 울음소리와 말발굽 소리만 남았다.

그런 기마대를 둘러보는 릴 왕녀의 옆에서 나타난 이는 이 땅의 영주인 디모 백작이다.

"다들 기뻐하라! 오늘은 영도 기마대인 제군들에게 영광스러운 임무가 주어졌다! 다름 아닌 여기 계신 릴 제1왕녀 전하의 왕도 귀환을 따르는 호위다! 깊이 명심하여 명령을 받들라!"

백작의 연설 같은 임무 설명에 기마대의 병사들이 자세를 바로잡았다.

그 모습을 지켜보던 호위기사 자하르가 디모 백작의 뒤를 이었다.

"이미 어느 정도 임무 내용을 전해 들었으리라 생각하지만,

사루마 왕국을 가로질러 최단거리로 왕도를 향한다! 오늘은 해질 녘까지 힐 성채에 들어가고, 내일 아침 브라니에 동쪽을 빠져나간다! 강행군이 되는 혹독한 여정이지만, 뒤처진 자는 그자리에 두고 간다! 단단히 각오하라!"

자하르는 기마대의 잠시 떠들썩한 소란을 묵살하더니, 곧바로 힐 성채를 향해 출발하도록 지시를 내렸다.

"디모 기마대는 선행하여 힐 성채로 가라! 이건 백작님이 성채 책임자에게 보내는 지시서다."

자하르는 봉랍한 양피지 두루마리 한 장을 기마대의 한 명에게 건넨 후 경례를 하고 그들을 앞뜰에서 내보냈다.

그 뒤에서는 왕녀의 근위병들이 니나와 함께 탄 릴 왕녀의 기마를 둘러싸듯이 부대를 짜고 자하르의 합류를 기다렸다.

먼저 보낸 기마대를 지켜본 자하르가 일련의 집회를 바라보던 아크 일행에게 돌아섰다.

"힐 성채로 돌아가겠소. 아크 님 일행은 최후미에서 쫓아와주시오."

"알겠소."

용건만 말한 자하르는 그 자리에서 몸을 돌려 릴 왕녀 일행이 기다리는 곳으로 갔다.

슬슬 떠날 준비를 하려고 주위를 살핀 아크는 정원 구석에서 검붉은 비늘을 지닌 거체가 느긋하게 쉬는 모습을 발견했다.

시덴이 발밑에 열심히 코끝을 들이대고 뭔가 바스락거렸다. 이상하게 여긴 아크가 다가가서 엿보았더니, 주변 일대의 잔디밭이 벗겨져 흙이 드러나 있었다.

아크의 존재를 알아차린 시덴은 입을 우물거리면서 고개를 들었다.

아무래도 뜰의 풀을 간식 대신으로 뜯어먹었던 듯싶다.

눈에 띄게 정원의 경관을 해쳤지만, 이 자리는 디모 백작의 관대한 마음에 기대어 갈 길을 서두르도록 하자.

"가자, 시덴."

"규리이잉!"

안장을 얹은 시덴의 등을 가볍게 두드리고 부르자, 녀석은 그 커다란 거체를 한 번 부르르 떨면서 울음소리를 냈다.

그 장면을 본 디모 백작 및 저택의 고용인들이 일제히 웅성거리며 뒤로 물러났다.

겉보기에도 상당히 흉악한 모습이어서 일반인에게는 맹수로밖에 보이지 않는 드립트프스이지만, 주인이라고 인정한 자에게는 매우 순종적이다.

안장에 오른 아크의 뒤로 아리안이 앉았고, 앞에는 치요메가 올라탔다.

아크는 시덴의 머리 갈기가 마음에 든 폰타가 그 속에 들어가는 것을 가늠하고 고삐를 쥐었다.

저택의 문을 지나 킨의 시가지로 향하는 릴 왕녀 일행을 뒤따라가듯이 진로를 잡은 시덴이 천천히 걸음을 떼었다.

하늘에 뜬 태양의 위치를 확인하는 것처럼 올려다본 아크는 힐 성채까지의 거리를 떠올렸다.

"거기라면 저녁 내에는 도착할까……."

아크는 눈 부신 햇빛으로부터 저 앞에 가는 왕녀 일행의 뒷모습에 시선을 옮기면서 혼잣말을 했다. 그러자 치요메가 앞자리에서 아크를 쳐다보듯이 눈길을 돌렸다.

치요메는 딱히 아무 말도 하지 않았지만, 아크는 그녀에게 그저 고개를 끄덕이며 입을 열었을 뿐이다.

"으음, 마침내 시작이군."

시가지의 가로 옆에는 많은 영민이 위병들에 의한 교통정리로 꼼짝 못하면서도, 릴 왕녀 일행을 한 번 보려고 몰려들어서 약간 축제 같은 분위기였다.

그런 영민들의 시선을 뿌리친 일행은 빠른 속도로 시가지를 가로질러 영도를 떠났다.

아크 일행은 앞서가는 디모 백작의 기마대가 높은 전의를 갖고 달리는 모습을 최후미에서 바라보며 뒤처지지 않도록 쫓았다.

아니 사실은 뒤처지지 않도록 쫓았다는 말은 틀리다. 드립트프스는 앞서가는 기마대와 릴 왕녀 일행을 앞지르지 않게 천천히 달린다는 표현이 옳다.

자이언트 바질리스크와 싸웠을 때도 했던 생각이지만, 여섯 개의 다리를 갖고 있으면 역시 나름대로 고속이동을 하기 쉬운 걸까?

아크는 이세계의 그런 신기한 일에 정신을 팔면서, 주위로 흘러가는 경치에 눈을 돌렸다.

풍요로운 푸른빛의 농지가 좌우로 펼쳐진 경치 속을 말발굽을 울리는 집단이 지났다. 그 모습을 밭에서 일하는 농민들처럼 보이는 이들이 고개를 들고 눈으로 쫓았다.

이윽고 일행의 앞에는 좌우로 끝없이 이어지는 듯한 힐 성채의 성벽이 보였다.

저곳을 떠난 지 한나절 만에 돌아왔는데, 조금 그리운 느낌이 드는 이유는 무엇 때문일까.

앞서가는 기마대가 당당히 백작가의 깃발을 내걸자, 힐 성채의 성문이 전방에서 천천히 열리는 것을 알 수 있었다.

"분명 오늘 여정은 여기까지죠? 겨우 좀 느긋하게 쉬겠네요……."

뒤에 있는 아리안이 커다란 한숨을 내뱉으며 그런 불평을 했다.

기분 탓일까, 시덴의 머리 위에서 엎드려 누운 폰타도 축 늘어진 듯이 보였다.

그러고 보니 오늘은 점심을 먹지 않았구나…….

아크가 그런 생각을 하는 사이 선두의 기마대가 힐 성채의 성문 안으로 사라졌고, 이어서 왕녀의 근위대와 최후미의 자신들도 입성한 후 다시 성문이 닫혔다.

기마대의 대표자인 한 명이 힐 성채의 지휘관과 대면하고 백작의 서한과 함께 사정설명을 하는 가운데, 릴 왕녀를 둘러싼 근위대 부근에서 소란이 일었다.

"정신 차리거라, 니나!"

그 목소리의 주인은 릴 왕녀 본인이다. 아크가 그쪽으로 시선을 돌리자 안색이 나빠진 니나가 마상에서 자세를 무너뜨리고 떨어지려는 참이었다.

"니나를 쉴 수 있는 장소로 옮겨라! 서둘러라!"

그런 소란을 재빨리 수습한 이는 또 한 명의 호위기사 자하르다.

근처에 있던 근위병 두 명이 자하르의 지시를 따라 니나를 말에서 내리고 양옆에서 부축했다.

니나의 모습을 불안하게 바라보는 릴 왕녀가 문득 아크의 시선을 알아차리더니 빠른 걸음으로 다가와서 애원하는 듯한 얼굴로 호소했다.

"아크 경, 미안한데 니나를 봐 주었으면 싶다!"

"나는 괜찮지만 아마 니나 님의 증상은 빈혈일 거요. 안정을 취하고 식사를 잘하는 것 이외에는 회복할 길은 없을 텐데?"

릴 왕녀의 호소에 아크는 시덴에서 내리며 그렇게 대답했다. 그러나 릴 왕녀는 그래도 걱정스럽다는 얼굴로 가만히 아크를 올려다보았다.

아크는 릴 왕녀의 눈가에 살짝 맺히는 눈물을 보고 포기했다는 듯이 고개를 끄덕였다.

"알겠소, 일단 치유마법을 걸고 상태를 보도록 하지……."

그 한마디에 눈앞의 소녀는 희색을 띠었다.

그런 대화를 듣던 아리안이 입가에 어렴풋이 미소를 짓고 아크를 놀리러 왔다.

"아크는 어린아이의 눈물에 약하네요."

"아리안 양한테는 듣고 싶지 않은 말이군."

아크의 말에 아리안은 엉뚱한 방향을 보고 시치미를 떼었다.

원래 니나는 이삼일은 안정하여 상태를 살피는 게 좋지만, 호위기사라고 자부하는 그녀가 릴 왕녀의 곁을 비운다는 일은 용납할 수 없으리라.

차라리 눈을 뜬 순간 목덜미를 내리치고 다시 기절시킨다는 방법도 떠올렸지만, 잘못해서 그녀의 목을 물리적으로 떨어뜨리는 실수를 저질렀다가는 너무 끔찍하다.

──소생마법인 【리제너레이티브】와 【리애니메이션】도 있지만, 효과가 적용되는 경우와 적용되지 않는 경우 등 자세한 조건은 여전히 모르는 채다.

그처럼 모 아니면 도 같은 소생마법을 타인의 생명을 써서 시험할 수 있는 것도 아니다.

"어디 돌팔이 마법 의사 역이라도 연기하고 올까."

밑에서 올려다본 힐 성채는 벌써 날이 저물기 시작한 저녁놀에 물들어 거대한 화톳불처럼 붉게 타오르는 듯이 반짝였다. 아크는 그 모습에 눈을 가늘게 떴다.

예정으로는 사루마 왕국을 빠져나가려면 이틀쯤 걸릴 모양이지만, 과연 무사히 아무 일도 없이 가로지를 수 있을까.

아크는 괜한 걱정은 이상한 징조밖에 되지 않는다며 머리를 흔들었다.

사루마 왕국 브라니에령 남동부.

북동부에는 마수가 서식하는 이르드바숲, 남서부에는 인간족을 거부하는 엘프족이 사는 루앙숲, 그리고 남부에는 노잔 왕국 디모 백작령을 수호하는 견고한 경계벽이 지어진 힐 성채.

이 세 가지 환경에 주위를 둘러싸인 남동부는 휠스강 근처의 경작지대와는 달리 집락 수는 별로 많지 않고 넓은 구릉지가 지평선까지 펼쳐진다.

그런 구릉지를 30여명의 무장집단이 질서정연하게 대열을 이루어 이동하는 중이었다.

길이 없는 평원을 두 대의 마차를 끌고 나아가는 그 집단은 브라니에 변경백 가문의 문장기를 내걸었다.

마차의 짐칸에는 집단의 배를 채우기 위한 식량과 교환할 무기 및 대형 방패 등이 실렸고, 그 주변에는 똑같은 갑옷을 걸친 병사들이 창을 든 채 경계했다.

그들의 정체는 영도 브라니에로부터 파견된 변경백군의 소대이자, 변경백의 명령을 따라 현재는 행방이 묘연해진 소속불명의 무장집단과 수수께끼의 괴물을 찾아다니는 탐색부대였다.

그 소대의 선두에서 지휘관으로 보이는 중년 남자 한 명이 주위를 둘러보았다.

"소속불명의 무장집단은 노잔 왕국 관계자일 가능성이 크다고 해서 이쪽 방면을 담당하는 우리가 뽑혔나 싶었지만…… 그럴듯한 흔적도 딱히 보이지 않는군."

지휘관 남자가 한숨을 섞어 중얼거리자, 곁에서 보좌하던 젊은 남자가 동의하듯이 고개를 끄덕이며 주변을 살폈다.

"그렇네요. 어쩌면 여기에서 좀 더 남쪽을 담당한 소대가 마주쳤는지도 모릅니다. 거기다 소문의 괴물도 전혀 눈에 띄지 않고 말이죠."

지휘관의 옆에 대기하듯이 선 그 청년은 이 소대의 부관이었다. 그는 지휘관을 지키기 위한 방패를 들고 지휘관이 탄 말을 나란히 따라가듯이 걸었다.

"뭐, 공적은 탐나지만 무장집단을 쫓아다닌다는 미지의 괴물과 맞닥뜨리는 일은 사양하고 싶으니까……."

너스레를 늘어놓은 지휘관은 품에서 임무를 떠나기 전에 건네받은 양피지 한 장을 꺼내더니, 거기에 그려진 미지의 괴물을 보고 눈썹을 찌푸렸다.

"이런 기분 나쁜 괴물이 정말 존재할까?"

누구에게랄 것도 없이 내뱉은 지휘관의 말에 부관도 메마른 웃음을 흘렸다. 부관은 후방에서 따라다니는 마차의 짐칸에 실린 대형 방패 등의 물자를 바라보았다.

"대형 마수 토벌급의 장비를 갖춘 탐색, 더구나 상대는 여태껏 본 적이 없는 미지의 존재라면 소대 규모로는 조금 염려되네요."

불안해하는 부관의 말에 지휘관은 쾌활한 웃음을 띠었다.

"그래서 일개 분대가 뒤에 붙어 있잖나? 우리가 전멸하면 신속히 후방으로 전령이 달리도록 말이야. 그러니까 안심해라."

큰소리로 웃는 지휘관 남자에게 부관은 어깨를 으쓱이며 머리를 흔들었다.

두 사람이 그런 대화를 나눌 때 후방의 주위를 경계하던 부대원이 목소리를 높였다.

"북쪽에서 수수께끼의 그림자가 고속으로 접근해 옵니다! 반복합니다! 북쪽에서 수수께끼의 그림자가 접근 중!"

망을 보던 병사의 보고에 모두 일제히 북쪽으로 향했다.

행군하는 병사들의 시야 전방—— 북쪽의 약간 비탈진 장소에서 낯익은 이형 생물 하나가 말이 달리는 속도로 곧장 접근하는 모습이 지휘관의 눈에 들어왔다.

그 생물은 영도에서 건네받은 양피지에 그려진 이형의 괴물 그대로였다. 하반신은 거대한 거미였고, 한 쌍의 인간형 상반신이 달린 몸은 네 개의 팔을 가진—— 그야말로 이형이라고밖에 표현할 수 없는 모습이었다.

그러나 그 이형체는 양피지에는 그려지지 않은 특징이 있었는데, 그 사실에 지휘관을 비롯한 병사들이 눈을 휘둥그레 뜨고 할 말을 잃었다.

지휘관이 신종 마수의 종류라고 짐작한 그 이형체는 인간형의 상반신에 병사들이 걸치는 금속제 갑옷을 입었다. 또한 네 개의 팔에는 두 개의 대형 방패와 두 개의 큼직한 곡도를 쥐었다.

지휘관은 그동안 많은 인간형 마수를 죽인 경험이 있다. 고블린과 오크, 그리고 인간형 중에서도 가장 흉악하다는 미노타우로스조차 몸에 지닌 무기는 쓰러진 나무를 적당히 가공한 곤봉이거나 인간에게서 빼앗은 손질하지 않은 무기 종류가 대부분이다. 반면에 마수보다 힘이 딸리는 인간족의 유일한 무기는 날이 잘 들고 정비한 무구와 전술을 구사하여 싸우는 지혜였다.

그러나 눈앞에 다가오는 인간과 거미를 뒤섞은 이형체는 튼튼해 보이는 금속 갑옷에 녹이 슬지 않은 두꺼운 대형 방패, 날이 빠진 부분이 전혀 없는 희미하게 빛나는 곡도로 무장했다. 인간족이 마수에게 쓰는 최대의 무기를 거꾸로 마수가 가진 악몽 같은 광경이 비쳤다.

"저건!? 대체 어떻게 된 겁니까!? 괴물이 인간과 같은 무구를 사용하다니!?"

동요한 부관의 목소리에 지휘관은 겨우 제정신을 차렸다.

"당황하지 마라!! 지금은 그런 생각을 할 때가 아니다!! 전원 진형을 짜라! 마름모 진형!! 방패 부대는 서둘러 전개하라!!"

지휘관이 커다란 목소리로 지휘하자, 혼란에 빠졌던 소대가 단숨에 격렬한 움직임을 보였다.

소대원들은 뒤따라온 마차의 짐칸에서 대(對)대형마수용 대형 방패를 꺼냈고, 쭉쭉 닥쳐오는 이형체에게 마름모 진형 앞부분을 향하듯이 부대를 편제했다.

"창 부대는 방패 뒤에서 투창 준비! 충격에 대비해라!! 궁수 부대는 괴물의 진로를 제한해라!!"

"궁수 부대, 쏴!!"

지휘관의 지시에 따라 부관이 일제 사격의 신호를 내리자, 방패 뒤에서 대기하던 이들이 호를 그리는 화살을 쏘았다.

화살은 달려오는 이형체에게는 맞지 않았고, 진로상의 양옆에 꽂혔다.

이형체는 양옆에 잇달아 꽂히는 화살 사이를 빠져나가듯이 궁수 부대가 유도하는 방향으로 향했다.

이형체와의 거리가 이제 한 호흡 남고 소대와 부딪칠 단계에 이르러 다시 부관이 외쳤다.

"지금이다, 던져!!"

그 목소리와 동시에 방패 그늘에서 잇달아 창이 날아갔고, 똑바로 향해오던 이형체에게 일제히 쏟아졌다.

이형체는 갖고 있던 방패로 창을 튕겨내며 둔탁한 금속음을 울렸다. 인간처럼 대응하는 모습을 본 병사들 사이에 동요하는 듯한 웅성거림이 일었다.

그러나 역시 대방패가 두 개라고 해도 이형체의 몸길이는 미노타우로스만큼 커서, 하반신의 거대한 거미 몸통을 전부 다 막아낼 수도 없었다.

창 몇 개는 거미 인간의 하반신에 꽂혔는데, 그중 하나는 거미 다리 부근에 박혔다. 달려오던 속도와 맞물려 창이 박힌 거미 다리는 꺼림칙한 소리를 내며 꺾였다. 그러자 이형체의 입에서 지옥으로부터 들리는 듯한 비명이 터졌다.

『우웃구우우아아아아아아아!! 용서 못한다, 버러지 같은 놈들이이!!!』

고통에 찬 비명을 지르는 이형체의 말을 듣고, 지휘관을 비롯한 소대의 병사들은 충격을 받았다.

여태까지 인간의 말을 하는 인간형 마수는 처음 보았다. 그 모습은 옛날이야기에 나오는 악마를 떠올리게 해서 병사들을 전율에 휩싸이게 하였다.

그러나 그렇게 싹튼 공포에 겁먹을 틈도 없었다. 속도를 줄이지 못한 이형체는 창을 맞고 자세를 무너뜨린 상태로 내동댕이쳐지듯이 방패 부대와 충돌했다.

굉음과 비명, 뼈를 부수는 소리와 비릿한 피냄새, 그리고 흙먼지 속에서 소대는 혼란에 빠졌다.

"태세를 바로잡아라!! 방패 부대는 괴물을 제압해라!! 창 부대는 어쨌든 녀석의 다리와 몸통을 노려라!!"

지휘관 남자는 수비가 단단한 인간형의 상반신보다는 밖에 드러난 하반신의 거미 부분을 노리고 공격하도록 지시를 내렸다.

조금 전의 충돌로 어느 정도의 피해가 나왔는지 정확한 수는 모른다. 그러나 당장 부상자를 신경 쓸 여유는 눈곱만큼도 없다는 사실은 이해할 수 있었다.

방패 부대가 짓누르듯이 이형체의 움직임을 막았고, 이형체는 손에 든 대형 방패를 사용하여 병사들을 나가떨어지게 하거나 때려눕히면서 발버둥 쳤다.

그러나 필사적인 얼굴의 병사들이 창에 모든 체중을 실어 돌진했다. 깊숙이 찔린 거미 인간의 체내에서는 숯을 녹인 듯한 액체가 흘러나왔고, 병사들의 모습을 가차 없이 검게 물들였다.

이형체의 예상을 벗어난 신체능력에 소대의 피해는 극심해졌지만, 지휘관은 이대로 가면 치명상을 입힐 수 있으리라 보고 움켜쥔 주먹에 힘을 주었다.

그런 지휘관에게 병사 한 명이 비명과도 같은 보고를 올렸다.

"다시 북서쪽에서 그림자!! 또 한 마리의 괴물입니다!!!"

그 보고에 지휘관은 눈앞의 전투에서 시선을 떼고, 북서쪽으로 여겨지는 장소를 찾아 두리번거렸다.

그리고 그 모습을 보고 눈을 휘둥그레 떴다.

약간 높은 능선. 그곳에 이형체 하나가 또 천천히 모습을 드러내더니, 사투를 벌이는 이쪽으로 시선을 고정한 후 포효하는 듯한 소리를 지른 것이다.

눈앞의 이형체 한 마리만으로도 소대가 반파될 정도의 피해를 보았는데, 거기에 한 마리가 더 늘어나면 이후의 결과는 불을 보듯이 뻔했다.

"빌어먹을!!"

지휘관 남자가 욕설을 내뱉는 것과 동시에 또 다른 이형체가 거미 다리를 능숙하게 움직이면서 언덕 비탈길을 미끄러지듯이 내려왔다.

아까 부관에게 말한 농담이 눈앞에서 현실로 이루어지려 했다──이를 악문 지휘관의 머릿속에 멀어서 보이지 않는 영도에 남기고 온 가족의 모습이 스쳤다.

그러나 그때 다시 부하 한 명이 보고를 올렸다.

"남부방면으로부터 흙먼지 발견!! 소속불명의 기마대입니다!! 그 수, 백 기 이상!!"

"뭐라고!?"

그 보고에 지휘관과 부관이 동시에 돌아보았고, 전방을 향해 시선을 집중시켰다.

그곳에는 맹렬하게 달리는 백 기 남짓한 기마대가 보였고, 이 전장을 크게 우회하는 듯한 진로로 달렸다.

진로를 보건대 원군이 아니라는 사실은 확실했지만, 혼란에 빠진 현 상황에서 상대가 누구인지 정확히 판단할 만한 요소는 거의 없었다.

그러나 지휘관 남자는 출발 전에 전달받은 묘연해진 행방의 무장집단이 저들이라는 직감이 들었다.

목격된 집단은 마차 한 대와 이를 호위하는 몇 기의 기마다. 그러나 눈앞을 지나치려는 기마대의 수는 열 배 이상이다.

생각할 수 있는 가정은 이웃 나라 디모 백작이 가진 기마대이지만, 왜 이 순간에 브라니에령의 한복판에 나타났을까—— 눈앞의 불가사의한 이형체와 뒤에서 다가오는 또 하나의 이형체라는 존재는 지휘관의 머릿속에서 기상천외한 대답을 맺었다.

——이 괴물은 노잔 왕국의 부하인가?

고대의 사악한 마법에라도 손을 대서 악마를 사역하는 주술을 쓴다——. 그런 옛날이야기 같은 결론에 지휘관 자신이 비웃었다.

——말도 안 된다.

그렇다면 지금 여기서 고전하는 소대를 괴물과 협공하여 단숨에 섬멸할 수 있지 않은가. 이미 소대의 전멸이 임박하는 초조함 속에서 지휘관의 냉정한 판단력이 황당무계한 생각을 지웠다.

"정체불명의 기마 한 기, 이쪽으로 접근합니다!!"

지휘관의 사고가 겉돈 한순간, 부하에게서 새로이 들리는 보고에 겨우 제정신을 차렸다.

그리고 그 보고에 오른 정체불명의 기마를 본 지휘관은 눈을 크게 뜨며 숨을 삼켰다.

"뭐냐, 저건……."

노잔 왕국의 중심지, 왕도 소우리아.

갑자기 나타난 수수께끼의 언데드 군단에 맞서, 왕국측은 왕도 농성전을 치르고 있었다.

도시를 수호하는 견고한 제2방벽의 밖에는 10만에 달하는 언데드 병사가 끊임없이 벽에 매달렸다. 벽을 파괴하려는 자나 동료 언데드를 발판 삼아 벽을 넘으려는 자 등을 대처하느라 밤낮으로 시끄러운 소리가 그치지 않는 날들이 이어졌다.

당초 적이 언데드라는 사실 때문에 그 힘이 늘어나리라 여겨지는 밤에는 방어를 위해 엄중한 경계태세를 펼쳤다. 그러나 무슨 이유인지 밤이 되자 언데드 병사들은 줄곧 공격하던 벽에서 물러났고, 각자 멋대로 행동하며 그저 주변 경작지와 평원을 헤매는 기묘한 행동을 취할 뿐이었다.

처음에 수뇌부는 적의 갑작스러운 행동 변화에 어떤 함정이 아닐까 의심했지만, 그런 현상이 이삼일 이어지면서 적에게 뭔가 제약이 있지 않나 하는 추측을 하게 되었다.

그러나 밤에 경계하던 언데드 병사들의 맹공 가능성이 작아졌다고 해도 결코 낙관할 수 있는 상황도 아니었다.

무수한 언데드 병사들에 섞인 거미와 인간의 이형체인 거미 인간은 상당한 수가 존재했고, 그들 중에는 밤에도 왕도를 향한 뚜렷한 공격 의사를 가진 개체도 있었던 까닭이다.

그래도 대부분의 거미 인간은 역시 밤이 오면 주변에 흩어지는 언데드 병사를 때려눕히는 등 반쯤 폭주한 모습을 보였다. 그 결과 지금까지 왕도가 버틴 이유도 되었다.

그러나 소수여도 힘을 늘린 이형의 거미 인간이 지닌 공격력은 떠돌아다니는 언데드 병사와는 비할 바가 아니었다. 거미의 하반신에서 나오는 기동력과도 맞물려 농성전을 펼치는 이들에게는 위협의 대상이었다. 아직도 밤낮으로 이어지는 전투에서 가장 방심할 수 없는 존재이기도 했다.

그런 괴물들과 공방을 벌이는 제2방벽에서 도시로 들어오면, 잡다한 거리를 나아간 곳에 또 하나의 방벽이 모습을 나타낸다.

그것은 왕도 소우리아의 옛날 방벽이자, 지금 있는 외주의 제2방벽까지 도시를 확장하기 전에는 방어의 주체가 된 존재였다.

그러나 도시를 확장한 현재도 전란이 많은 이 땅에서 제1방벽은 거리에 적이 침입했을 때 내방벽으로서의 역할을 맡고 오늘날까지 그 형태를 유지했다.

그런 제1방벽의 구시가지가 펼쳐진 안쪽 벽에 세운 망루는 견고한 석조 양식이었는데, 평소에는 위병들의 대기소로 쓰였다.

그러나 왕도 전체에서 농성전을 벌이는 현재, 그곳에는 노잔 왕국의 정점인 국왕 아스파루프 노잔 소우리아를 비롯한 나라의 주요 인물들이 좁은 실내에 꽉 들어찼다. 그들은 눈앞에 놓인 왕도 전역을 기록한 지도 앞에서 굳은 표정을 지었다.

다들 입을 굳게 다문 무거운 분위기 속에서 가장 먼저 입을 연 이는 이 나라의 최고권력자, 국왕 아스파루프였다.

"……원군을 요청하는 사자를 보낸 지 며칠째인가?"

밤낮을 가리지 않고 공격하는 무수한 언데드와의 공방에 시간 감각을 잃은 국왕이 가까이에 앉은 재상을 향해 약간 힘없는 목소리로 물었다.

"……분명 오늘이 이레째일 겁니다."

재상의 대답에 크게 한숨을 내뱉은 국왕이 미간의 주름을 펴

듯이 주무르며 신음했다.

"이레라……. 왕자들이 원군을 순조롭게 구할 수 있다 해도, 그들을 이끌고 돌아오는 데 최소한 이레는 필요할 테지……. 리베랄리타스 추기경이 교국에 원군의 파견 요청을 해준 듯싶지만, 그건 더욱 시간이 걸리겠지."

"……."

국왕의 말에 재상의 미간에도 깊은 주름이 생겼다.

답답해진 실내 분위기에 국왕은 한 번 머리를 흔들고 나서 화제를 바꾸었다.

"그런데 제1방벽 옆의 주거 철거작업은 진척 상황이 어떤가?"

"지금 8할쯤 진행되었는데, 슬슬 9할 정도 접어들었을 겁니다……."

재상은 눈 앞에 펼쳐진 지도의 제1방벽 바깥쪽, 그 옆에 세워진 주거를 가리키면서 대답했다.

만약 현재 전장으로 변한 제2방벽이 돌파될 경우, 일단 방어선을 제1방벽까지 물리는 사항을 검토했다. 그러나 도시를 확장했을 때 제1방벽 옆에 세운 주거가 문제였다.

별로 기민한 움직임을 보이지 않는 언데드 병사들이 상대라면 그럭저럭 괜찮지만, 이형의 거미 인간은 거미의 기동력으로 주거를 발판 삼아 제1방벽을 넘어올 가능성이 있었다. 그 때문에 급작스럽게 제1방벽 옆의 주거를 허물어뜨리는 조치를 하게 된 것이다.

해당 주거에 사는 주민으로부터 원망을 받겠지만, 지금은 이 나라가 존속할 수 있을지 없을지 갈림길에 선 상태였다. 그런 사소한 일에 신경 쓸 때가 아니라는 게 현 상황이자 본심이었다.

"주거를 헐고 잔해더미 철거작업을 시킨 수인 노예들이 의외로 착실하게 움직이는 듯합니다. 그들의 뛰어난 신체능력 덕분에 작업 진척이 예상보다 빨리 진행 중입니다."

재상의 어딘가 희망에 찬 목소리를 듣고 국왕 아스파루프도 힘차게 고개를 끄덕였다.

"수인 노예들을 겉으로 드러내는 건 상당히 큰 도박이었네만, 그들도 언데드에게 유린당하고 죽기 싫다는 것일 테지……. 배급식도 한몫 거든 셈인가."

"그렇습니다. 하지만 이 국면을 이겨냈을 때 힐크 교회의 항의는 피할 수 없겠지요……. 하물며 추기경이 왕도 내에 있어서는 변명도 못 하옵니다."

왕도 내에 개인이 소유하는 수인 노예를 나라가 우선 사들이고, 이번 주거 철거작업을 위해 세상에 내보인다는 조금 난폭한 방법이었다. 그러나 주민이 전부 나서서 도와주는 현 상황에서도 손이 부족하다면, 괜히 노동력을 남겨둔다는 것은 당치 않은 일이다.

작업 내용의 형편상, 밖으로 나와 어느 정도의 자유가 허용된 상태에서는 수인이 반란을 일으키지 않을까 하는 우려도 있었다. 그러나 왕도의 현 상황을 그들에게 들이댐으로써 살아남기 위해 협력을 얻어내는 일에 성공했다고 해도 지장은 없으리라.

그러나 밖에 나온 수인들로 인하여 힐크교의 교회나 교국과 직접 밀접한 관계를 맺는 추기경 앞에서 교의에 어긋나는 행위를 들킨다면, 훗날 수인 노예들을 빼앗기게 되는 것은 먼저 틀림없다.

"모든 건 나라가 있고 나서다……."

국왕 아스파루프가 커다란 한숨과 함께 내뱉은 말에 재상도 묵묵히 고개를 끄덕였다.

"이건 아무런 위로도 안 되고 신중하지 못하다며 비난하는 자도 있을 테지만, 이번 적이 언데드라는 사실은 생각하기에 따라서는 다행이었는지도 모르겠습니다……."

재상의 발언에 국왕이 흥미롭다는 시선을 보내며 다음 말을 재촉했다.

"호오, 그게 무슨 뜻인가?"

"적이 말도 안 통하는 언데드의 군세이므로, 지금 왕도에 있는 자들은 일치단결하여 작업을 한다고도 할 수 있겠지요. 이게 만약 다른 국가 정규군의 침략이었다면, 이쪽이 불리하게 기운다고 보자마자 나라를 배신하는 자가 반드시 나왔을 테니까 말입니다."

재상의 대답에 국왕의 어두운 미소도 깊어졌다.

그것은 분열과 합병을 오랜 역사 속에서 되풀이한 이 땅에서는 자주 겪는 일이었다.

적에게 배반한 아군의 손으로 함락된 성과 도시가 그동안 얼마나 있었는가—— 역사책을 펼치고 읽으면 그런 이야기는 일일이 손꼽을 수도 없다.

"확실히 그렇군……. 민중도 살아남기 위해 필사적이니, 수인 노예의 문제에 관해서도 별로 크게 나서는 자는 없었다. 그렇게 생각하면 정말 적이 언데드인 게 운이 좋군."

국왕은 입을 다문 채 웃음을 흘렸다.

그때 두 사람은 밖에서 들려온 떠들썩한 소리에 귀를 기울였다. 의아하게 여긴 국왕과 재상이 시선을 돌리려 했을 때 전령병 한 명이 문자 그대로 구르다시피 들어왔다.

평소의 재상이라면 일국의 주인 앞에서 무례한 행동을 눈감아주지 않겠지만, 지금은 그런 것을 느긋하게 따질 상황이 아니라는 점은 이해했다.

"무슨 일이냐!?"

짧게 캐묻는 재상의 말에 전령병은 그 자리에서 머리를 조아리며 급변한 사태를 알렸다.

"제2방벽, 남쪽 도시문 일부 붕괴! 돌파되었습니다!!"

전령병의 보고에 국왕이 벌떡 일어났고, 그 반동으로 의자가 요란한 소리를 내며 쓰러졌다.

"전 부대, 언데드를 견제하면서 후퇴!! 작업 중인 주민에게는 당장 제1방벽 내에 철수하도록 지시해라!! 서둘러라!"

국왕의 명령에 주위 사람들과 전령병이 일제히 움직였다.

그런 가운데 국왕과 재상은 눈 앞에 펼쳐진 왕도의 지도를 내려다보았고, 여전히 방벽 옆에 세워진 채 철거되지 않은 주거지를 노려보았다.

──제시간에 맞추지 못하는 건가…….

국왕은 어금니가 부서질 듯이 힘을 주어 이를 갈았다.

◆ ◇ ◆ ◇ ◆

약간 차가워진 공기 속에서 말들이 내뿜는 숨이 하얘졌다.

하늘에는 아직 달과 무수한 별들이 빛났고, 주변 일대는 적막한 밤의 기운이 가득해서 이제 곧 새벽을 맞이할 시간대라는 생각은 들지 않았다.

그처럼 여전히 한밤중으로만 비치는 경치. 힐 성채의 안뜰에 모인 이들은 똑같은 갑옷을 걸치고 말을 탄 디모 백작의 기마대다.

출발 전 그들의 긴장감이 주위에 배어 나오는 듯했다. 그 자리에서 조심스럽게 스치는 갑옷 소리와 제자리걸음을 하는 말발굽 소리에 섞인 사람들의 목소리는 속삭이는 것처럼 들렸다. 그 목소리에는 실이 팽팽해진 듯한 일종의 독특한 분위기가 녹아 있었다.

그리고 힐 성채의 성문—— 보통은 열리지 않는 사루마 왕국 방면의 성문이 조용한 이른 아침의 평원에 무겁게 울리며 천천히 열렸다.

"핫!"

그것을 신호로 삼은 듯이, 기마대의 선두에 선 남자가 기합 소리와 함께 말의 배를 발뒤꿈치로 찼다. 그러자 말이 소리 높여 울었고, 땅을 힘껏 밟는 말발굽 소리를 내며 힐 성채의 성문에서 뛰쳐나갔다.

선두의 남자를 쫓아가듯이 이어서 백 기 남짓한 기마대가 저마다 채찍질을 하고 달렸다. 그 모습을 가만히 지켜보던 릴 왕

녀와 그녀를 태운 호위기사 니나가 후방에 있던 근위병들에게
신호를 보냈다.

힐 성채 내에 타오르는 화톳불에 비친 니나의 안색에서는 현
재 몸 상태를 의심할 만한 징후는 보이지 않았다.

딱히 아크의 치유마법에 따른 시술이 효과를 본 것은 아니
다. 아마 마법을 건 후 정신이 든 니나가 그동안 흘린 피만큼
식사를 하여 회복을 꾀한 보람이 나타났는지도 모른다.

아크는 어제 니나가 음식을 소름 끼치는 기세로 먹어치우던
모습을 떠올리고, 추위를 타지도 않는 해골 몸을 무심코 부들
부들 떨었다.

"큥?"

그런 자신을 이상하다는 듯이 돌아본 폰타에게 아크는 아무
것도 아니라는 식으로 고개를 가로저었다.

성인 남성이라도 그렇게 식사하면 토해버릴 것 같지만, 이
세계의 여성은 여러모로 늠름한 이가 많다. 아크는 시덴의 안
장 앞에 앉은 치요메와 뒤에서 하품을 참는 아리안에게 시선을
옮겼다.

"아크, 방금 뭔가 엉뚱한 생각 했죠?"

미묘하게 변한 아크의 시선을 알아차렸는지, 뒤에서 아리안
이 황금색 눈동자로 가만히 바라보는 시선이 어깨너머에서 쏟
아졌다.

——해골 몸인 데다 갑옷까지 걸쳤는데 어째서 이렇게 속마
음을 들키는 걸까?

이게 무예의 달인이 지녔다는 기적을 읽는 성과일까—— 그

런 쓸데없는 생각을 하던 아크는 앞에서 달리기 시작한 왕녀 일행을 뒤쫓듯이 시덴의 고삐를 잡고 지시를 내렸다.

"우리도 가자."

"기이리이이잉!" "쿵☆"

아리안의 물음을 얼버무리는 것처럼 아크가 시덴에게 말을 걸자, 녀석은 거체를 크게 한 번 떨고 울음소리를 냈다. 그 반동으로 시덴의 목덜미에서 미끄러져 떨어질 뻔한 폰타가 재미있다는 듯이 짖으며 매달렸다.

그런 폰타를 치요메가 목덜미를 붙잡아 끌어올리더니, 자신의 앞가슴에 부둥켜안았다.

폰타는 꼬리를 꼼지락거리면서도 그대로 얌전히 있었다.

가로등은 물론 길조차 없는 평원에서 곧장 북쪽으로, 노잔 왕국을 향해 나아갔다——.

밤바람에 나부끼는 풀잎은 몰려드는 백여 기의 말발굽에 짓밟혀 주변으로 흩날렸다.

뒤를 돌아보자 지평선을 기듯이 뻗은 힐 성채의 성벽은 완전히 대지의 그림자에 물들어 모습이 보이지 않았다.

이윽고 맞은편 진행방향의 오른쪽에서 떠오른 태양이 짙은 밤하늘을 서서히 밝혔고, 줄곧 달려온 시커먼 대지가 녹색으로 물들었다.

왕녀 일행은 말을 몇 번 쉬게 하면서 아무 일도 없이 사루마 왕국의 한복판을 빠져나갔다.

"의외로 순조롭네요."

태양이 하늘 가운데에 걸린 점심 무렵, 말의 휴식을 겸해 가벼운 보존식을 씹는 정도의 식사를 마친 왕녀 일행은 변함이 없는 경치 속에서 오로지 북쪽을 향해 달렸다.

그 모습을 본 아리안은 깊숙이 눌러쓴 잿빛 외투를 바람에 나부끼면서, 하품을 참는 듯한 목소리로 중얼거렸다.

경치가 변하지 않는다고 해도 주위는 어느새 평원이 아니라, 완만한 경사면이 단속적으로 이어지는, 대지에 주름이 진 듯한 구릉지로 바뀌었다.

——지금은 어느 주변을 달리는 걸까?

아크는 시덴의 안장에서 느긋한 생각을 하며, 하늘 높이 날아가는 새의 그림자를 올려다보았다.

그때 앞서가는 기마대가 뭔가를 발견했는지, 웅성거리는 분위기가 전방에서 전해졌다.

"뭐지?"

아크의 의문에 뒤에서 들여다보듯이 앞을 주시하던 아리안이 손가락으로 가리키며 소리를 질렀다.

"봐요! 저거, 그 언데드 괴물이에요!"

앞에 앉은 치요메는 아리안의 목소리에 반응하여 고양이 귀를 쫑긋거렸다.

"……더 안쪽에서 또 한 마리가 접근 중이네요. 왕녀를 노린 추격자일까요?"

치요메는 몸을 앞으로 내밀고, 전방을 노려보듯이 눈을 가늘게 떴다.

앞뒤의 여성이 재빨리 알아차린 그 모습을 아크도 확인하려고 뚫어지게 보자, 마침 어딘가의 문장을 내건 부대가 거미 인간과 한창 전투를 하는 장면이 눈에 들어왔다.

"저건…… 설마 이웃 나라인 사루마 왕국의 부대인가?"

아무래도 왕녀 일행이 구릉지의 그늘에서 빠져나온 순간, 탁트인 장소에서 전투를 벌이던 사루마 왕국군의 부대와 맞닥뜨린 모양이다.

이 장소는 전망이 좋으므로 아마 맞은편에서도 왕녀 일행의 존재를 눈치챘으리라.

그러나 다행히 상대는 거미 인간과의 전투로 정신이 없는 눈치여서, 왕녀 일행의 부대에게 신경 쓸 상황이 아닌 듯했다.

그 점은 앞서가는 디모 백작 기마대도 알았는지, 진행방향이 전투지역을 약간 우회하는 진로로 고쳤다.

보아하니 이대로 벗어날 셈인 것 같다.

그 판단은 지극히 당연하다. 국경을 침범한 왕녀 일행은 그들에게는 적일 뿐이다.

그러나——.

"저 부대는 전멸할지도 모르겠군……."

사루마 왕국군으로 여겨지는 부대의 반수는 이미 타격을 받았다. 남은 절반의 인원으로 어떻게든 한 마리의 숨통을 끊으려는 중이었지만, 다른 거미 인간이 뒤쪽의 언덕을 빠르게 내려왔다.

저래서는 대처할 방법이 없다.

아크가 그런 생각을 하자, 전방의 릴 왕녀를 태운 니나의 기마가 속도를 늦추고 시덴과 나란히 달리듯이 물러났다.

"왜 그러시오, 니나 님!?"

아크는 울려 퍼지는 말발굽 소리에도 지지 않을 만큼 목소리를 높이며 물었다. 그러자 니나는 시선을 자신의 앞에 앉은 릴 왕녀에게 옮기고 나서 입을 열었다.

"아크 님! 릴 공주님의 의뢰입니다!!"

니나의 말을 이어 눈앞의 작은 소녀가 있는 힘껏 큰소리로 아크에게 외쳤다.

"아크 경! 미안하지만, 브라니에 영주군을 도와 저쪽 한 마리를 토벌해 주기를 바란다!"

아크의 앞뒤에 있던 치요메와 아리안은 그 요청을 듣고 뜻밖이라는 표정을 지으며 작은 소녀에게 시선을 보냈다.

"릴 님에게 저들은 적이 아니오?"

"그렇다! 하나, 지금 상황에서 저들을 버려둔 채 지나가면 곤란하다!"

아크의 질문에 릴 왕녀는 고개를 끄덕였지만, 그런데도 브라니에 영주군을 구출해 달라는 탄원을 했다.

"별로 생각할 시간은 없어 보여요!"

아리안은 진의를 헤아리려는 아크를 제쳐놓고 뒤에서 끼어들며 충고했다. 그 말을 들은 아크는 릴 왕녀에게 고개를 끄덕이고 검의 손잡이를 잡았다.

"알겠소! 소화 운동은 되겠지!"

아크가 시덴의 고삐를 잡아당기자 녀석은 그 뜻을 이해했는지, 언덕에서 미끄러지듯이 내려오는 거미 인간을 향해 진로를 변경했다.

"규리이이이이잉!!"

거미 인간과 시덴의 진로가 겹쳤고, 속도를 올린 시덴이 포효를 지르며 정면에서 돌격했다.

아크는 뒤에 짐처럼 동여맨 검집에서 검을 단숨에 뽑았다. 그리고 등자를 발판 삼아 안장에서 허리를 세우더니, 고삐를 쥔 채 한 손으로 대검을 잡았다.

"치요메 양, 잠시 머리를 낮춰주지 않겠소!?"

아크의 부탁을 금세 이해한 치요메는 시덴의 등에 달라붙듯이 몸을 엎드렸다.

"【와이번 슬래시】!!"

대검을 치켜들자 검섬이 번쩍였고, 일직선으로 날아간 충격파는 정면에서 미끄러져 내려오는 거미 인간의 하반신 앞다리를 깔끔하게 베었다.

『구갸아아아아아아아아아아아아아우우우아아아!!!』

앞다리를 잃고 자세를 크게 무너뜨린 거미 인간은 두 개의 머리에서 비명 같은 포효를 지르며 비탈길을 굴러떨어졌다.

그 순간을 정확히 노린 것처럼 시덴은 거대한 두 개의 뿔을 상대에게 찌를 듯한 자세를 취하고 여섯 개의 다리로 속도를 높였다. 그러더니 거미 인간을 그대로 내동댕이칠 기세로 돌진했다.

거미 인간이 장비한 갑옷이며 검 등이 시덴과 부딪치면서 멀리 튕겨 나갔다. 엄청난 속도를 살린 거체의 충돌을 고스란히 받은 거미 인간은 몸 곳곳의 부위를 주변에 흩날리면서 지면을 굴렀다.

주변에는 뼈가 부서지고 살이 뭉개지는 듯한 참혹한 소리가 울렸고, 이형의 괴물이었던 거미 인간은 이미 다 죽어갈 듯이 평원에 쓰러졌다.

그때 재차 타격을 주려는 것처럼 아크의 앞뒤에 앉은 치요메와 아리안이 가차 없는 공격을 퍼부었다.

『──바위를 두른 돌이여, 적을 꿰뚫어 없애라──』

아리안의 정령마법이 발동했고, 여러 개의 바윗덩어리가 공중에 만들어진 후 잇달아 거미 인간에게 쇄도했다.

"쿵! 쿵!"

폰타의 주위에 바람이 일어났고, 면도날 같은 바람의 칼날이 거미 인간을 덮치며 표면에 탁탁 얕은 상처를 냈다.

『수둔(水遁), 수창첨(水槍尖)!!』

인을 맺은 치요메의 근처에 갑자기 나타난 물 덩어리가 창 같은 형태를 이루자, 그녀는 그 물의 창을 있는 힘껏 치켜들고 스쳐지나 듯이 거미 인간에게 찔러 넣었다.

그 공격이 숨통을 끊었는지, 검은 거품을 온몸에서 뿜어낸 거미 인간은 대지에 시커먼 얼룩만 남기고 사라져갔다.

"쿵!"

시덴의 머리 위에서 우쭐거리며 커다란 솜털 꼬리를 흔드는 폰타를 치요메가 말없이 이리저리 쓰다듬었다.

아크 일행은 녹아내리는 거미 인간의 잔해를 곁눈질하면서, 시덴을 탄 채 그 자리를 벗어났다.

아크는 대검을 휘둘러 뒤에 짐처럼 매달린 검집에 넣은 후 시덴의 고삐를 잡았다.

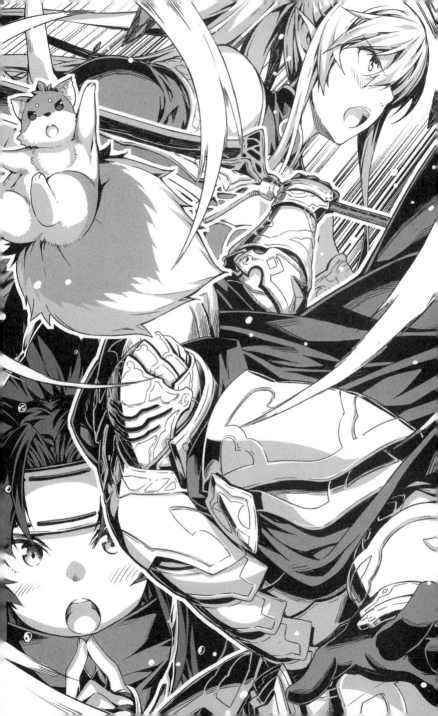

문득 시선을 옮기자, 마침 사루마 왕국의 브라니에 영주군의 부대도 상대하던 거미 인간을 처리한 모양이었다. 그들은 검은 거품을 내뿜으며 온몸이 녹아서 사라지는 거미 인간을 멍하니 바라보았다.

시덴은 멀찍이 돌아서 가듯이 호를 그리면서 선회하여, 다시 릴 왕녀 일행의 진로를 따랐다.

도중에 브라니에 영주군의 지휘관 남자와 시선이 맞았지만, 무슨 일이 벌어졌는지 아직 이해하지 못한 듯싶었다.

그러나 그것은 아크 일행에게도 다행스러운 상황이었다.

그들이 아크 일행을 쫓아올 태세를 바로잡기 전에 가능한 한 거리를 벌릴 수 있으니 말이다.

그러나 저 부대의 피해를 보건대 당장 추격대를 편제하기는 어려우리라.

생존자가 부상자를 안고 후방으로 물러났다. 후방의 지휘소가 어디 있는지에 따라 달라지겠지만, 곧바로 추격대를 편제한다고 해도 하루, 아니 한나절은 확실히 움직이지 못할 터다.

"이걸로 릴 왕녀에게 부탁받은 의뢰는 완료했군."

시덴의 고삐를 쥔 아크는 후방으로 멀어져 가는 브라니에 영주군에게서 시선을 떼고 전방을 향했다.

"저들의 목적은 대체 뭘까요?"

치요메는 문득 생각에 잠긴 듯한 표정을 짓고 폰타의 수염을 잡아당겼다.

"큐~웅."

폰타는 치요메의 행위를 따지는 것처럼 불만스러운 목소리로 짖었다.

치요메는 아마 무의식중일 테니 잠깐만 참아라——. 아크는 속으로 폰타에게 말을 거는 한편, 앞서가는 릴 왕녀 일행을 따라잡기 위해 시덴의 속도를 높였다.

시덴이 가진 여섯 개의 다리 속도만 있으면, 릴 왕녀 일행을 쫓기는 쉬웠다.

거미 인간과의 전투로 잠시 릴 왕녀 일행을 놓친 시덴은 방향 감각이 의심스러운 아크를 대신하여 그들을 추적했다. 야생의 시덴은 냄새를 잘 맡는지, 몹시 간단히 왕녀 일행을 뒤쫓아서 합류하는 데 성공했다.

설마 드립트프스가 자동추적운전을 표준 장비했을 줄이야, 앞으로 더욱더 시덴을 손에서 떼어놓을 수 없을 듯싶다.

아크가 그런 쓸데없는 생각을 하자, 릴 왕녀를 태운 니나의 말이 다시 다가왔다.

"어땠느냐? 순조롭게 브라니에 영주군을 구출한 거냐?"

릴 왕녀의 첫 목소리에 아크는 부탁한 의뢰를 마쳤다고 그녀에게 고개를 끄덕였다.

"아까 했던 말이지만, 그렇게 해도 괜찮은 거요?"

아크가 다시 한번 조금 전에 릴 왕녀가 의뢰한 내용을 언급하자, 말의 고삐를 쥔 니나도 동의하는 듯한 시선을 자신의 작은 주인에게 보냈다.

아크와 니나의 시선을 받은 릴 왕녀는 굳은 얼굴로 입을 열었다.

"브라니에 변경백은 무용에도 뛰어난 인물이지만, 동시에 지혜롭다고도 들었느니라."

"흐음?"

"언데드와 교전 중인 브라니에 영주군을 마주치고 그대로 내버려 둔 채 갔다가, 만약 그들 가운데 한 명이라도 그 자리에서 살아남으면 우리의 존재를 알렸을 거다. 그럼 언데드와의 관계를 의심할지도 모른다고 생각했다……. 우리 노잔 왕국이 뒤에서 조종한다고 말이지."

릴 왕녀는 진지한 눈빛으로 말했지만, 아크와 니나는 서로 시선을 마주 보고 고개를 갸웃거렸다.

"아무리 그래도 그렇게까지 추측하겠소?"

릴 왕녀의 말처럼 브라니에 변경백이 정말 지혜롭다면 설령 그들 중 누군가가 살아남아 그녀의 존재를 알리더라도, 언데드와 함께 싸운 상황도 아닌데 노잔 왕국이 조종했다고 판단하는 것은 오히려 어리석다.

아크의 말에 동의하듯이 니나는 고개를 끄덕였지만, 릴 왕녀의 뺨이 살짝 부푼 모습을 알아차리고 당황해서 고개를 가로저으며 변명했다.

"공주님. 저는 꼭 공주님의 생각을 부정하는 게 아닙니다. 브라니에 변경백은 저희로부터 영토를 빼앗은 증오스러운 원수입니다. 굳이 적에게 동정을 베풀지 않아도……."

거기까지 말한 니나는 크게 고개를 흔든 릴 왕녀의 몸짓에 말을 삼켰다.

"언데드 놈들은 명백히 누군가의 지시를 받고, 목적을 가진 채 움직이는 거다……. 통솔자가 누군지는 모르지만, 적어도 이웃 나라 영토의 변경백은 후보에서 제외되었느니라.”

릴 왕녀의 말에 아크와 니나를 포함한 모두가 적지 않게 놀랐다.

아리안과 치요메도 감탄한 듯이 작은 소녀에게 시선을 보냈다.

“과연. 확실히 그 우연한 상황―― 브라니에 변경백의 영주군이 습격당한 시점에서, 언데드는 그자의 지휘 아래 있다고 할 수 없는 건가.”

“게다가 변경백이 우두머리가 아니라면, 보고를 받은 후 반드시 언데드의 대처에 나설 터다. 나로서는 그자가 배후의 존재에 이르러 준다면 더할 나위 없이 좋지만 말이다.”

릴 왕녀는 그렇게 말을 끝냈다. 앞에서 이야기에 귀를 기울이던 치요메가 투명하고 푸른 눈동자를 의미심장한 시선으로 바꾸어 아크를 쳐다보았다.

치요메의 시선이 의미하는 바를 그럭저럭 이해한 아크는 고개를 좌우로 흔들었다.

자신들은 사스케의 마지막 말을 통해 언데드가 힐크 교국의 수하라고 추측하지만, 아직 이렇다 할 확실한 증거는 없는 게 현 상황이다.

힐크교는 인간족의 사회에서, 더 나아가 말하자면 근원지인 힐크 교국의 이웃 나라 땅에서는 상당한 권위를 가졌으리라는 사실을 쉽게 상상할 수 있었다.

그런 힐크 교국에 관한 의혹을 이종족인 아크와 아리안, 하물며 치요메 같은 수인 종족의 말에 따라 단순한 추측만으로 지적하는 것은 위험하다.

릴 왕녀라면 일정 이상의 근거 있는 내용이라면 이야기 자체는 들어줄 테지만, 그 주위 사람들은 이종족에게서 교국을 중상하는 이야기를 들으면 어떤 행동에 나설까.

종교는 어디에 광신자가 섞여 있을지 모른다는 점이 성가시다.

그렇게 생각하면 이 땅에서 섣불리 이종족이라는 사실을 밝힌 것은 조금 경솔했을까.

그러나 이제 와서 그런 생각을 해도 아무런 의미도 없다.

현재, 근위병들과 기마대의 병사들은 딱히 뭔가 뚜렷한 적의를 드러내지는 않지만, 자신들이 모두 괴물을 상대로 완승하는 실력을 지녔기 때문이라고도 할 수 있다.

이대로는 릴 왕녀에게 제시한 조건이 이루어질 가능성이 더욱더 낮아질 듯이 느껴지는 것은 과연 기분 탓일까.

──지금 할 수 있는 일을 할 뿐인가.

아크는 그런 생각을 하면서 앞을 응시했다.

이 앞에 기다리는 것은 10만에 달하는 언데드의 대군과 거기에 필사적으로 맞서고 있을 왕도의 민중, 그들은 위기를 구해준 자가 이종족일 경우 어떤 반응을 보일까?

"……주사위의 눈은 던져 보기 전까지는 모르는 건가."

"왜 그러느냐?"

아크의 혼잣말에 릴 왕녀가 의아하다는 얼굴로 올려다보자, 아크는 아무것도 아니라는 듯이 머리를 흔들었다.

이윽고 몇 번의 휴식을 취하고 오직 북쪽으로 나아가는 일행의 머리 위에는 이미 해가 기울어 불그스름하게 물드는 하늘이 뒤덮는 것처럼 펼쳐졌다.

그리고 일행이 향하는 전방의 경치에 비로소 변화가 생겼다.

눈 앞에 펼쳐진 것은 광대한 숲이다.

캐나다 대삼림 같은 거목이 울창한 태고의 숲――은 아니었고, 지극히 평범한 숲이 눈앞에 펼쳐졌다.

지금까지 보아온 풍경은 구릉지와 풀잎이 나부끼는 평원뿐이었다. 곳곳에 집락을 중심으로 하는 경작지가 대부분이었지만, 이곳에 와서 최근에는 완전히 낯익은 숲을 보고 왠지 안심되었다.

이 감정은 자신의 본래 모습이 엘프족을 모방한 사실에 기인한 것일까, 아니면 단순히 최근에 숲에서 지내며 숲에 향수를 느끼게 된 것일까.

앞서가는 기마대는 숲을 피하지도 않고 똑바로 들어갔다.

"숲을 빠져나가는 걸까요?"

그들의 행동을 뒤에서 지켜보던 아리안이 고개를 갸웃거렸다.

숲을 조금 들어간 일행은 얼마 지나지 않아 말에서 내리더니, 말을 근처 나무에 묶어두고 야영 준비를 하기 시작했다.

아무래도 오늘은 이 숲에서 하룻밤을 지낼 모양이다.

이르드바숲이라고 불리는 이 숲은 현재 노잔 왕국과 사루마 왕국 브라니에령의 경계선에 걸쳐 펼쳐질 만큼 그럭저럭 넓은 듯했다.

내일은 이 숲의 바깥 둘레를 따라 달리면, 금세 노잔 왕국으로 들어간다고 한다.

호위기사 자하르에게 그런 이야기를 들은 후 아크도 시덴에서 내려 아리안과 치요메를 도와 야영 준비를 했다.

야영이라 해도 브라니에령의 순회병에게 들키지 않고 숨기 위해 취사는 할 수 없었고, 짐으로 가져온 커다란 범포(帆布)를 지붕 대신으로 쓰며 번갈아 선잠을 자는 정도였다.

다들 각자 지닌 몇 안 되는 짐 속에서 말린 콩과 보존식을 묵묵히 꺼내어 씹고 잠들었다.

이튿날, 여전히 밤의 숲과 다를 바 없는 이르드바숲을 빠져나온 기마대는 시커먼 그림자 같은 숲의 바깥 둘레를 뚫고 가듯이 달렸다.

그런 그들을 따라 릴 왕녀와 근위병들이 뒤를 이었고, 아크 일행은 오늘도 최후미에서 쫓아갔다.

릴 왕녀가 왕도를 떠난 지 오늘로 엿새째였다.

소녀는 디모 백작의 기마대와 자신의 근위병들에게 치하의 말을 걸고 돌아다녔지만, 옆얼굴에는 이따금 초조한 기색이 떠올랐다.

무리도 아니다——.

아직 열 한 살 남짓한 나이밖에 되지 않는 소녀에게 현재진행형으로 고국이 사라질지 어떨지 갈림길이 보이는 것이다.

더구나 그녀의 아버지는 그 나라의 왕이다.

그녀가 필사적으로 아버지를 구하려는 모습을 보면, 그의 사람됨은 모르더라도 아마 위기에 빠진 민중을 버리고 도망치는 방법을 택할 인물은 아닌 듯싶다.

즉, 나라가 없어진다는 말은 그녀의 앞에서 아버지가 사라진다는 것과 마찬가지다.

아크는 시덴의 고삐를 쥐면서 그 앞에 있다는 왕도 소우리아를 환시했다.

이 세계의 도시나 성은 마수의 침입에 대비해 어디나 견고한 방어벽을 쌓는 게 당연하다.

설령 10만을 넘는 언데드의 군단이라고 해도 그것을 돌파하기는 쉽지 않다.

그렇다면 역시 가장 문제는 식량의 비축이다.

왕도의 수인 종족 노예들에 대한 처우가 어떨지는 모르지만, 식사 공급이 끊길 경우 어느 정도의 기간을 버틸 수 있을까.

릴 왕녀를 데리고 전이마법으로 이동하면 웬만큼 진행속도는 오르겠지만, 이른 아침과 밤중에 접어들면 어둠이 방해해서 전이마법으로 이동하는 거리가 매우 짧아지는 문제를 낳는다.

릴 왕녀가 지금 날이 밝기를 느긋하게 기다린 후 출발할 수도 없을 테고, 애당초 인간족 앞에서 전이마법을 쓴다는 행위에 거부감을 느끼는 것도 사실이다.

아크는 자신의 앞뒤에 앉은 치요메와 아리안에게 시선을 보내며, 그녀들 앞에서는 딱히 거부감 없이 전이마법을 썼다는 사실에 고개를 갸웃거렸다.

본래의 종족한테서 느끼는 동종족에 대한 친근감—— 그런 감정이 존재하는 걸까.

해가 하늘 한복판에 접어들었을 무렵일까, 기마대는 이전처럼 길이 없는 초원이 아니라 명백히 사람의 손으로 만들어진 길을 달렸다.

이윽고 흙먼지를 일으키는 기마대의 진행방향에 중규모의 도시가 보이자, 기마대 한 명이 노잔 왕국기와 백작기를 내걸었다. 곧장 그 도시를 향하는 일행의 속도가 올랐다.

이 소수의 인원으로 도시를 공격할 리도 없을 테니까, 이미 노잔 왕국에 들어온 듯하다.

도시문 방향에서 나팔 소리가 울렸고, 기마대는 도시문 근처의 목초지가 펼쳐진 마구간으로 유도되었다.

최후미를 달리는 드립트프스의 위용이 도시를 드나드는 사람들의 흥미를 끄는 모양이었다. 그 점을 배려했는지 나란히 달리듯이 두 기의 근위병들이 시덴의 양옆에 붙었고, 아크 일행도 마구간으로 들어갔다.

그러자 기마병과 근위병들이 말에 실은 최소한의 짐을 내리고 분주한 모습을 보였다.

"여기서 말을 교환한다! 각자 출발 전까지 새로운 말의 상태를 봐둬라!"

어수선한 가운데 혼자 중심에 서서 지휘를 하는 이는 호위기사 자르다.

아무래도 이 도시에서 말을 교환하고 가려는 듯하다.

타고 온 말은 상당히 오랫동안 달린 상태여서, 아무리 이곳의 말이 체력에 뛰어나다 해도 용케 여태껏 버텼다고 감탄할 정도다.

"아크 님, 그 '말'은 아직 갈 수 있소? 뭣하면 말을 바꿔도 좋소만?"

자하르는 아크 일행을 확인하더니, 가까이 걸어와서 시덴을 흘끗 보고 말을 걸었다.

"규리이이이잉."

아크가 시덴의 목덜미를 어루만지자, 녀석은 작게 울음소리를 내며 앞다리로 지면을 긁었다.

어쩐지 계속 갈 수 있다는 주장 같다.

"괜찮은 모양이오."

"그런가, 이쪽의 준비가 끝나는 대로 출발하겠소."

아크의 대답을 듣고 만족했는지, 발길을 돌린 자하르는 다른 자들을 살피러 갔다.

기마대의 병사들은 자신들이 탄 말에서 마구를 떼어 새로운 말로 옮기는 작업 중이었다. 아크는 마구간 구석에서 약 30분쯤 그 모습을 구경했다.

준비를 마친 일행은 서둘러 도시를 떠나게 되었다.

그러나 출발하고 나서 알아차렸지만, 기마대의 수가 약간 늘었는지 낯선 문장기를 내건 이들이 있었다.

들어본 바에 따르면 방금 거친 도시의 영주가 소유한 기마대인 듯하다. 늘어난 수는 그리 많지 않지만, 피로가 없는 기마대의 편입에 모두의 사기가 올라간 것처럼 느껴졌다.

그리고 날이 저물 무렵까지 일행은 오로지 북쪽을 향하여 말을 달렸다.

그날은 작은 도시 옆에서 야영하게 되었지만, 역시 자국의 영지인 만큼 그 도시의 영주로 여겨지는 인물이 취사해온 따뜻한 식사를 나눠주었다.

마침내 내일은 왕도 소우리아에 들어갈 수 있는 거리에 이른다고 니나가 말했다.

디모 백작 기마대의 병사들은 목적지라는 말에 당장 환해졌지만, 그에 반해 릴 왕녀의 근위병들 반응은 별로 좋지 않았다.

호위기사 니나에게 따뜻한 수프 그릇을 건네받은 릴 왕녀도 어딘가 우울한 얼굴로 딴생각을 하는 표정을 지었다.

아크가 그들로부터 뗀 시선을 발밑에 옮기자, 솜털 꼬리를 크게 흔드는 폰타가 부드럽게 푹 삶은 채소로 채워진 그릇에 얼굴을 처박고 정신없이 입을 움직이며 기뻐했다.

"큥☆ 큥☆"

"넌 늘 마이 페이스구나……."

아크는 그릇을 싹싹 깨끗하게 핥고 나서 식후의 털고르기를 하는 폰타의 턱밑을 쓰다듬었다.

배가 잔뜩 불러 기분이 좋아졌는지, 폰타는 눈을 가늘게 뜨고 커다란 하품을 했다.

"왕도가 함락되지 않으면 다행입니다만……."

폰타를 가만히 바라보던 치요메가 작게 중얼거렸다. 그 목소리를 들은 아리안의 귀가 살짝 흔들렸다.

이것만큼은 정말 신만이 안다——.

이튿날, 아직 날이 다 밝지 않은 이른 아침.

또 조금 수를 늘린 기마대를 선두로, 일행은 아침 이슬에 젖은 풀잎을 흩뜨리면서 가도를 따라 더욱 북쪽을 향해 나아갔다.

기마대의 수는 벌써 150기 정도다.

그만한 수를 이루면 말발굽이 구르는 땅울림도 커진다.

가도에는 스쳐 지나는 여행자나 상인의 그림자조차 보이지 않았고, 그저 말이 울리는 소리 이외에는 몹시 조용한 세계가 펼쳐졌다.

그것을 묘하게 느꼈는지, 아리안이 뒤에서 몸을 내밀며 잿빛 외투 속의 뾰족한 귀를 밖으로 드러내더니 뭔가 집중하듯이 눈을 감았다.

"아리안 양, 뭐라도 들리는 거요?"

"쉿!"

아크가 아리안의 모습을 이상하게 여기고 어깨너머로 묻자, 그녀는 집게손가락으로 입을 닫으라는 듯한 몸짓을 보이며 주의를 주었다.

가도 주위는 시야가 탁 트인 잡목림이어서, 특별한 대상은 아무것도 찾을 수 없었다.

"……뭔가 있어요!"

그러나 잠시 후 아리안이 눈을 크게 뜨고 입을 연 순간, 선두 기마대 근처의 낙엽 밑과 관목의 덤불 속에서 정체 모를 것이 튀어나왔다.

"우아아아아아아아아아!!"

"뭐, 뭐냐, 이놈들은!!!"

기마대의 몇 기가 비명을 지르며 갑자기 나타난 존재의 습격을 받아 구르자, 그 뒤를 따라 달리던 기마도 잇달아 쓰러졌다.

그때를 기다렸다는 듯이 다시 잡목림의 사각진 그늘에서 그것들이 모습을 보였다.

생김새를 말하자면 인간의 형태를 띠었다고 할 수 있지만, 그 괴이한 형상은 결코 '인간'이라 부르기 어려운 정체 모를 뭔가였다.

온몸이 칙칙한 잿빛 피부였고, 기형인지 관절수가 많은 손이 세 개 또는 한 개만 있는 등 개체마다 달랐다.

그리고 특이한 점은 목 위의 조형이리라.

목에서 내장이 비어져 나온 듯한, 그러면서도 의지를 지닌 채 꿈틀거리는 그것은 뭐라고 표현해야 좋을지 몰랐다. 길게 뻗은 그것은 지렁이처럼 보이기도 했지만, 목처럼 굵게 움직이는 내장 같기도 했다.

그 끝에 달린 말미잘 비슷하게 생긴 요염한 입이 쓰러진 말에 깔린 병사와 뼈가 부러져 움직이지 못하는 말을 짓누르듯이 덮치며 물어뜯었다.

"갸아아아아아아아아아아아아아아!!!"

병사가 지르는 단말마의 비명과 함께 오른쪽 절반을 뜯어먹힌 병사의 몸이 잡목림 속에 굴렀다.

낙마를 피하여 가도로 불거져 나온 잡목림에 발을 내디딘 기마대의 일부는 느닷없이 덤불에서 나타난 그 지렁이 인간에게 말의 옆구리를 물려 숲속에 내동댕이쳐졌다.

"빌어먹을! 뭐냐, 저건!?"

호위기사 자하르는 그 광경에 무심코 얼굴을 찌푸리며 내뱉듯이 목소리를 높였다.

후방을 달리던 릴 왕녀의 근위대는 선두의 기마대가 습격을 받은 덕분에 화를 벗어난 듯싶었지만, 그들은 일제히 눈앞에서 벌어진 광경에 멈춰 서고 할 말을 잃었다.

기마대를 이끌던 대장 남자가 필사적으로 전투태세를 바로잡기 위해 소리를 질렀다. 그러나 주변에 잇달아 나타나는 지렁이 인간에게 맞서는 게 고작이었다.

"아리안 양, 저게 뭔지 아시오?"

아크는 그 광경을 보고 뒤에 있는 아리안에게 물었지만, 그녀는 조용히 고개를 가로저었다.

"본 적도 없어요······ 하지만 저건 언데드네요."

"기분 나쁜 시체 냄새를 여기까지 풍기는군요······."

예쁜 눈썹을 찌푸린 아리안은 좀비처럼 솟아난 그것을 불쾌하다는 듯이 노려보았다.

그런 아리안에게 동조하듯이 치요메도 자신의 코를 붙잡고 얼굴을 찡그렸다.

아무래도 또 새로운 언데드가 나타난 모양이다.

이 언데드도 거미 인간과 똑같은 출처라면, 왕도를 향하려는 자를 없애기 위해 두었는지도 모른다.

그런 생각을 하는 사이 사태는 점점 진행되었다.

"전원, 우군을 구한다!! 괴물의 사정거리는 길다. 창을 잡아라!!"

혼란 속에서 자하르가 고함을 질렀고, 후방의 근위병들에게 지시를 내렸다. 그러자 저마다 지닌 짐에서 두 개의 나무봉을 꺼내어 이은 후 끝에 날붙이를 달았다.

아무래도 조립식 창인 듯하다.

자하르는 약 1분도 걸리지 않아 창의 조립을 끝낸 근위대에게 돌격 신호를 보냈다.

곧이어 근위대가 기합 소리와 함께 창을 앞으로 내밀고 돌진했다.

아크도 뭔가 하려고 시덴의 고삐를 쥐었지만, 그 모습을 본 자하르가 한발 먼저 움직였다.

"아크 님, 릴 왕녀님을 부탁하오!"

아크를 향해 그 말만 남긴 자하르는 자신도 창을 들고, 아비규환의 지옥도에 뛰어들었다.

니나의 말에 함께 탄 릴 왕녀의 상태를 살피고자 시덴을 가까이 몰자, 그녀는 눈앞에서 벌어지는 광경에 파랗게 질린 얼굴로 떨었다.

그도 어쩔 수 없다.

완전히 현실에서 일어나는 공포다.

지렁이 인간의 끝부분이 입을 쩍 벌리고 인간의 고기를 먹는 모습을 생생히 보자, 등줄기가 오싹하며 차가워지는 기분이 들었다.

"아리안 양, 치요메 양."

아크가 릴 왕녀를 보고 아리안과 치요메의 이름을 불렀다. 둘은 말없이 시덴에서 뛰어내려 자신들의 무기를 뽑아 들었다.

"왕도 주변의 적은 아크가 맡아요."

아리안은 너스레를 떨고, 사자의 의장을 새긴 가느다란 검을 쥐었다.

『──맹렬한 불길이여, 모든 것을 집어삼키고 불태워라──.』

조용히 울리고 노래하는 듯이 들리는 아리안의 말에 불의 정령이 힘을 빌려 주었다. 아리안의 은색으로 빛나는 검신은 금세 화염이 솟구치는 것처럼 타올랐다.

그와 동시에 아리안이 한달음에 가속했다.

잿빛 외투의 후드가 뒤로 벗겨졌고, 실을 늘어뜨린 듯이 아리안의 머리가 한줄기 궤적을 그렸다. 아리안은 가장 가까이 있던 지렁이 인간에게 덤벼들었다.

검신을 휘감은 화염이 의지를 지닌 것처럼 몸부림쳤고, 검섬을 쫓듯이 화염의 뱀이 지렁이 인간의 몸을 가차 없이 집어삼켰다.

『수둔, 수수리검(水手裏劍)!!』

치요메가 인을 맺고 발동시킨 술법은 그녀 주위에 여러 개의 물 덩어리를 불러낸 후, 그것을 회전하는 수리검의 형태로 바꾸어 던지는 기술이었다.

치요메가 아리안의 공격 범위 밖에 있는 지렁이 인간을 향하여 수수리검을 잇달아 쏘자, 둔탁한 소리가 하늘을 갈랐다.

수수리검은 고밀도의 수압 레이저처럼 표적을 뚫었고, 더 깊숙한 곳의 적에게도 꽂혔다.

"쿵!"

아리안과 치요메의 분전에 흥분했는지, 의욕이 넘쳐서 커다란 솜털 꼬리를 더욱 크게 부풀린 폰타가 자신의 주위에 바람을 만들어 내고 비막을 이용하여 떠오르려 했지만——.

"위험하니까 안 된다."

아크는 폰타의 목덜미를 붙잡아 얌전히 있도록 주의를 주었다.

이번 상대는 목 윗부분이 의외로 재빨리 움직여서, 공중에 떠오른 폰타는 순식간에 통째로 삼켜진다.

"큐~웅……."

뒷다리를 흔들거리면서 자신을 원망스럽게 올려다보는 폰타를 무시한 아크는 옆에 다가온 지렁이 인간을 아무렇게나 발동시킨 【저지먼트】로 꿰뚫었다.

지렁이 인간의 발밑에 펼쳐진 마법진에서 우뚝 솟은 빛의 검은 움직임이 둔한 몸통을 간단히 관통하여 활동을 정지시켰다.

지렁이 인간도 거미 인간과 마찬가지로 활동을 멈춘 육체는 썩은 냄새를 풍기며 그 자리에서 형태를 무너뜨리듯이 녹아내렸다.

목 윗부분의 말미잘 지렁이는 움직임이 재빠르지만, 몸통은 딱히 그렇지도 않은 모양이다.

공격 범위 밖에서 공격할 수 있다면 별로 위협적이지는 않았다.

실제로 근위병들은 공격 범위 밖에서 창으로 몸통을 찔렀고, 지면에 꽂힌 놈들을 다른 병사들이 검으로 숨통을 끊는 연대를 취하여 조금 전까지의 열세를 뒤집었다.

물론 그들이 전투태세를 바로잡을 수 있었던 이유는 아리안과 치요메의 강력한 도움 때문이지만 말이다.

아크가 그런 전투 양상을 시덴에 타고 관찰하는 동안 뒤에서 살며시 접근한 지렁이 인간이 시덴을 물어뜯었다──. 그러나 단단한 비늘 갑옷으로 보호받는 드립트프스를 씹을 수 없었는지, 빨판을 써서 달라붙은 거머리처럼 몸을 버둥거릴 뿐이었다.

시덴은 짜증 난다는 듯이 자신의 꼬리를 휘둘러, 몸에 달라붙은 지렁이 인간을 튕겨 날렸다.

거인의 채찍처럼 휘어지는 꼬리가 지렁이 인간을 가차 없이 때려눕혔다.

"읏, 강렬하군……."

주변에 성대하게 튀는 고깃점과 원형을 남기지 않을 정도로 형태를 바꾼 고깃덩어리가 그 자리에 굴렀다.

그런 시덴을 옆에서 본 니나와 릴 왕녀가 두 눈을 휘둥그레 떴다.

드립트프스는 완전히 생체장갑차 같은 존재다.

호인족 전사들을 두려워하여 장대한 벽을 쌓은 타지엔트에 거주하는 인간족의 심정을 알만하다.

아크는 그런 감상에 빠졌지만, 얼마 지나지 않아 주변 일대에서 기어 나온 지렁이 인간의 토벌이 끝난 듯했다.

"수만 많고 징그러운 겉모습 이외에는 딱히 특별한 것도 없네요……."

아리안은 검신을 휘감은 화염을 떨쳐내더니, 주위를 둘러보며 어깨를 으쓱였다.

"몸 표면이 인간하고 같아서 부드러웠습니다. 오히려 타지엔트에서 상대한 언데드 병사들이 갑옷을 걸친 만큼 성가셨지요."

치요메도 아리안의 말에 동의하면서 흘러내린 모자를 고쳐 썼다.

그런 둘의 모습을 기마대의 병사들은 경악한 눈으로 바라보았다.

"그럼 난 부상자나 치료해 볼까."

릴 왕녀 주위의 위험이 없어졌다는 사실을 확인한 아크는 조금 전의 습격에서 다친 병사들의 치료에 나섰다.

베풀 수 있는 은혜는 베풀어 두어야 한다.

그렇게 이해타산을 따진 치료 행위라도 중증의 부상이 순식간에 회복되는 모습을 보여주면 다들 놀라고 감사하는 마음을 전한다.

일단 이번 원정에서 야영할 때 투구를 벗은 아크는 로드 크라운의 샘물을 마신 상태인 다크엘프의 얼굴을 드러낸 까닭에 자신이 엘프 종족이라는 사실은 모두 알고 있을 터다.

이종족에게 목숨을 건진 생명과 힐크 교국의 교의—— 그들은 어느 쪽을 선택할까?

——후후후, 내가 생각해도 대단한 책사군.

아크가 자화자찬하면서도 시선을 주위의 잡목림에 던지자, 방금까지 병사로서 왕도를 향했던 자들의 시체가 나뒹굴고 있었다.

그들은 아크가 지닌 치유마법으로는 대처할 수 없었다.

팔을 뜯어먹힌 병사라면 팔의 재생은 무리라도 치유마법의 효력으로 출혈을 막고, 물어뜯긴 절단면을 피부로 덮는 것은 가능하다.

팔은 잃지만, 죽는 것보다는 나으리라.

그러나 그중에는 치료하지 못하는 자들도 있다.

지렁이 인간에게 몸의 절반을 뜯어먹힌 자와 머리를 뜯어먹힌 자 등, 육체의 결손 부분이 클 경우는 자신이 가진 소생 마법으로도 부활은 불가능하다.

그리고 역시 사람들 앞에서 소생 마법을 드러내는 행위는 피하는 게 좋다는 것은 자명했다…….

이번 습격에서 사망자는 열 명 남짓, 부상자는 십 수명쯤 될까.

"미안하다, 아크 경. ……혹시 저 정체 모를 괴물들도 왕도를 습격한 언데드의 동료일까?"

릴 왕녀는 겨우 안정을 되찾았는지, 병사들의 치료를 마치고 돌아온 아크에게 치하의 말을 건넸다.

그러나 나중에 중얼거리듯이 입에서 내뱉은 말은 스스로에게 던지는 질문인 듯했다.

그리고 릴 왕녀가 말한 우려는 아마 맞으리라.

"아크 님, 이걸 보십시오."

조금 떨어진 덤불에서 나온 치요메가 손에 든 물건을 아크에게 보였다.

그것은 피가 묻은 지게다.

지게에는 장작이 될 만한 나뭇가지가 잔뜩 묶여 있었지만, 짊어지기 위한 어깨끈이 절반쯤 물어뜯긴 상태였다.

이 잡목림에 나뭇가지를 가지러 온 자의 짐이리라.

"왕도로 다가가는 자는 이곳에 매복한 무리에게 모조리 잡아

먹힌 듯하군……."

치요메가 찾아온 것과 비슷한 물건이 다른 병사들의 탐색에서도 발견되었다.

"……어서 서두르자!"

그것을 본 릴 왕녀는 안색을 홱 바꾸고, 뒤에서 고삐를 쥔 니나를 돌아보았다.

니나는 묵묵히 고개를 끄덕이더니 옆에 있는 자하르에게 시선을 보냈다.

자하르는 거기에 대답하듯이 고개를 끄덕이고, 여기저기 흩어진 자들에게 지시를 내렸다.

"상처를 입고 싸울 수 없는 자는 여기까지다! 기마대에서 대여섯 명을 뽑아, 부상자들은 오늘 아침에 떠난 도시로 보내줘라! 다른 자는 장비를 갖추는 대로 출발한다!"

"넷!!"

다들 각자가 맡은 역할을 다하기 위해 움직였다. 부상자와 그들을 데려갈 자들을 남겨둔 일행은 다시 왕도를 향해 급하게 달렸다.

앞서가는 기마대로부터는 여유로운 웃음이 사라졌고, 주위에 흐르는 풍경에도 주의를 게을리하지 않았다.

말발굽 소리가 주변에 울리는 가운데, 앞길을 서두르는 기마대에는 무언의 긴장감이 떠돌았다.

이윽고 잡목림을 벗어나자 가도는 완만한 오르막길을 이루어 기마대의 속도가 떨어졌다.

시야가 탁 트이지 않은 비탈의 정상 부근을 경계해서일까,

이윽고 선두의 기마대가 정상 부근에 다다르자 급격히 속도를 늦추었다.

뒤따르듯이 쫓아온 기마들도 정상 부근에 와서 속도를 크게 떨어뜨렸다.

병사들의 반응에 릴 왕녀가 퍼뜩 뭔가를 깨달은 듯이 고개를 들었다.

"니나! 우리도 서둘러라! 저 비탈 위라면 왕도가 보일 게다!"

병사들의 얼굴에 떠오른 표정을 보고 가슴이 두근거린 릴 왕녀가 자신의 호위기사인 니나를 돌아보며 재촉했다.

릴 왕녀의 말에 따라 자하르를 선두로 하는 근위대가 정상에서 발을 멈춘 기마대를 밀어내고 비탈을 넘자, 다들 똑같이 숨을 삼킨 채 전방에 펼쳐진 경치로부터 눈을 떼지 못했다.

"시덴."

그들의 반응에 이끌린 아크는 릴 왕녀를 쫓아가듯이 시덴을 비탈 위로 몰았다.

"……이럴 수가."

그리고 그들처럼 눈앞의 풍경을 목격한 아크에게 새어 나온 말은 그것이었다.

완만하게 내려가는 가도, 그 앞으로 이어지는 길 끝에는 멀리 커다란 도시의 모습이 보였다.

그리고 동시에 그 도시 주위로 무리를 짓듯이 꿈틀거리는 무수한 존재도 눈에 들어왔다.

그것은 커다란 먹이에 몰리는 개미 같았다.

이 장소에서는 그게 수많은 콩알이 꿈틀거리는 것으로도 비치지만, 그 한 알 한 알이 몸에 갑옷을 걸친 언데드 병사라고 생각하면 현재 자신들의 150명 남짓한 세력은 오차처럼 여겨지는 수다.

대지 위를 꿈틀거리는 언데드 병사들의 갑옷이 이미 하늘 높이 떠오른 햇빛을 받아 깜박깜박 빛났고, 왕도 소우리아의 방벽 바깥 둘레를 모조리 뒤덮었다.

이따금 왕도의 방벽 위에서 사람의 움직임이 보이는 이유는 아직 그들이 무수한 언데드에 맞서 분전하기 때문이리라.

"……오라버니들이 이끌고 올 원군만으로 정말 이만한 수의 언데드를 쓰러뜨릴 수 있을까."

그 광경에 시선이 못 박힌 릴 왕녀가 잠긴 목소리를 조그맣게 흘렸다.

"공주님, 저것들은 수만 많은 오합지졸이나 마찬가지입니다. 공성 병기도 갖지 않은 언데드에게 우리 왕국 병사가 뒤떨어지지는 않습니다."

릴 왕녀를 뒤에서 받치며 힘차게 단언하는 니나에게 그녀도 힘을 주어 고개를 끄덕였다.

"그렇다, 어떻게 해서든! ——오라버니들이 원군을 이끌고 돌아올 때까지 우리는 왕도가 함락되지 않도록 할 수 있는 일을 해야 하느니라!"

굳세게 선언하는 릴 왕녀의 말에 주위에서 멍하니 왕도의 모습을 바라보던 기마대의 병사들이 돌아보았고, 동요한 듯이 흔들리던 눈동자에 다시 의지가 깃들었다.

그것을 본 릴 왕녀는 만족한 것처럼 고개를 끄덕이더니, 옆에 있던 자하르에게 시선을 보냈다.

"자하르! 우리는 이제부터 어떻게 해야 하느냐?"

왕녀의 물음에 자하르는 마상에서 가볍게 고개를 숙이고 나서 잠시 침묵을 지켰다.

"……아까 마주친 기괴한 괴물도 이번 적의 장기말이라면, 여기와 마찬가지로 주요 가도 부근에 적을 숨겨두었을 가능성이 있습니다. 원군의 사기가 꺾이지 않기 위해서라도 탐색과 제거 작업은 급선무라고 생각합니다."

자하르의 진언에 릴 왕녀는 크게 고개를 끄덕였다.

"그럼 선행 기마대는 왕도로 들어가는 주요 가도를 따라 적을 토벌하거라! 근위대에서 몇 명의 안내역을 붙여줄 테니, 왕도를 우회하여 가도를 살피고 와라."

자하르가 두 명의 근위병을 지명하여 최초로 향하는 가도를 고르기 위해, 기마대를 이끄는 대장들을 불러 왕도 주변의 지도를 펼쳤다.

부대는 패기를 되찾았고, 전투 전의 고양감이 아크에게도 전해지는 듯했다.

그러나 그때 시덴을 타고 왕도를 바라보던 치요메가 모자 밑의 귀를 움직였는지, 모자가 살짝 떴나 싶은 순간 그녀의 긴장한 목소리가 새어 나왔다.

"읏!? 분위기가 달라졌습니다."

치요메의 말뜻을 짐작할 수 없어서 아크가 얼떨결에 무슨 일인지 물어보려는 찰나, 왕도 방면에서 비명처럼 울리는 시끄러운 소리가 멀리 떨어진 이곳까지 닿았다.

주위의 병사들도 알아차렸고, 모두의 시선이 일제히 왕도를 향했다.

조금 전만 해도 굳게 닫혔던 도시문 일부에 커다란 구멍이 뚫렸고, 그곳에 무수한 언데드의 군세가 떼를 지어 모이는 참이었다.

"남문이 돌파당했다고!!?"

누군가의 비명 같은 목소리에 다들 긴장감과 초조함을 느꼈다.

"큰일이군……."

조그맣게 중얼거리는 자하르의 목소리가 몹시 또렷해서 릴 왕녀는 작은 어깨를 떨었다.

"그럴 수가…… 오라버니들이 올 때까지 얼마나……."

릴 왕녀의 목소리가 잠겼고, 잿빛 눈동자를 크게 떴다. 그런 릴 왕녀를 달래기 위해 뒤에 있는 니나가 그녀의 어깨를 꽉 껴안았다.

"이건 빨리 뭔가 손을 쓰지 않으면, 타지엔트의 참상을 웃돌겠군요."

치요메가 푸른 눈동자를 가늘게 뜨며 냉정한 목소리로 중얼거렸다.

성문에 뚫린 커다란 구멍은 주위에 무리를 지은 언데드의 군단을 삼키기에는 너무 작은 듯해서, 쇄도하는 언데드 병사들은 다른 언데드 병사들에게 진로를 가로막혀 튕겨 나갔다.

그러나 그것도 시간문제다.

더욱이 왕도 여기저기 흩어졌던 언데드들도 유아등에 이끌리는 것처럼, 커다란 구멍이 뚫린 도시문을 향해 몰려갔다.

왕도의 구조를 파악하지 못한 아크로서는 이후의 전개를 읽을 수 없지만, 도시에 저것들의 침공을 막을 만한 구조물이 있다면 아직 괜찮다.

그렇지 않으면 왕성에 틀어박히든지, 식량과 물 등의 비축분을 고려해 추격전을 각오하고 돌파된 반대쪽에서 왕도의 탈출을 시도하는 게 다음 수순이리라.

아크가 그런 생각을 하자, 동요한 병사들을 진정시키려는 자하르가 목소리를 높였다.

"당황하지 마라, 제2방벽만 넘었을 뿐이다! 제1방벽이 건재할 동안 왕도는 함락되지 않는다!"

아무래도 왕도에는 아직 내부에 방벽이 존재하는 듯싶다.

그렇다면 좀 더 버틸 수 있으리라.

자하르는 병사들을 안심시키기 위해 말했지만, 왕도를 향하는 그의 눈에는 그렇게 여유를 가진 것처럼 보이지는 않았다.

"흐음, 이쯤에서 발 벗고 나서볼까."

"큥?"

아크의 혼잣말에 반응한 폰타가 뒤돌아보며 고개를 갸웃거렸다.

"진심으로 할 생각이에요?"

아크는 어깨너머로 묻는 아리안을 돌아보고 고개를 끄덕였다.

"여기까지 와서 이대로 왕도가 함락되는 모습을 묵묵히 지켜보면 아무것도 얻지 못할 테니 말이오. 다소 요란할 테지만, 뭐

어떻게든 되겠지."

"규리이이이이잉."

아크의 말에 시덴은 흥분으로 설레어 몸을 크게 떨 듯이 거체를 흔들며 울음소리를 냈다.

그 다부진 위용과는 정반대로 높은 소리로 짖는 시덴의 목소리에 모두의 시선이 아크에게 모여들었다.

"아리안 양, 치요메 양은 여기서 릴 왕녀를 부탁하오. 나는 조금 앞서서 왕도를 향하겠소. 아리안 양과 치요메 양의 손을 번거롭게 할 정도도 아닐 거요. 먼저 가서 잠시 몸을 풀도록 하지."

아크의 말에 아리안은 말없이 시덴에서 뛰어내렸고 치요메도 그 뒤를 따랐다.

"아크 공, 그대 혼자 저기에 돌진할 셈이냐!?"

아크의 태도에 어안이 벙벙해진 릴 왕녀가 당황해서 말을 걸었다.

아크는 릴 왕녀가 던진 질문의 의미를 이해하고 일부러 다른 대답을 했다.

"걱정 마시오, 릴 님. 저기 있는 아리안 양과 치요메 양은 나보다 숙련된 전사요. 릴 님의 호위에 지장은 없을 거라고 단언하지."

아리안은 아크의 대답에 가벼운 한숨을 내뱉고 어깨를 으쓱였다.

치요메는 잠자코 아크를 올려다보더니, 작게 고개를 끄덕였다. 아크는 시덴의 머리 위에 달라붙은 폰타의 목덜미를 붙잡아 치요메에게 건네주었다.

"큥?"

아크의 의도를 모르는 폰타가 고개를 갸웃거리며 쳐다보았다.

"이번에는 좀 요란하게 움직일 거다. 치요메 양이 있는 곳에서 기다려라."

"큥!"

아크의 사정 설명을 이해했는지, 폰타는 얌전하게 짖고 그대로 치요메의 팔에 안겼다.

그 모습을 뒤에서 본 아리안이 뭔가 복잡한 시선으로 아크에게 따지는 듯한 눈빛을 보냈다.

——그건 폰타와 치요메 양에게 상담하면 좋겠군.

"그럼 잠깐 다녀오겠소!"

시덴의 고삐를 잡아당긴 아크는 진로를 왕도 소우리아——도시문에 몰려든 언데드의 무리를 목표로 달렸다.

"규리이이이이이이이이이이이이잉!!"

용감한 포효를 지른 시덴이 힘차게 여섯 개의 다리로 대지를 쿵쿵 굴렸고, 속도를 부쩍 높여 일직선으로 왕도를 향해 질주했다.

바람을 밀어젖히는 듯한 소리가 귀에 울렸고, 등에서 『밤하늘의 외투』가 펄럭이는 소리가 바람 소리에 섞였다.

시덴의 속도는 놀랄 만큼 빨라서, 눈 깜짝할 사이에 시야를 가득 채우는 왕도의 장관을 이루는 경치가 펼쳐졌다.

아크는 고삐를 놓고 뒤의 짐에서 자신의 무구 『칼라드볼그』

를 뽑고, 『테우타테스의 하늘방패』를 들었다.

시덴의 안장에 올라탄 아크는 등자에 얹은 발로 단단히 조이고 정면을 응시했다.

금세 눈앞에는 땅울림을 내며 달리는 시덴의 존재를 눈치채고 아크를 돌아보는 수만의 언데드 무리가 닥쳐왔다.

"후하하하하하하하하하하하하하하하하아!!!"

전투 전의 기분이 고양된 걸까, 입에서 새어나온 뭔가 의미 모를 웃음이 바람에 녹아 뒤로 흘러갔다.

다음 순간―― 시덴은 뭉쳐 있던 언데드 병사들의 집단에 머리부터 돌격하여, 튼튼한 두 개의 뿔로 모조리 튕겨 날렸다.

거체에서 이루어지는 체중과 여섯 개의 다리로 모든 것을 유린했다.

언데드 병사들과 충돌할 때마다 둔탁한 금속음을 울리며 잇달아 나가떨어지게 했지만, 역시 상대의 물량이 너무 많다.

잘 보면 대량의 언데드 병사들 속에 섞인 거미 인간의 모습도 확인할 수 있었다.

아크도 안장에서 주변을 향해 검을 휘둘러 언데드 병사들을 부수는데도 그 끝이 전혀 보이지 않는다.

아크는 지금쯤 시덴의 다리가 상대의 물량이라는 벽에 가로막혀 멈출 듯싶다고 판단하여 녀석의 등을 두드렸다.

"시덴, 전진이다!"

그 말에 시덴이 한 번 울음소리를 내더니, 똑바로 도시문을 향하던 진로를 바꾸어 천천히 호를 그리듯이 방벽에서 멀어졌다.

이제 적당한 시기인가——.

도시문으로 쇄도하던 언데드 병사들의 후방 절반쯤이 느닷없이 나타난 아크에게 주의를 돌렸는지, 쫓아오려는 낌새를 보였다.

"시덴, 먼저 아리안 양과 치요메 양이 있는 곳으로 돌아가라!"

시덴의 등을 크게 두드린 아크는 안장을 박차고 지면에 내려섰다.

"규리이이이이잉!!"

시덴은 아크를 흘끗 쳐다보고는 그대로 땅울림을 내며 달려갔다.

"흐음, 그럼 나도 슬슬 본래 실력을 내볼까…… 크크크크."

달리는 생체장갑차인 시덴에서 아크가 내리자, 절호의 기회라는 듯이 주위의 언데드 병사들은 무기를 치켜들고 밀려들었다.

아크는 그런 압도적인 광경을 눈앞에서 보는데도 묘한 웃음이 투구 속에서 새어 나왔다.

『칼라드볼그』를 쥔 아크가 자신에게 몰려오는 망자의 무리를 향해 전투 기술을 발동시켰다.

"【와이번 슬래시】!"

힘껏 휘두른 대검의 검섬이 충격파를 동반하여 전방으로 날아갔다.

검섬은 전방에서 무리를 지어 닥쳐오던 언데드 병사들과 충돌하고 모조리 흐트러뜨렸다.

그러나 그 뒤에서는 무수한 언데드 병사들이 솟아나서, 부서진 동료 언데드를 마구 짓밟으며 몰려들었다.

"【와이번 슬래시】!!"

아크는 언데드 병사들을 다시 날려버리기 위해, 공격한 검을 되돌리듯 재차 휘둘렀다.

충격파를 두른 검섬이 언데드 병사들을 또 덮쳤고, 그를 쫓듯이 마무리로 일격을 더 가했다.

"【와이번 슬래시】이이이!!!"

전방 일대를 휩쓸리게 한 충격파의 충돌로 주위의 언데드 병사들이 산산조각이 나며 흩어졌다.

자욱하게 피어오르는 흙먼지 때문에 주변이 보이지 않았다. 그리고 그 순간을 노린 커다란 그림자가 흙먼지 속에서 튀어나왔다.

두 개의 곡도를 쥐고, 두 개의 방패를 든 이형의 존재.

거미 인간이 이상한 웃음소리를 내고 곡도를 내리쳤다——. 아크는 일격을 왼손에 든 방패로 튕긴 후 나머지 일격을 검으로 받아내고 흘렸다.

단순히 힘에만 의존한 검기, 그레니스와 아리안에 비교할 바도 아니다.

"【실드 배시】!"

청백색 빛을 희미하게 뿜는 방패를 눈앞에 보이는 거미 인간의 몸통 부분—— 인간형과 거미의 접합부에 힘을 잔뜩 넣어 때리자, 거미 인간은 고통스러운 표정을 지으며 뒤로 날아갔다.

"네놈과 느긋하게 놀아줄 만큼 나도 한가하지는 않아서 말이다……."

아크는 지면에 흩어진 언데드 병사의 상반신이 움직여서, 아무렇게나 검을 꽂아 산산조각냈다.

"【플레임 바이퍼】." 염사초래(炎蛇招来)

아크가 중얼거리듯이 마법을 발동시키자, 발밑에서 갑자기 불길이 원을 그리며 치솟았다. 그 불길은 기둥처럼 성장하여 뱀의 형태를 띠더니, 주위를 회전하면서 화염의 구렁이가 모든 것을 불태웠다.

그리고 마지막에 아크는 자리에서 일어난 거미 인간을 향해 돌격했다. 온몸을 화염의 구렁이에게 휘감긴 거미 인간은 그대로 선 채 불기둥이 되었다.

다 타서 떨어지는 숯덩이가 세차게 부는 바람에 날려 허물어 내렸다.

아크는 주위를 둘러보았다. 조금 전까지의 공격으로 주변에는 크게 원 모양의 구멍이 뚫리면서 적의 모습은 사라졌다.

상당한 수의 언데드를 쓰러뜨렸지만, 빙산의 일각에 불과할 뿐이었다.

——그럭저럭 발동을 위한 준비 시간은 벌었을 터다.

아크는 크게 한 번 심호흡하고 나서 전방을 노려보았다.

두려움을 모르는 언데드 병사들은 아까의 공격에도 겁을 먹지 않았고, 탁 트인 아크와의 거리를 좁히려는 듯이 밀려들었다.

"그동안 사용할 기회가 찾아온다고는 생각하지 않았지만, 여기서라면 마음껏 힘을 쓸 수 있겠군."

혼잣말을 내뱉은 아크는 갖고 있던 검을 대지에 꽂았다.

"와라! 천상의 전사! 천기사의 진짜 힘을 보여주마!!"

아크가 그 말과 함께 마법을 발동시켰다.

여태까지의 마법 발동 시간과는 비교도 되지 않을 정도였다. 아크의 몸에서 마력이 빠져나가는 감촉이 뚜렷하게 전해졌다.

아크의 발밑에 거대한, 여태껏 본 적이 없을 만큼 커다란 빛의 마법진이 펼쳐졌다.

"하늘의 문을 열고 오라! 【익스큐셔너 미카엘】!"
집행자 염원(焰源)의 치천사(熾天使)

빛의 마법진에서 진황색의 화염이 솟구쳤고, 지면에는 거대한 문양이 그려졌다.

그리고 그 마법진에서 하늘을 향해 빛이 뿜어져 나왔다.

거대한 빛의 기둥이 왕도 소우리아 옆의 평원에 우뚝 솟았다.

빛이 가라앉자 높은 하늘에 거대한 마법진이 고스란히 옮겨졌고, 그곳에서 다시 진황색의 화염을 뿜어냈다. 곧이어 고스란히 옮겨진 마법진—— 그 안에서 찬미가 같은 목소리가 주변 일대에 쏟아져 내렸다.

천공의 마법진에서 유달리 커다란 화염이 터져 나왔고, 그 중심에서 인간형 개체가 소리도 없이 모습을 드러냈다.

하늘에 떠 있듯이 나타나서 정확한 크기는 짐작할 수 없지만, 소환수 【세테카】와 거의 비슷하게 5m 남짓했다.
남신왕(嵐神王)

진황색으로 채색된 세심한 문양이 도드라진 갑옷을 몸에 걸쳤고, 왼손에는 깃털을 본뜬 방패를 들었으며 오른손에는 진홍색 칼날을 지닌 호화로운 의장이 새겨진 검을 쥐었다.

투구는 머리 위의 절반을 덮는 형태를 띠었고, 그 아래는 요염한 여성의 입술이 엿보였다.

그리고 투구의 목덜미에서 흘러내리는 것처럼 바람에 나부끼는 진홍색의 긴 머리는 끝부분이 불타는 화염이었는데, 주위의 공기를 다 태워버릴 듯한 불꽃이 이글거렸다.

무엇보다 등에는 압도적인 존재감을 내뿜는 여섯 개의 커다란 날개가 아름답게 펼쳐져 있었다. 날갯짓하는 것과 동시에 흩날리는 깃털은 대지에 떨어지면서 닿은 언데드를 순식간에 빛의 입자로 바꾸었다.

천기사의 네 가지 스킬 중 하나인 【익스큐셔너 미카엘】.

"……!?"

그 모습에 아크는 숨을 삼켰다.

피부를 불사를 듯 압도적이기까지 한 신성함—— 그리고 존재감도 그렇지만, 아크의 마음속에서 가장 전율이 일었던 점은 천사의 모습 그 자체였다.

게임에서 플레이했던 때의 천사는 저런 위엄 있는 갑옷 장비가 아니었고, 투구로 얼굴을 가리지도 않았다.

좀 더 팔랑거리는 옷을 입은 여신 같은 복장이었다.

그러나 지금 눈앞에 보이는 천사는 명백히 아크가 알던 것과는 다른 별개의 존재였다.

(……이게 대체 어떻게 된 거지??)

아크가 그렇게 생각한 순간, 하늘의 천사에게 움직임이 있었다.

『～～～～～～～～～～～～～～～～～～!!!』

노래를 부르는 듯하면서도 말처럼 들리는 뭔가── 압도적인 정보량을 가진 그 '뭔가'가 노도와 같이 지상에 쏟아졌고, 주변 일대에 파문을 일으키듯이 퍼졌다.

겨우 그것뿐인 행위가 아크의 주변에 있던 언데드를 날려 버렸고 빛의 입자로 바꾸었다.

이제는 아크 주위의 300m 내에 서 있는 존재는 아무것도 없었다.

아크가 어안이 벙벙해져 있자, 천사의 모습에 변화가 생겼다.

그 모습이 서서히 작아지더니, 그와 동시에 아크를 향해 내려왔다.

형태는 다르더라도 그 움직임은 게임과 마찬가지여서, 다음 행동에 들어간 것을 알 수 있었다.

그러나 다음 순간, 아크는 온몸에 충격을 받았다.

"아아아아아아아아아앗그아아아아아아아아아아아아!!!"

자신의 내면에 파고든 거대한 뭔가가 존재 그 자체를 강제로 바꾸려는 듯한 불쾌감── 그런 감각이 온몸을 덮쳤고, 뭔가가 으드득으드득 소리를 내며 깎여나가는 착각이 들었다.

이 천기사 특유의 스킬은 전부 네 개다.

전부 비슷한 네 가지 스킬은 각 속성에 유래한 천사를 자신에게 강림시켜 융합한 상태로 하늘의 권능을 다룬다──라는 보충설명을 곁들인 전기(戰技) 소환 스킬이다.

레벨을 최고로 높인 아크라도 마력의 3분의 1을 소비하며 발동 시간은 5분이다. 그리고 다시 사용할 때까지의 대기시간은

한나절이 걸리는 지극히 효율이 나쁜 스킬이었지만——.

이 압도적인 존재를 자신에게 강림시킨다는 것이 설마 이 정도로 금기를 범한 처사를 받게 될 줄은 생각지도 못했다.

지금이라면 분명히 말할 수 있다.

겨우 5분밖에 되지 않는 비효율적인 기술이 아니다—— 5분 이상은 몸과 정신이 버티지 못한다.

그리고 한나절이 지난다고 해도 다시 한번 쓸 마음은 조금도 생기지 않는다.

최종적으로 미카엘의 크기는 신장 2m쯤에서 멈췄고, 그대로 아크의 등에 수호령처럼 착 들러붙는 형태로 수그러들었다.

"구하아아아아아앗!!"

아크는 지면에 꽂은 검을 지팡이 삼아 가까스로 서 있는 상태였다.

그러나 여기서 숨을 헐떡거렸다가는 모처럼 고생하여 현현한 힘이 헛되이 사라진다——. 그렇게 생각한 아크는 아직도 내면에서 팽창하려는 존재와 계속 싸우며 전방을 노려보았다.

천기사가 강림 모드가 되었을 때 쓸 수 있는 스킬은 저마다 강림시킨 천사의 권능뿐이다.

그리고 어느 것이나 대량파괴병기 같아서, 게임에서는 모든 것을 쓸어버렸다.

그러나 아까 쓸어버린 공간에 시선을 보내자, 이미 아크를 적으로서 인식한 언데드들이 무리를 짓고 있었다.

『【폴 플레임 론도】.』
멸염염원무(滅炎焰圓舞)

미카엘이 쓸 수 있는 권능 중 하나—— 그것을 발동시키자 아크의 몸이 멋대로 움직였고, 그에 연동하듯이 뒤에 떠 있는 미카엘 천사도 같은 움직임을 보였다.

아크가 춤을 추듯이 가벼운 발놀림으로 회전하면서 이동하자 —— 춤을 춘 궤적에 따라 불의 길이 생겼고, 더 나아가 몸의 주위에서 주홍색 화염이 뿜어져 나왔다.

그렇게 회전하고 춤을 이어나가면서 커진 화염이 주변 일대의 모든 것을 집어삼켰다.

화염의 잔물결이 지면을 완전히 채우는 것처럼, 몰려오는 언데드를 모조리 불태웠고 순식간에 먼지로 바꾸었다.

그 모습은 화염의 초원을 우아하게 춤추는 처녀 —— 그렇다, 아크의 뒤에 떠 있는 미카엘만 바라본다면 확실히 아름다우리라.

그러나 그녀와 연동하여 똑같은 움직임을 보이는 존재는 투박한 갑옷으로 덮인 기사의 모습을 한 아크다.

옆에서 보면 어떻게 비칠까.

너무 그 사실에 주목하면, 내면에서 자신의 존재가 더욱 깎여나갈 것 같았다.

빙글빙글 회전하면서 주변 일대의 적을 모조리 쓸어버리자, 비로소 첫 번째 권능이 끝났다.

주위로 시선을 돌렸더니, 눈에 띄게 적의 수가 줄었다.

대충 어림짐작이지만, 조금 전의 공격으로 1만에 가까운 언데드가 사라진 듯했다.

그러나 그 성과에 만족할 겨를도 정신적 여유도 없었다.

아직 평원에는 많은 언데드가 흘러넘쳤고, 왕도 주변을 가득

메웠다.

그러나 큰 구멍이 뚫린 도시문에 꽤 가까워졌다.

──이 기세로 언데드들을 가능한 한 없애주지.

『【카일룸 포이닉스 페레아토】.』
천열주작명멸(天焔朱雀鳴滅)

아크의 목소리와 천상에서 쏟아지는 듯한 여성의 목소리가 창화(唱和)하여, 다시 새로운 권능을 발동시켰다.

아마 목소리의 주인은 뒤에 떠 있는 미카엘이리라── 위엄과 신성을 동시에 겸한 엄숙한 목소리와 함께 아크의 몸이 공중에 붕 떴다.

몸이 다시 멋대로 움직이면서 양팔을 활짝 폈다. 하늘을 우러러보고 찬미하는 듯한 자세를 취하자, 뒤에서 화염의 날개가 부풀어 올랐다.

날갯짓과 동시에 화염의 깃털이 공중에 흩날렸다.

그렇게 날갯짓을 하면서 하늘을 우러러보는 자세로 공중을 미끄러지듯이 이동하며 주위 일대에 화염의 깃털을 흩뿌렸다. 그 깃털에 접촉한 모든 것이 순식간에 불타올라 재로 변했고, 화염의 날개가 다시 날갯짓하면서 화염의 깃털과 함께 하늘로 날아 올라갔다.

그 대상은 정말 문자 그대로 모든 것을 재로 바꾸었고, 언데드에게 짓밟힌 밭의 작물도 불타오르면서 조금 전까지 언데드였던 재와 더불어 주변에 내려 쌓였다.

이번 권능은 발동 시간이 길었는지 왕도 주변에 있던 언데드의 절반이 없어졌고, 주위 일대를 완전히 메울 듯한 재의 비로 바뀌었다.

슬슬 이 천기사의 스킬 활동한계 시간도 절반쯤 지났을 터다.

서둘러 나머지 적도 모조리 처리해 두고 싶었지만, 몸과 정신도 한계에 다다랐다.

오히려 아크는 빨리 활동한계까지 이르기를 빌면서 이를 악물었다.

『【루브룸 플람마】.』
홍염집행검 (紅焰執行劍)

겨우 지상에 발을 내린 아크가 발동시킨 권능의 효과로 검을 쑥 내밀자, 거대한 진홍의 화염이 검에 휘감기듯이 나타났다.

언뜻 보면 아리안이 사용하는 정령마법과 비슷했지만, 그 위력은 전혀 차원이 달랐다.

진홍의 화염을 두른 검을 휘두르자, 검에 얽혀 있던 화염이 부풀어 올랐다. 더욱이 채찍처럼 변하여 끝없이 늘어나더니, 저 멀리 있던 언데드들을 휩쓸었다.

더구나 그 위력 탓에, 장대하게 늘어난 채찍 같은 진홍의 화염은 지나는 주변 일대의 지면을 완전히 감아올려서 죄다 날려 버렸다.

검을 살짝 휘두를 때마다 언데드가 눈 깜짝할 사이에 사라졌고, 동시에 주변의 지형도 뒤바뀌는 모습은 그야말로 재앙이었다.

그리고 제어를 못한 진홍의 화염이 방벽 일부를 도려냈고, 그것도 모자라 도시문의 절반을 파괴했다.

그러나 동시에 무리를 지어 있던 언데드도 사라진 것은 다행이라고 할까.

가까스로 권능의 발동이 끝났고, 아크가 한숨을 내뱉었을 때는 왕도 주변의 언데드는 이제 손으로 헤아릴 정도밖에 그 모습을 확인할 수 없었다.

마지막에 조금 실패했지만, 나머지는 잔적을 소탕하기만 하면 될 터다.

도시문을 거쳐 왕도로 침입한 언데드가 얼마나 있을지는 모르지만, 이 권능을 휘둘러 왕도로 들어가면 우선 틀림없이 지도에서 이 도시가 지워진다.

아크는 뒤를 돌아보고 자신이 지나온 흔적에 무심코 한숨이 나왔다.

그리고 간신히 천기사의 스킬 활동한계 시간이 왔는지, 뒤의 천사가 천천히 떠오른 후 공중에 그려진 마법진 안으로 빨려 들어가듯이 모습을 감추었다. 곧이어 그 마법진도 환상이었던 것처럼 흐릿해지면서 사라졌다.

아크는 그대로 무릎을 꿇는 자세로 주저앉아, 갖고 있던 검을 지면에 꽂았다.

"……이건 역시 힘들군. 또 한 번 쓸 마음이 안 들어."

누구에게 들려 주는 것도 아닌 불만을 쏟아낸 아크는 크게 뚫린 왕도 소우리아의 도시문을 올려다보고 커다란 한숨을 내뱉었다.

노잔 왕국의 왕도 소우리아에는 왕국 직하의 기사단이 상주하는데, 주된 역할은 다른 세력으로부터 왕도를 수호하고 국왕이 머무는 왕성을 경비하는 것이다.

그중에서 실제 직접적인 형태로 왕도를 수호하는 게 왕도수비대다.

제2방벽 정상에 설치된 연락호에는 보초를 세우고, 방벽 안팎을 눈으로 감시하며 이따금 현장으로 부대를 데려가서 문제를 해결하는 등의 역할을 맡는다.

그리고 그날이 찾아왔다――.

아직 해도 지평선의 그늘에서 모습을 나타내기 전, 하늘이 약간 어슴푸레한 빛에 둘러싸인 아침 안개가 감도는 이른 아침의 일이었다――. 보초를 서던 수비대 한 명이 방벽 밖에서 그 모습을 발견했다.

그것은 갑옷을 걸친 병사의 무리였다.

잇달아 어둠에서 기어 나오듯이 나타난 그 갑옷 병사는 수를 폭발적으로 늘리며 방벽으로 몰려들었다.

당장 수비대에 긴급연락이 전해졌고, 수비대 대기소에서 각 방벽의 요소에 설치된 망루로 알리는 경종이 격렬하게 울리기에 이르렀다.

당초, 이른 아침의 기습은 사루마 왕국의 공격으로 여겨졌다.

그러나 갑옷 병사 속에 섞여 방벽에 매달린 집단 중 명백히 인간이 아닌 이형의 존재, 괴물이 있었다.

상반신은 확실히 인간이었지만, 나뭇가지가 갈라진 것처럼 두 개의 인간형 몸통이 거대한 거미의 하반신과 이어진 데다 네 개의 팔에는 저마다 무기를 지녔다.

처음에는 방벽에 들러붙은 일부 집단의 갑옷 병사들을 쓰러뜨리고 붙잡기 위해, 2개 분대 정도의 수비대가 방벽 밖으로 내려가서 그 일을 수행하려 했다. 그러나 갑옷 병사를 때려눕힌 후 투구를 벗기자 그 갑옷 병사도 알맹이가 인간이 아니었으며―― 일찍이 인간이었으리라 여겨지는 해골이었다.

그런 수많은 언데드의 존재에 충격을 받은 수비대 분대원들을 더 경악하게 만든 일이 방금 말한 거미와 인간을 합친 이형의 괴물이었다.

이형의 괴물은 순식간에 1개 분대를 괴멸시켰고, 도주한 다른 1개 분대를 반파시켰다.

그들을 쫓아온 이형의 괴물은 방벽 상부에 설치한 적병 격퇴를 위한 기구를 사용하여 수비대의 맹공으로 그럭저럭 격파했다. 그러나 수비대의 동요는 매우 컸다.

당장 왕성을 향해 전령이 달렸지만, 방벽 밖의 언데드의 대군은 절망적인 수까지 불어났다. 왕도 소우리아는 불과 수 시간 내에 주위가 포위되어 농성전을 펼쳐야만 했다.

그로부터 엿새 동안, 왕도 수비대의 대장 남자는 밤낮을 가리지 않고 방벽을 낀 공방의 지시와 대처에 몹시 초췌해졌다.

교대할 인원은 있어도 정보 공유는 필수인 까닭에 여러 번 부하나 다른 대장, 도와주기 위해 달려온 기사단과 협의하여 그때마다 나온 대항책을 실시하게 되었다.

방벽을 돌파하려고 몰려들어 공격을 퍼붓는 언데드 병사들을 위에서 창을 던지거나 돌을 떨어뜨려 격파했다.

그러나 쓰러진 언데드 병사들의 시체를 토대로 다른 언데드 병사들이 방벽을 넘으려는 것을 그냥 둘 수는 없었다. 대량의 기름을 사용하여 뼈의 산을 거대한 화톳불로 바꾸고, 이어지는 언데드 병사들의 침공을 막았다.

그러나 모든 언데드 병사들의 침공을 막기에는 압도적으로 일손이 부족한 데다, 무리를 이룬 언데드 병사들을 발판 삼아 방벽 내로 침공하는 언데드 병사들도 있었다.

수비대 등이 방어에 임했지만, 천천히 부상자를 늘렸고 사망자도 그에 비례하여 많아졌다.

그런 가운데 지원이라는 형태로 수인 종족의 노예 남자들이 수비대에 들어왔을 때는 그 출처와 관계없이 고마웠다.

더구나 그들 수인 종족은 타고난 신체능력이 높아서 혼자 수비대 몇 명분의 일을 하므로 이만큼 반가운 우군은 없었다.

그래도―― 방벽 밖에 넘치는 언데드의 수와 비교하면 그들은 절망적으로 부족해서, 수비대와 왕도 안에서도 답답한 분위기가 떠돌았다.

그리고 이레째――.

제2방벽의 남문, 그곳에 쳐들어온 이형의 괴물은 압도적인 공격력으로 그때까지 방어전을 굳건히 버텨온 성문 일부를 파괴했다. 당장 도시 내에 언데드가 탁류처럼 쏟아져 들어왔다.

이 광경이 노잔 왕국의 최후가 되리라―― 대장인 남자는 그렇게 각오했다.

그러나 그곳에 상식을 뒤덮는 존재가 나타난 것이다.

처음에 그것은 남쪽에서 흙먼지를 일으키며 맹렬하게 언데드의 대군으로 돌진했다.

본 적도 없는 용맹한 마수, 거기에 올라탄 이는 온몸을 가린

백은의 갑주를 입었고, 멀리서 봐도 그 존재감이 전해지는 듯한 검과 방패를 든 기사였다. 그는 눈앞의 언데드의 대군은 대수롭지 않다는 분전을 시작했다.

백은의 기사가 한 번 휘두를 때마다 언데드가 날아가서 산산조각이 났다.

그리고 그 심상치 않은 힘을 가진 이형의 괴물이 백은의 기사 앞을 가로막았지만, 그마저도 갓난아이의 팔을 비트는 것처럼 간단히 쓰러뜨렸다.

그 활약은 방벽 위에서 싸우던 수비대에게 그야말로 영웅이 나타난 순간이었다.

그러나 그 백은의 기사는 영웅 따위의 틀에 만족할 만한 존재가 아니었다——.

아직 압도적인 수를 자랑하는 언데드에게 백은의 기사는 생각지도 못한 공격에 나섰다.

아마 마법으로 여겨지는 거대한 마법진이 백은의 기사를 기점으로 그려졌고, 그곳에서 눈이 멀 듯한 빛의 기둥이 하늘을 향해 뻗었다.

그 후 어느새 백은의 기사 뒤에는 낯선 존재가 있었다.

온몸을 덮은 처음 보는 성스러운 장비, 아름다운 여섯 개의 커다란 날개, 불타오르는 화염 속에 가만히 서 있는 그 모습에 이야기로 들은 존재를 떠올렸다.

신의 사도—— 천사.

신을 향해 고난을 호소하는 사람에게 신의 말과 가호를 가져오는 초현실적인 존재—— 그것이 눈앞에 보이는 백은의 기사 옆에 나타났다.

그리고 백은의 기사는 신의 권능인 기적을 그 몸에 내렸다.

그동안 보여준 백은의 기사 본인의 공격도 상식을 벗어난 영역이었지만, 그것은 정말 신의 권능이 지상에 현현하는 광경이었다.

천사가 힘을 발휘할 때마다 부정한 존재인 언데드가 먼지처럼 사라졌다——. 하늘에서 춤을 추는 모습은 성스러웠고, 신의 기적이 쏟아지면 언데드는 다시 자취를 감추었다.

조금 전까지의 악몽에서 깨어날 듯한 광경이었다.

마지막에는 신의 전사로서의 힘을 유감없이 발휘하여, 방벽 밖에 존재한 모든 언데드는 천사의 검격에 의해 정화되었다.

역시 신의 권능을 현현시킨 만큼 그 심상치 않은 힘으로 방벽 일부와 도시문 절반이 날아갔지만 사소한 문제에 지나지 않는다.

——기적을 눈앞에서 본 것이다.

방벽 상부에서 싸우던 수비대는 그 광경에 망연자실했지만, 이윽고 방벽 내의 소동을 듣고 제정신을 차렸다.

아직 끝나지 않은 것이다——. 남쪽 도시문을 돌파하여 들어온 언데드는 아직 도시에 존재한다.

이 기적을 꿈으로 끝내지 않기 위해서라도 이제부터는 수비대가 의지를 보여주어야 한다.

높아진 사기 아래, 잔적의 소탕을 개시하고자 대장은 마지막 힘을 쥐어 짜내어 부하에게 지시를 내렸다.

승리는 눈앞이다——.

◆ ◇ ◆ ◇ ◆

왕도 소우리아 인근에서 릴 왕녀를 비롯한 왕도 해방을 목적
으로 하는 일행은 눈앞의 광경에 단 한마디도 내뱉지 못하고
그저 눈을 휘둥그레 뜬 채 바라볼 뿐이었다.

눈앞에서 벌어지는 그 광경이란 아크 혼자 만을 넘는 언데드
의 대군을 상대로 유린전을 펼친다는, 눈을 의심하게 할 만한
모습이었다.

아리안은 애당초 거대한 빛의 기둥이 하늘로 솟았을 때 예상
은 하고 있었다.

여태까지 아크가 구사해온 '소환' 이라는 강대한 존재를 불
러내어, 그 힘을 빌린다는 기술과 비슷한 감촉을 피부로 느꼈
기 때문이다.

신성 레브란 제국의 라이브니차에서 히드라와 싸웠을 때 보
여준 【이프리트】나 드래곤 로드와 대치했을 때 불러낸 【세테
카】와도 닮았다.

대량의 정령력이 흘러넘치는 것은 아리안에게도 익숙한 감각
이다.

아크가 사용하는 '소환마법' 이라는 기술은 엘프족이 쓰는
정령마법과 비슷한 부분이 있다.

바로 힘이 있는 존재에게 힘을 휘둘러 달라는 점인데, 정령
마법도 단순히 말하자면 정령에게 부탁을 들어주기를 바라는

기술이다.

그러나 아크가 불러낸 존재는 주변의 정령과는 비교가 되지 않을 듯한 것뿐이다.

고밀도로 압축된 정령의 힘의 덩어리. 그것은 이따금 '정령왕'이나 '정령신' 등으로 불리지만, 직접 보았다는 자가 드물어서 대부분 옛날이야기의 영역에 머문다.

그러나 지금 눈앞에서 아크가 내린 존재는 그동안의 어떤 존재보다도 강력하고 농밀한 정령의 힘을 응축했다.

그 존재 주위의 공간이 압축된 정령의 힘으로 일그러져 보일 정도다.

진황색 갑옷으로 몸을 감싸고, 여섯 개의 날개와 불타오르는 홍련의 머리── 그 존재는 아리안도 옛날에 어떤 책에서 읽은 기억이 있는 특징을 지녔다.

수많은 정령신 중의 한 항목에 그녀와 비슷한 존재의 기록이 있었다.

정령신이 가져오는 본래 힘은 다른 정령과는 비교도 되지 않는다. 그 힘은 분명히 말해 평범한 존재가 다루기에는 너무 벅차다.

강대하고 농밀한 정령의 힘을 지닌 존재를 자신에게 강림시켜 제어하는 기술일 테지만, 그게 얼마나 육체와 정신에 부담을 줄지── 아리안도 상상할 수 없었다.

그러나 아크는 제대로 정령신의 힘을 제어하는 듯했다.

본래 정령신이 가진 저 농밀한 힘을 생각하면, 아크가 지금 쓰는 압도적인 기술도 딱히 대단한 위력은 아니라는 것은 알 수 있다.

저 존재가 가진 본래의 힘을 해방하면, 이 주변 일대——— 왕도를 포함한 모든 것을 문자 그대로 순식간에 소멸시킬 정도이니까 말이다.

옆에서 그 광경을 지켜보는 치요메도 멀리서 보이는 그 존재를 피부로 느끼는지, 폰타를 안은 어깨가 조금 떨리는 듯했다.

아마 치요메의 안에 있는 정령의 힘이 민감하게 반응하는 것이리라.

정령수인 폰타는 온몸의 털이 곤두서서 초록색 솜털처럼 되었다.

아리안은 다시 그 시선을 왕도——— 언데드를 없애는 아크에게 옮겼다.

아크는 인간족에게 엘프 종족의 존재감을 알려 주려고 일부러 힘을 내보이겠다고 했지만, 이토록 강대한 힘을 보여주면 인간족이 오히려 엘프 종족에게 경계심을 높이는 결과를 낳지 않을까——— 아리안은 그 점이 걱정이었다.

"아리안 경, 아리안 경은 아크 경보다 실력이 뛰어나다고 들었는데…… 정말인가?"

줄곧 마른침을 삼키고 지켜보던 노잔 왕국의 릴 제1왕녀가 주뼛주뼛하는 표정으로 아리안의 얼굴을 살폈다.

그 표정에는 공포라기보다도 굳이 말하자면 경외의 감정이 들어 있었다.

아리안은 잠시 그 질문에 어떻게 대답해야 좋을지 망설여서 입을 다물었지만, 이윽고 머리를 흔들며 입가에 미소를 띠었다.

"내가 아크보다 검을 잘 다룬다는 얘기예요. 아크는 엘프족 중에서도 특별한 거죠……."

아리안은 릴 왕녀처럼 인간족의 국가를 운영하는 입장의 인물에게 잘못해서 저 모습이 엘프 종족의 기본이라는 오해를 사도 곤란하다고 판단한 것이다.

인간족에게 멸시를 당하는 부아가 치미는 현실을 뒤엎는 힘을 증명하는 것은 하나의 대책일 테지만, 그렇다고 해서 인간족 전체에게 엘프 종족이 공포의 대상이 되어도 문제다.

아리안은 인간족의 대물림이 엘프 종족보다 빠르고, 경험한 교훈과 이념도 대를 거듭하는 동안 금세 안개처럼 사라진다는 이야기를 아버지에게서 들은 적이 있었다.

실제로 로덴 왕국은 불과 600년 전에 엘프족이 사는 캐나다 대삼림을 침공하여, 스스로를 망국 직전까지 몰아넣은 강대한 힘을 지닌 드래곤 로드의 공포와 엘프족 전사의 강인함을 잊었다. 그래서 다시 엘프 종족을 사로잡아 애완 노예로 삼는 것이다.

그 때문에 아크를 향한 한때의 경외도 시간이 흐를수록 잊힐지도 모른다고 생각하면, 왠지 안도하는 마음과 동시에 복잡한 기분이 들었다.

일단 언데드의 상대를 아크에게 맡긴 시점에서 왕도의 해방은 시간문제였다――.

남은 일은 이 싸움이 끝난 후의 교섭이다. 어떻게 이야기를 매듭지어야 할까.

아리안은 앞으로 마무리해야 할 일을 떠올리자, 힘없는 한숨이 새어 나왔다.

종장

사루마 왕국 동부 변경 브라니에령.

그 땅을 다스리는 영주의 거성이기도 한 저택의 집무실——
그 방의 안쪽에 놓인 커다란 집무 책상에 노년의 남자 한 명이
앉아 있었다.

약간 벗겨진 하얀 머리와 날카로운 눈빛, 코 밑에 기른 수염,
우람하고 큰 몸을 만듦새가 좋은 의자에 푹 파묻고 서류를 훑어
보는 중이었다.

벤드리 드 브라니에 변경백.

사루마 왕국 내에서도 손꼽히는 대귀족이지만, 중앙의 귀족
들이 꺼리는 인물이다. 브라니에 변경백 자신도 그런 번거로운
관계를 싫어해서 좀처럼 왕도에 얼굴을 내미는 일이 없다.

온갖 경험을 겪은 군인이라는 풍모를 가진 브라니에 변경백
의 영지에서는 일상적으로 일어나는 사소한 분쟁이나 마수 토
벌 등을 해결하기 위해 강인한 상설 영주군을 보유한다.

그런 영주군이 정기적으로 영지 내를 순찰하는 브라니에령은
다른 영지와 비교해도 그럭저럭 풍요롭고 안전한 토지다. 덕분
에 세금을 먹는 상설 영주군의 재원 유지로도 이어지는 선순환
을 낳았다.

그러나 발생한 문제를 재빨리 해결하지 못하고 피해를 늘려서 영지 내의 수익이 떨어지면, 당장 재원의 폭을 많이 차지하는 영주군을 유지할 수 없어진다는 것을 의미한다.

그 때문에 브라니에 변경백은 그런 모든 문제가 영내에 없는지를 자신에게 올라오는 보고를 읽고 파악하여 빠른 해결의 실마리를 붙잡아야 한다.

그리고 얼마 전에 우려할 만한 안건이 날아들었는데, 그 성과인 보고를 기다리는 상황이었다. 그러나 브라니에 변경백에게는 '기다린다'라는 행위는 좀처럼 익숙해지지 않는 괴로운 시간이기도 했다.

그런 브라니에 변경백에게 늘 그의 보좌를 하는 젊은 여성이 입실허가를 구하고 들어왔다.

브라니에 변경백은 자신의 앞에서 가볍게 인사를 하는 젊은 여성에게 쓸데없는 짓이라는 듯이 손을 내저으며 먼저 입을 열었다.

"그래서 행방이 묘연한 요인은 찾았나?"

브라니에 변경백의 갑작스러운 질문에도 젊은 여성은 동요하지 않고 고개를 끄덕여 보였다.

"네, 추측이기는 해도. 하지만 그보다 오늘은 이전에 말씀드린 이형체의 보고를 하겠습니다. 지난번에 탐색을 위해 내보낸 여섯 소대 중 2번 소대 피해 심각, 1번, 3번 소대 피해 경미, 5번 소대 피해 반파. 그리고 이게 희생자 명단입니다."

"뭐라고!?"

담담히 보고하는 여성에게 얼굴을 붉힌 브라니에 변경백은 그녀가 내민 명단을 낚아채서 거기에 적힌 이름을 눈으로 훑었다.

"피해를 받은 소대의 보고에 따르면, 이형체는 전부 네 마리. 발견한 이형체는 전부 격파한 듯싶지만, 사전 정보 없이 조우전을 벌이고 이런 피해를 본 것 같습니다."

"네 마리!? 그런 정체 모를 괴물이 우리 영내에 네 마리나 있다는 건가!?"

젊은 여성의 보고에 무심코 명단에서 고개를 든 브라니에 변경백은 눈썹을 치켜들었다.

브라니에 변경백의 박력 있는 얼굴이 점점 험악해졌지만, 마주 보는 젊은 여성은 익숙한지 조용히 고개를 끄덕이고 나서 다시 수중의 서류에 시선을 떨어뜨렸다.

"그와 관련된 얘기입니다만, 5번 소대가 두 마리의 이형체와 접촉했을 때 그 자리에 소속불명의 무장집단이 나타난 모양입니다. 무장 규모와 개요는 여기에……."

젊은 여성은 수중의 서류를 한 장 뽑아 브라니에 변경백에게 건넸다.

브라니에 변경백은 서류를 다시 낚아채듯이 받더니, 험악한 얼굴로 서류를 노려보았다.

"기마만 백여 기 정도—— 덧붙여서 수수께끼의 마수를 탄 기사와 여자 두 명……?"

서류에 적힌 보고 내용에 브라니에 변경백은 고개를 갸웃거리며 다시 같은 부분을 훑어보았다.

"이 수수께끼의 기사와 여자 두 명이 5번 소대에 가세했다는 건가…… 기마대의 참전은 보고에 적혀 있지 않군."

혼자 중얼거리듯이 신음하는 브라니에 변경백에게 젊은 여성이 맞장구를 쳤다.

"그런 것 같습니다. 5번 소대가 반파의 피해로 그친 게 수수께끼의 기사 덕분이라면, 그 기사는 소대를 반파시키는 적에게 홀로 맞서서 승리한 셈이 되겠지요."

이어서 나온 젊은 여성의 추측에 브라니에 변경백도 같은 생각이었는지 그저 말없이 조용히 고개를 끄덕일 뿐이었다.

"사라진 방향은 똑바로 북쪽이라……. 그 무리는 아마 디모 백작 소속의 기마대일 거다. 수수께끼의 기사는 용병인지 뭔지는 모르겠다만……."

브라니에 변경백은 집무실의 벽에 걸린 영내의 지도 앞으로 발걸음을 옮기더니, 그 지도를 노려보면서 자신의 콧수염을 손으로 만지작거렸다.

"처음에 놓친 무장집단을 발견한 곳은 여기, 그리고 최초의 보고 이후 인원이 늘어난 규모로 다시 목격된 장소가…… 이 주변이겠지. 그렇다면——."

지도를 노려보면서 중얼중얼 혼잣말을 늘어놓는 브라니에 변경백의 뒤에서 젊은 여성도 지도를 올려다보았다.

그리고 대충 생각이 정리되었는지, 브라니에 변경백은 뒤를 돌아보고 젊은 여성에게 시선을 던졌다.

"짐작이지만 아마 노잔 왕국에서 무슨 일이 생겼다…… 뭔지는 몰라도 뭔가 벌어졌다. 그리고 놈들은 처음에는 이형체에게 쫓겼지만, 디모 백작령에서 아군을 얻고 노잔 왕국으로 돌아갔겠지. 그때 마주친 소대를 내버려 두지 않고 도와주었다는 건⋯⋯."

브라니에 변경백은 일단 말을 끊고 턱을 쓰다듬었다.

"흐음, 노잔 왕국의 왕도로 사절을 보내라! 호위 인원은 상대를 자극하지 않는 수, 또한 속도를 중시한다! 그리고 왕도 라리사 방면에도 첩자를 넣어라."

잇달아 내린 방침에 젊은 여성은 익숙한 손놀림으로 지시 내용을 적었다.

"무척 불길한 예감이 든다⋯⋯ 가능한 한 서둘러라!"

브라니에 변경백의 말에 젊은 여성은 재빨리 가벼운 인사를 하더니 바로 집무실을 나갔다.

브라니에 변경백은 문이 닫히는 소리를 등 너머로 들으면서, 자신의 집무 책상 위—— 그곳에 쌓인 서류 더미를 뒤집고 훑다가 마음 한구석에 걸렸던 서류 한 장을 뽑아냈다.

거기에 적힌 보고서의 내용—— 휠스강을 넘어 루앙숲으로 들어간 수수께끼의 마수에 관한 기록. 해 질 녘에 멀리서 본 목격담일 뿐이므로 정보는 불확실한 내용밖에 없었지만, 네 개의 팔을 가진 마수라는 기록이 있었다.

"최초의 메모에서 왜 떠올리지 못한 거냐, 빌어먹을! 중앙의 얼간이들이 꾸밀 만한 사건이 아니야⋯⋯ 왕도 방면은 어떻게 돌아가는 거냐."

못마땅한 듯이 오만상을 찌푸린 브라니에 변경백은 그 보고서를 움켜쥐더니, 집무실에 걸린 지도를 향해 분노를 터뜨리는 것처럼 힘껏 내던졌다.

◆ ◇ ◆ ◇ ◆

　북대륙 남서부, 네 개의 나라로 나뉜 그 땅에 모든 나라와 국경을 접하는 나라는 두 곳이다.

　하나는 노잔 왕국, 그리고 나머지 하나는 힐크 교국.

　레브란 대제국과의 또 다른 경계선인 루티오스 산맥에는 미스릴 광상(鑛床)을 가진 알사스산이라고 불리는 곳이 있는데, 북대륙에 세워진 인간족의 국가에 크고 많은 영향을 주는 힐크교—— 바로 그 힐크교의 중심지가 있는 곳이다.

　산 중턱에는 사람의 손으로 광대한 광장이 만들어졌고, 그 주위를 거대한 복도 같은 건물이 둘러싸는 형태로 지어졌다. 그리고 그 광장 정면에 거대하고 장엄한 하얀 성당이 우뚝 솟아 있었다.

　그것이 알사스 중앙 대성당이다.

　힐크교의 모든 것을 쥔 교황 타나토스 실비웨스 힐크가 지내는 장소이기도 했다.

　거울처럼 잘 닦인 하얀 돌바닥, 올려다봐야 할 만큼 높은 천장, 그리고 그 천장에는 정교하면서 치밀하게 채색한 종교화를 빈틈없이 그려 넣은 까닭에 건물 전체가 미술품 같이 여겨졌다.

　그런 호화찬란한 대성당의 내부—— 신자도 여간해서는 발을 들일 수 없는 대성당 가장 깊숙한 곳의 작은 방은 교황에 버금가는 권력을 가진 추기경들조차 좀처럼 들어가는 일이 드물다.

　실내 장식 자체는 의장에 공을 들여 꾸몄지만, 대성당처럼 화려하지는 않았다. 어딘가 차분하고 고급스러운 여관을 떠올리게 하는 분위기였다.

방문 양옆에는 갑옷을 걸친 두 명의 병사가 장식물 같이 꼼짝도 하지 않은 채 서 있었다. 그것만이 눈길을 끌 뿐 그밖에는 매우 평범한 실내다.

그런 차분한 분위기의 실내에는 한 명의 남자가 느긋하게 의자에 앉아 있었다. 남자는 눈앞의 커다란 책상에 쌓인 보고서 묶음을 훑어보는 중이었다.

이 실내에서 가장 눈길을 끄는 이는 바로 의자에 앉은 인물이다.

유달리 호화로운 법의를 입었고, 머리에는 힐크교의 성인(聖印)을 새긴 커다란 모자를 썼다.

그러나 그 아래에 있는 교황의 얼굴은 안면 전체를 덮은 면포에 가려서 민낯을 볼 수 없었다. 교황 타나토스 실비웨스 힐크.

호화로운 법의의 소매에서 엿보이는 하얀 손—— 견직물의 매끄러운 감촉이 느껴지는 장갑을 낀 손이 책상에 쌓인 서류 한 장을 뽑아 들었다. 타나토스 교황은 면포 너머로 보고서의 내용을 훑어내렸다.

보고서에는 추기경 한 명이 사령군을 이끌고 공격한 델프렌트 왕국의 왕도에서 벌인 공방이 기록되어 있었다. 타나토스 교황은 재미있다는 듯이 보고서를 몇 번이나 고개를 끄덕이며 읽었다.

"과연. 델프렌트 왕국의 왕도는 함락되었나……. 하지만 공성전에서 사령병사와 사령기사의 편제만으로는 여러모로 공격 측에게 불리한가……. 사령기사가 있으면 대부분의 일은 매듭

이 지어지리라 생각했는데, 의외로 잘되지 않는 법이군. 크하
하하.”

타나토스 교황은 어깨를 떨면서 차갑게 웃었다.

조용한 방 안에는 타나토스 교황의 웃음소리만 울렸다. 그러
나 곧이어 웃음이 그친 실내에는 적막이 돌아왔다.

“……그나저나 현재로써는 어쩔 수 없겠군. 하다못해 제국
을 공격할 때는 뭔가 새로운 ‘것’을 준비해야 할까. 흐음, 그럼
제국 서쪽에 숨겨놓은 건 좀 더 재워둬야 하나.”

혼잣말하듯이 중얼거리는 타나토스 교황은 살짝 고개를 갸웃
거리고 면포 속에 가려진 턱을 쓰다듬었다.

“두꺼운 벽을 무너뜨리는 중량급 사령병이라. 아니면 성문을
날리는 폭발계의 사령병. 아냐, 폭발계는 만들 재료가 없었지.
그렇다면 벽을 오르는 형태가 좋을지도 모르겠군.”

타나토스 교황은 뭔가 구상을 짜듯이 혼자 지껄이고 납득하
며 고개를 끄덕이더니, 이따금 자신의 건망증에 머리를 흔들고
웃고── 그런 행동을 계속 되풀이했다.

그리고 문득 기존 보고서와는 두께가 다른 서류 묶음에 시선
을 고정하고 주워들었다.

아무 생각 없이 보고서를 훌훌 넘기던 타나토스 교황은 어떤
기록을 발견하고 손을 멈췄다.

면포 속에서 타나토스 교황이 미소를 띠는 기척이 새어나왔다.

“그러고 보니, 차로스 추기경을 쓰러뜨린 백은의 기사가 남
쪽 대륙에 있다고 했던가……. 재밌을 듯하니, 다시 한번 남쪽
대륙에 누군가를 보내서 거점을 만들까……. 아니지, 바다를

끼고 있으면 조바심을 낼 것도 없지. 일단 가까운 곳부터다. 크하하하."

말을 마친 타나토스 교황은 의자에서 일어났다. 그리고 옆에 기대어 세워 놓은 교황의 위엄을 나타내는 아름답게 꾸민 성장(聖杖)을 아무렇게나 쥐더니, 우쭐해진 발걸음으로 방을 나갔다.

닫힌 문 너머에서 다시 뭔가를 떠올렸다는 듯이 웃는 교황의 목소리—— 그 소리만이 방 안에 울렸다.

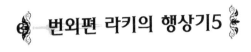

번외편 라키의 행상기5

로덴 왕국 서부 최대의 항구 도시 랜드발트.

부르고만(灣)으로 들어가는 해협에 위치하며, 맞은편 기슭에 있는 노잔 왕국과의 교역으로 번성하는 해운 상업 도시이기도 하다. 그 교역품은 육로를 통해 로덴 왕국의 왕도 올라브에도 들여놓는다.

해안에 펼쳐지듯이 발전한 랜드발트는 도시 전체가 바다와 연결된 커다란 이중 수로에 둘러싸였다. 폭이 넓은 그 수로는 보통은 짐을 옮기는 데에 쓰이는지, 몇 개의 작은 배가 짐을 싣고 수로를 오가는 모습도 보인다.

도시 주위에는 방벽도 쌓았지만, 높이는 5m 정도여서 다른 도시의 방벽과 비교하면 별로 높지는 않았다.

해안을 따라 만들어진 커다란 항구의 여러 부두에는 크고 작은 다양한 배가 정박해 있었다. 그런 배 위에서는 선원들이 열심히 짐을 올리고 내리는 작업을 하는 중이었다.

하역하는 짐이 비좁게 늘어선 항구. 그런 항구를 나와 오래전부터 즐비한 구시가지를 넘고 커다란 제1 수로를 지나면, 가도 폭이 좁아지며 건물 밀도가 늘어나는 신시가지가 나온다.

지나다니는 사람도 많고, 활기에 넘친 신가지의 남쪽 구획에는 커다란 시장이 있다.

영민의 일상생활에 필요한 수많은 물품이 가득한 그 장소로부터 가까운 곳에는 온갖 상품을 다루는 상회가 줄지어 늘어선 대로가 있었다.

그런 대로의 한구석에 최근 갓 들어온 작은 상회가 자리를 잡았다.

그 가게의 이름은 라키 상회.

정면 공간이 넓은 양옆의 큰 가게를 비집고 들어오듯이 가게를 차린 그곳은 장사하는 이들 사이에서는 최근에 이름이 조금 알려지기도 했다.

가게 이름으로도 되어 있는 점주 라키는 바로 얼마 전까지 직접 말을 끌고 각지를 돌아다니며 장사를 하는 행상인 출신의 상인이다. 갈색 곱슬머리의 깔끔한 옷차림을 한 20대 정도의 청년은 얼굴에 떠오르는 미소만 보아도 사람 좋은 인상을 풍긴다.

다른 사람을 앞지르고 어떤 수를 써서라도 출세하려 하는, 그야말로 눈 감으면 코 베이는 세상을 북적거리며 떠돌아다니는 자들이 상인이다. 그런 점을 생각하면 청년의 사람 됨됨이는 상인에는 어울리지 않는 것처럼 보였다.

그러나 그런 청년이 시작한 상회가 어째서 근처 상인들에게 화제를 불러일으켰나 하면, 주된 이유는 그가 다루는 물품 때문이었다.

상회를 차리는 상인에게 자신이 다루는 물품은 지금까지 쌓아 올린 인맥과 그에 따르는 연줄을 살려 가져오는 게 대부분이다.

따라서 상인이 다루는 상품을 보면 어떤 인맥과 연줄을 가졌는지 대충 짐작이 간다. 상품뿐만 아니라 상인 맞은편에 앉은 자와 연줄을 맺으려고 일부러 거래 이야기를 나누는 일도 있을 정도다.

그리고 화제의 라키 상회가 다루는 최고의 상품은 마수의 소재였다.

라키가 상회를 차리는 계기를 만들어준 그랜드 드래곤의 소재—— 진귀한 소재 자체도 물론이지만, 가장 주목받은 점은 그가 팔려고 내놓은 소재의 양이었다.

애당초 그랜드 드래곤이란 10m 이상의 몸길이, 딱딱한 겉가죽, 바위 모양의 등딱지로 덮인 거대한 개구리 같은 모습을 띤 마수다.

비록 겉모습이 그렇기는 해도 이름 그대로 어엿한 용족이어서, 마수 중에서는 의심할 여지도 없이 상위에 위치하는 존재다.

서식지는 인간의 마을로부터 멀었고, 목격할 만한 가까운 장소는 대부분 로덴 왕국 북동부에 우뚝 솟은 화룡산맥이나 풍룡산맥 기슭이었다. 둘 다 사람이 다니는 길이 뚫리지 않은 무척 외진 장소다.

그런 그랜드 드래곤의 서식지까지 가는 데에도 많은 마수가 날뛰는 땅을 넘어야 해서 쉽게 이르지 못한다.

설령 그런 지역을 지나서 그랜드 드래곤의 서식지에 도달하여 토벌할 수 있었다고 해도, 그 거체에서 나오는 소재를 갖고 돌아올 수단과 노력을 생각하면 난이도는 더욱 늘어난다.

이상의 이유만으로도 그랜드 드래곤의 소재는 귀중하다는 사실을 어렵지 않게 상상할 수 있다.

그런 그랜드 드래곤의 소재를 행상인이었던 라키가 대량으로 다른 상회에 가져온 것이다.

화제가 되지 않을 리 없다.

그랜드 드래곤의 소재 중에서도 유명한 것이라면, 그 거체를 덮는 바위 모양의 등딱지가 대표적이다. 부위에 따라서 모양이 다양한 소재들은 조각의 소재로서는 일급품인 물건이다.

돌기둥 모양의 소재는 특히 비싼 값이 붙는 일품이다. 옮기는 데에도 고생하는 그 거대한 소재는 왕후 귀족의 조각상을 새겨 궁전이나 저택에 장식된다.

그리고 딱딱하면서도 부드러운 탄력을 가진 가죽을 이용하여 만든 가죽 갑옷은 어설픈 금속 갑옷보다 튼튼해서 기사와 귀족으로부터도 문의가 많은 물품이다.

그런 상급 소재를 짐 마차에 가득 채우고 팔러 온 라키는 판매 대금을 바탕으로 대량의 곡물을 사들여서 그 당시는 이래저래 화제에 올랐다.

일확천금의 기적이 일어나 한때의 매상이 뛰어오르는 일은 장사를 하면서 비교적 자주 듣는 이야기다. 라키의 경우도 당초에는 대다수 상회에서 그런 경우라고 인식했다.

그러나 상회를 차린 라키는 그 후로도 정기적으로 보기 드문 마수나 본 적도 없는 마수의 소재를 들여와서 시장에 팔려고 내놓았다.

어느새 라키 상회는 랜드발트 중에서도 손에 꼽는 마수 소재의 도매상이라는 인식을 얻었고, 이따금 진귀한 물건이 들어오지 않았는지 발걸음을 옮기는 자도 나타났다.

그처럼 이제 알 만한 사람은 다 아는 라키 상회 점포의 2층, 질이 좋은 장식품이 놓이고 점포 내에서 조금 넓게 차지하는 응접실에 한 명의 손님이 찾아왔다.

깔끔한 옷차림에 하얀 머리와 하얀 수염을 기른 50대 정도의 남자.

키는 별로 크지 않았지만 단단한 몸매를 지녔고, 그 모습에서 나이에 비해 별로 쇠약하지 않다는 인상을 풍겼다.

"어떤가? 자네 가게의 장사도 슬슬 궤도에 오른 느낌인가?"

가벼운 어조로 인사말을 건네는 그 남자—— 독토르는 이곳 랜드발트 신시가지의 곡물을 다루는 상회 중에서도 제법 대상회인 독토르 상회의 상회장이다.

그런 대상회의 상회장인 남자의 질문을 듣고, 맞은편에 앉아 있던 청년—— 이 방의 주인이기도 하는 라키가 난감하다는 미소를 짓고 머리를 긁적였다.

"설마요. 지금까지 별로 다루지 않았던 상품을 팔아치우는 데에 너무 고생했어요……. 독토르 씨가 여러모로 소개해 주셔서 도움을 많이 받았습니다. 감사합니다."

라키는 예의 바르게 머리를 숙였다.

그러나 독토르는 그런 라키를 보고 쾌활한 미소를 띠고 손을 휘휘 내저었다.

"핫, 바보 같은 소리 말게. 전에도 말했잖나? 자네와 사이좋게 지내두면 내게도 이득이 있을 거라고 생각해서 그러는 걸세. 그런 때는 잘 부탁할 테니, 착실히 장사해 줘야지."

독토르는 입가에 빙그레 미소를 지었지만, 그 웃음은 불쾌감을 느끼게 하지 않았다.

그런 독토르를 보고 라키가 그와 이웃이 된 사실을 정말 진심으로 기뻐하자, 독토르는 미소를 띤 채 이야기를 이었다.

"그래서 자네 가게에 물품을 팔러 오는 기사님과는 어떤가?"

독토르의 질문에 라키는 무심코 쓴웃음을 지었다.

"아, 역시 눈치채셨습니까?"

라키는 눈앞의 테이블에 놓인 포트를 손에 들고 컵 두 개에 차를 따르더니, 하나를 독토르의 앞에 내밀었다.

"핫, 나와 자네는 이웃이잖나? 눈치채지 못하면 상인이 아니지. 게다가 그런 눈에 띄는 기사님의 동향이 소문이 되지 않는 게 이상한 거 아닌가?"

차를 따른 컵을 받은 독토르는 그렇게 말하고 웃으며 차를 식히기 위해 입김을 후후 불더니 혀끝을 적시듯이 차에 입을 댔다.

"뭐, 그렇죠. 아크 님은 무엇 때문인지 다른 상회에는 아예 가지 않고, 지금도 이따금 저희 가게에 와서 이런저런 얘기를 해 주십니다. 아크 님과는 이전에 디엔트에서 인연이 닿았는데, 그 후에 우연히 이곳 랜드발트에서 뵙고 말을 걸었을 뿐이지만요. 솔직히 어째서 이렇게 잘해 주시는지 이상해서, 사실 납득이 가지 않는다고── 할까요……."

라키는 일단 어깨의 힘을 빼고 한숨을 내뱉더니 컵에 입을 댔다.

그런 라키의 이야기에 귀를 기울이던 독토르는 몇 번이나 납득한 듯이 고개를 끄덕였다.

"그건 뭐, 나도 그 기사님의 마음이 왠지 모르게 알 것 같은 기분이 드는군……."

"에? 그렇습니까?"

동의를 얻으리라 생각했던 라키는 독토르의 그 대답에 무심코 고개를 갸웃거리며 되물었다.

"왠지 모르게 말일세. 게다가 전에도 말했잖나? 딱히 그 기사님은 선의만으로 자네를 잘 돌봐주는 게 아니라고. 그쪽도 생각이 있어서 그러는 거니까, 고마운 은혜는 느끼면서도 마음껏 장사하면 되네."

껄껄 웃은 독토르는 들고 있던 컵에 담긴 차의 향기를 맡더니, 다시 할짝할짝 입을 대며 혀끝을 적셨다.

"……그나저나 이 차의 향기, 고약한 냄새가 나지 않는 향이군."

컵에 담긴 차의 향기를 맡으면서 고개를 갸웃거리는 독토르는 그 대답을 얻으려는 듯이 맞은편에 앉은 라키에게 시선을 보냈다.

그 시선을 알아차린 라키는 미소를 띠고 차가 들어간 컵을 들어 보였다.

"아아, 실은 이 차도 아크 님에게 받은 것입니다. 좋은 향기죠, 이거."

느긋한 얼굴로 차에 입을 대는 라키에게 독토르는 조금 어이없다는 표정을 지었다. 그러나 금세 진지한 얼굴로 돌아와서 좌우로 시선을 던지더니, 앞으로 살짝 구부리며 몸을 내밀었다.

"그런데 여기서만 하는 말인데, 그 기사님이 엘프족이라는 소문은 정말인가?"

목소리를 낮추고 갑자기 던지는 질문에 라키는 무심코 마시고 있던 차로 목이 메어 컵을 내려놓았다.

"콜록, 아니…… 그건."

라키가 시선을 좌우로 흔들고 독토르의 질문에 어떻게 대답할지를 고민하자, 이상하게 눈앞에서 독토르가 웃음소리를 냈다.

"하하핫. 아니, 미안하네. 지금 얘기는 잊어주게."

라키의 모습에 여러 가지를 알아차렸는지 눈을 가늘게 뜬 독토르는 머리를 흔들며 컵의 차를 꿀꺽 단숨에 마시고 나서 자리를 일어났다.

"너무 죽쳐서 미안하네, 슬슬 돌아가지. 또 보리가 필요하면 말을 걸어주게나."

"아, 네! 또 말씀드리겠습니다."

입가에 미소를 띤 독토르는 라키의 대답을 기다리지 않고 등 너머로 손을 흔들며 계단을 내려갔다.

그런 독토르의 뒷모습을 바라보면서 라키는 조금 전 자신의 동요한 모습을 떠올리고 무심코 눈앞의 테이블에 푹 엎드렸다.

이 도시에서 아크 일행의 일은 나름대로 유명한 듯해서 여러 가지 소문이 도는 것은 라키도 알았지만, 사실을 알고 있는 자신이 그 이야기를 인정하면 안 된다고 생각했다.

그러나 라키는 갑자기 독토르가 허를 찌르듯이 던진 질문에 무심코 동요했다.

그런 태도여서는 말을 하지 않아도 말한 것이나 마찬가지다.

자신의 칠칠치 못한 모습에 풀이 죽어 있자, 아래층에서 계단을 올라오는 발소리가 귀에 들어왔다.

　"라키~ 손님 오셨어."

　문득 그 목소리에 시선을 들자, 라키의 시선 앞에 낯익은 여성의 모습이 눈에 들어왔다.

　뒤로 묶은 세미롱의 밤색 머리, 조금 깔끔한 남자 같은 복장, 자기주장이 약간 빈약한 가슴. 그녀의 그런 모습은 어딘가 중성적으로도 보였다.

　소꿉친구이기도 한 레아는 마법사 용병으로서 이 도시에는 다소 이름이 알려진 존재다. 일찍이 라키가 행상을 돌아다녔을 때 호위로서 힘을 빌려 주었고, 지금도 상회의 경호원 겸 접수 등을 맡아 주고 있었다.

　레아가 테이블에 푹 엎드려 얼굴만 든 라키를 보고 이상하다는 듯이 고개를 갸웃거렸다.

　"뭐하고 있어?"

　레아의 당연한 질문에 라키는 힘없이 머리를 흔들고 대답하는 데에 그쳤다.

　"그보다 손님이야! 아크 님!"

　"엣!?"

　레아의 말에 놀란 라키는 푹 엎드려 있던 테이블에서 벌떡 일어나더니, 허둥지둥 계단을 탁탁 뛰어 내려갔다.

　라키가 1층으로 내려오자 그곳에는 두 필의 말이 끄는 대형 짐마차 한 대가 멈춰 있었다.

　이 상회의 점포의 정면 공간은 양옆에 있는 큰 가게의 점포에 비해 비좁지만, 짐의 반입 및 반출 등을 위해 평범하게 마차도 드나들 수 있게 되어서 내부 길이가 꽤 있다.

짐마차의 짐칸에는 짐이 실려 있을 테지만, 범포로 단단히 묶여서 내용물을 알 수는 없었다.

그런 짐마차의 마부석에서 한 명의 인물이 내려섰다.

휘황찬란한 의장이 새겨진 백색과 청색을 바탕으로 한 백은의 갑옷── 그런 갑옷이 온몸을 감쌌고, 그가 움직일 때마다 칠흑의 망토 자락이 펄럭였다.

왕국 최고의 기사인 근위기사라도 그가 걸친 갑옷에는 미치지 못하리라── 그런 생각이 들 정도로 아름다운 그 갑옷의 주인은 계단을 내려온 라키의 모습을 확인하더니 가볍게 손을 들어 인사를 했다.

"미안하군, 라키 님. 바쁠 텐데 일부러 찾아와서."

불쾌감을 주지 않고 말한 갑옷 기사는 아래층으로 내려온 라키에게 성큼성큼 다가가서 악수를 청했다.

"아뇨, 그렇지 않습니다! 저야말로 기다리시게 해서 죄송합니다, 아크 님."

라키는 아크의 손을 잡고 허둥지둥 머리를 숙였다.

"큥!"

고개를 든 라키의 눈앞에 보이는 아크의 목덜미에 감겨 있던 녹색 털 뭉치가 작은 몸을 일으키더니, 경계하듯이 짖고 아크의 어깨에 뛰어올랐다.

그 모습을 본 라키는 쥐고 있던 손을 허겁지겁 끌어당겼다.

"미안하군. 폰타는 아무래도 사람을 잘 따르지 않는 듯해서."

라키와 폰타의 모습을 보던 아크는 투구 속에서 살짝 웃음을 흘렸다.

그 말에 라키는 고개를 가로젓고, 다시 아크에게 오늘의 용건을 물었다.

"아뇨, 그런데 오늘은 어떤 일이신가요? 또 마수 소재를 거래하시려는 겁니까?"

라키의 물음에 아크는 점포 내를 한 번 둘러본 후 턱을 쓰다듬고 나서 고개를 끄덕였다.

"그것도 있지만…… 오늘은 먼저 라키 님에게 묻고 싶은 게 있어서 말이오……."

아크가 일단 말을 끊자, 라키는 고개를 갸웃거렸다.

"라키 님은 배를 가져볼 생각은 없나?"

"……네? 배 말인가요?"

아크가 갑자기 던진 질문에 라키는 어떤 의도로 묻는지 몰라서 고개를 갸웃거리며 되물었다.

그런 라키의 의아함을 아는지 모르는지, 아크는 의젓하게 고개를 끄덕였다.

"뭐, 배가 있으면 편리하겠구나, 생각은 하지만."

라키는 랜드발트를 두른 크고 작은 여러 수로를 오가는 배를 떠올리고, 아크의 질문에 긍정하듯이 고개를 끄덕였다.

"그런가, 있으면 편리한가. 아니 실은, 인간족의 해적을 격퇴했을 때 해적이 배를 놓고 도망가서 말이오. 일단 선내의 검사 등을 마친 후 딱히 쓸 데가 없어서 폐기처분 한다기에 그쪽의 장로에게 부탁해서 보류해 두었소."

"해적!? 에!?"

아크가 기쁜 듯이 이야기를 꺼내는 단계에 이르렀고, 라키의 귀에 불온한 말이 닿아 무심코 놀란 목소리를 냈다. 그리고 이야기의 내용에 어긋난 게 있다고 느낀 라키는 머뭇거리는 식으로 질문을 던졌다.

"그 해적이 사용했다는 것은 작은 배 정도……인가요?"

반쯤 대답을 예상은 하면서도, 라키는 확인을 위해 질문을 던질 수밖에 없었다.

그리고 라키의 예상대로의 대답이 아크의 입에서 나왔다.

"아니, 인간족의 배로서는 꽤 커다란 크기의 범선이네."

아크의 대답에 라키는 무심코 하늘을 올려다보고 자신의 이마를 손바닥으로 치더니, 크게 어깨를 떨어뜨렸다.

"아무리 그래도 범선 한 척을 저희 같은 작은 상회가 보유하는 건 어렵습니다……. 게다가 지금 저희한테는 범선을 쓸 데도 없고 말이죠."

어깨를 으쓱이며 쓴웃음을 짓는 라키에게 아크는 뭔가 생각하는 듯한 몸짓을 보이고 나서, 뭔가를 떠올린 듯이 집게손가락을 세우고 라키에게 다가왔다.

"그럼 이런 건 어떨까? 라키 님이 배의 소유권을 갖고, 그 배를 다른 사람에게 빌려 주는 건? 자본이 거의 공짜나 마찬가지이니 임대 요금이 상회에 들어온다고 생각하는데."

호화로운 갑옷을 걸친 기사가 상체를 쑥 내밀며 말했다. 그 박력에 라키는 무심코 뒤로 물러나서 고개를 끄덕였지만, 허둥지둥 고개를 가로젓고 부정했다.

"에? 아, 그거라면 확실히……. 웃, 그게 아니고 말이죠! 어째서 아크 님은 저를 그렇게까지 잘 돌봐주시는 겁니까? 솔직히 말하자면, 스스로도 알고 있습니다. 제가 그다지 상인에 어울리지 않는다는 걸……."

라키는 약간 난감하다는 듯한 미소를 힘없이 띠었다.

그러나 그런 라키를 보고 아크는 투구 속에서 살짝 미소를 흘리더니, 쑥 내민 상반신을 천천히 되돌리고 팔짱을 꼈다.

"나도 내 사정이 있소. 나는 라키 님이라면, 앞으로도 거래를 계속할 수 있는 데다, 지장 없이 사귈 수 있다고 생각하오. 그 때문에 라키 님이 상인으로서 확실한 지위를 쌓기 위한 투자를 하는 데에 불과하네."

아크는 등에 멘 짐 자루 속에서 아무렇게나 한 장의 양피지를 꺼내더니, 그것을 라키에게 던져서 넘겼다.

라키는 그 양피지를 받고 재빨리 안에 적힌 내용을 훑었다.

"영주님이 직접 재가한 대형선박 소유허가증…… 인가요?"

소형 화물선 정도라면 몰라도 대형 배를 소유하게 되면 영주의 허가증이 필요하고, 그 밖에도 부두에 계류할 때의 세금 등 배를 소유하는 데에는 여러모로 자금이 든다.

그 때문에 배를 유지하는 건 나름대로 거래 상품이 없으면 채산이 맞지 않는 괴로운 장사이기도 했다.

라키는 아크의 한 발 앞지른 듯한 용의주도함에 혀를 내둘렀지만, 현 상황의 그의 상회에서는 배를 사용한 장사를 할 수 있을 만큼의 체력이 없는 데다 배를 사용한 장사의 연줄도 갖고 있지 않았다.

배를 빌려주려고 해도 지금까지 그런 상인과의 연줄을 갖고 있지 않은 라키에게 누가 배를 빌려달라고 할지도 판단이 서지 않았다.

　"아크 님, 배를 사용한 장사는 확실히 상인에게 매력적인 얘기일지도 모르지만, 현재 제 상회에서는 다룰 수 없다고 생각합니다. 이 건의 장사 판로도 없고요⋯⋯."

　라키는 여러모로 손을 써주는 아크에게 실례가 되지 않도록 정중하게 거절하는 한편 상회의 현 상황을 포함해 설명했다. 그러자 정작 아크는 그 말을 끊듯이 라키의 어깨에 힘차게 손을 얹었다.

　그리고 서서히 오른손을 가슴 높이까지 올리더니, 엄지손가락을 세웠다. 정확한 의미는 이해할 수 없더라도, 분위기로부터 짐작하건대 문제없다고 말하는 듯했다.

　"걱정하지 않아도 좋소. 실은 얼마 전 로덴 왕국은 우리가 소속한 캐나다 대삼림과의 교역을 개시한다는 얘기를 들었네. 교역품은 주로 『풍요의 마결석』을 다루게 될 듯싶지만, 그 교역지가 되는 린부르트까지의 항로에 사용하는 배를 이곳의 영주가 준비하게 되었네. 하지만, 뭐 대형 배를 바로 준비할 수는 없다⋯⋯라는 이유로 라키 님이 소유하는 배가 나설 차례지."

　거기까지 말하고 라키의 얼굴을 들여다보는 아크에게 라키는 눈을 휘둥그레 뜨고 바라보았다.

　"자, 잠깐만요! 왕국이 엘프 종족과의 교역을 얻어낸 겁니까!?"

　라키는 무심코 아크에게 덤벼들 듯한 기세로 몸을 내밀고,

방금 이야기의 진위를 흥분한 기색으로 물었다.

그도 그럴 것이다. 오늘날까지 엘프 종족의 일대 집락인 캐나다 대삼림과 거래하는 인간족의 국가라고 하면, 린부르트 대공국뿐인 것은 상인 사이에서는 유명한 이야기다.

그리고 캐나다 대삼림의 뛰어난 마도구를 독점으로 다루는 린부르트 대공국은 국가 규모로서는 소규모이지만 교역으로 얻은 막대한 재력 덕분에 타국에 적지 않은 영향력을 갖고 있었다.

그 뛰어난 마도구를 만들어내는 캐나다 대삼림과의 교역품 중에서도 가장 관심이 높다고 말할 수 있는 물건 중 하나로 『풍요의 마결석』이 오른다.

피폐해진 토지에 잘게 부순 『풍요의 마결석』을 뿌림으로써 풍족한 열매를 맺게 해 주는 것으로, 마수와의 싸움에서 좁은 경작지로 만족하는 현 상황의 인간족에게 면적당 수확량을 늘려 주는 게 가능해지는 꿈 같은 물건이다.

그리고 토지의 수확량이 늘어난다는 말은 그 토지에서 얻을 수 있는 세금이 오른다는 것── 요컨대 단적으로 말하자면, 그것은 재화를 낳는 상품이다.

오랜 세월 린부르트 대공국하고만 거래했던 캐나다 대삼림이 이제 와서 로덴 왕국과도 그 관계를 맺는다는 것은 상인으로서도 충격적인 이야기였다.

이른바 역사적인 사건이라고도 부를 수 있는 내용을 눈앞의 기사는 아무것도 아니라는 듯이 말한다.

"이 얘기는 영주인 페트로스 님도 아직 파악하지 못한 거니까, 놀라는 것도 무리는 아닌가."

그 한마디에 라키는 이번 배의 소유 이야기가 거의 결정된 것을 깨달았다.

사전에 영주에게 교역 정보를 재빨리 가져왔고, 이번 배의 준비로서 라키의 배의 소유를 한발 앞서는 형태로 대형선박 소유허가증이 발행된 것이다.

영주까지 얽힌 이야기를 일개 상인의 처지에서 거절하는 것은 상당히 어렵다.

라키는 이미 퇴로는 없다는 것을 이해하고, 어떻게든 기분 전환을 하여 조금 신경 쓰였던 점을 꺼냈다.

"그런데 아크 님. 그 배는 해적이 사용한 배라고 하셨습니다만, 해적을 격퇴했을 때 배가 파손당하거나 하지 않았나요? 아뇨, 배의 수리는 나름대로 전문적인 선장(船匠)을 불러서 수선하면 되니까 아무래도 돈 문제가……."

라키의 질문에 아크는 뭔가를 떠올린 듯이 손뼉을 쳤다.

"오오, 그러고 보니 격퇴할 때 돛대 하나가 부러졌던가. 그리고 그 충격으로 한쪽 뱃전에 조금 피해가 나왔지……."

아크는 배의 상황을 떠올린 듯이 시선을 허공에 고정하고 턱을 쓰다듬었다.

아크가 알린 이야기의 내용에 라키는 현기증을 느꼈다.

그 범선의 수리를 누가 담당해줄까, 그것을 분명히 해야 한다고 생각한 라키는 허공에 시선을 향한 채 있는 아크에게 머뭇거리며 물었다.

"기, 기다려 주십시오! 돛대가 하나 부러진 범선입니까? 그

수선은 캐나다 대삼림에서 해 주는 겁니까?"

어딘가 기도하는 듯한 심정으로 묻는 라키에게 아크는 다시 웃으며 고개를 끄덕였다.

"걱정할 필요 없소, 라키 님. 수선비가 될 물건을 가지고 왔으니 말이오. 그걸 매각하고 연줄을 소개해줄 수순은 갖춰졌을 거요."

아크는 조금 전 대형선박 소유허가증을 꺼낸 짐자루를 펼치고, 안에서 마포로 둘러싸인 물품을 꺼내어 라키에게 건넸다.

매번 라키의 심장을 졸이는 물품이 튀어나오는 짐 자루에 원망스러운 시선을 향하는 라키였지만, 마음을 굳히고 그 마포에 감싸인 것을 풀어서 안을 확인했다.

안에서 나타난 것은 여러 개의 마름모꼴의 금속조각 같은 물건이었다.

한 개의 크기가 손바닥 정도인데, 전체가 엷은 하늘색으로 빛나는 듯이 보였다. 겉보기에는 금속제로 보였지만, 손에 든 감촉은 조금 탄성을 지녔다. 두 개를 들고 살짝 부딪쳐보자, 맑은 금속음이 주변에 울리며 메아리쳤다.

"예쁘네요."

어느새 곁에서 흥미를 보인 레아가 들여다보고 그런 감상을 흘렸다.

라키는 거기에 동의를 나타냈지만, 그 정체에 고개를 갸웃거렸다.

지금까지 한 번도 본 적이 없는 물건이다.

가져온 아크가 이것을 매각한 돈으로 배의 돛대를 수리하면

된다고 했던 말을 생각하자, 거기에 드는 수리비의 계산을 보건대 상당한 귀중품이 아닌 한 현실적이지 않다.

"저기, 이게 뭔가요?"

끝내 짐작이 되지 않는 라키는 아크에게 물었다.

그러자 아크는 라키가 손에 들고 있던 하나를 손에 집고 손가락으로 튕겨 보였다.

"드래곤 로드의 비늘, 합쳐서 5개네."

그 대답을 들은 라키는 자신의 얼굴이 얼어붙는 것을 느꼈다.

반면 아크는 라키의 반응이 없고 무표정하여서 고개를 갸웃거리며 드래곤 로드의 비늘을 집어 들어 뒷머리를 긁었다.

"으~음, 귀중한 물건이라고 생각했는데, 이 정도로는 역시 범선의 수리비로는 안 되는 걸까……."

아크의 그 말을 듣고, 라키는 겨우 그가 자신의 태도로 오해한 사실을 깨닫고, 당황해서 말없이 고개를 좌우로 흔들었다.

"아, 아닙니다! 아크 님!! 이게 드래곤 로드의 비늘이라니 정말입니까!? 아니, 결코 아크 님을 의심하는 건 아니지만――!!"

거세게 내뱉는 라키의 설명에 아크와 옆에서 듣던 레아도 눈을 휘둥그레 뜨고 뒤로 한 걸음 물러났다.

그런 그들의 태도에 겨우 자신의 우스꽝스러운 모습을 깨달은 라키는 한 번 크게 심호흡을 하고 나서 초조해하지 않도록 느릿한 어조로 다시 아크에게 물었다.

"죄송합니다, 저기 이 드래곤 로드의 비늘은 어디서 손에 넣은 물건입니까?"

라키의 질문에 이번에는 아크가 턱에 손을 대고 신음했다.

"으음, 손에 넣은 건 드래곤 로드가 사는 산정상 부근의 온천이지만……. 그런가, 비늘만으로는 그게 드래곤 로드의 것인지 커다란 도마뱀의 것인지 모르는 건가……."

아크는 자신이 가져온 물건이 드래곤 로드의 비늘이라는 걸 증명할 방법을 찾지 못해, 어쩔 수 없다는 듯이 하늘을 올려다보았다.

그러나 그런 아크의 태도를 보면, 지금 라키 자신이 손에 든 물건이 진짜 드래곤 로드의 비늘이라는 확신이 생겼다.

"아뇨, 아크 님. 인간족 사이에서도 진짜 드래곤 로드의 비늘을 소유한 사실은 있으므로, 그에 걸맞은 기관에 감정할 수 있으면 그 진위는 금방 압니다……. 하지만 이런 귀중한 물건을 받을 수는……."

그렇게 말끝을 흐리고 손에 든 엷고 아름답게 빛나는 비늘에 시선을 떨어뜨렸다.

드래곤 로드는 인간족 사이에서는 모든 생물의 정점에 군림하는 종이라고 여겨지고 있다.

그것은 음유시인이 노래하는 고대 이야기에도 그 힘의 일단이 기록되어 있다.

일찍이 드래곤 로드를 토벌하고 그 비늘을 이용한 갑옷을 만들어 자신의 힘을 과시하려 한 왕이 있었다고 한다. 그러나 파견한 기사단은 순식간에 괴멸되었고, 드래곤 로드의 분노를 산 왕이 사는 도시는 하룻밤 사이에 지도에서 사라졌다고 한다.

그러나 그렇기 때문에 경외의 대상이기도 하는 드래곤 로드의 비늘은 지금도 힘의 상징이었다.

그런 드래곤 로드의 비늘이 다섯 개다.

　범선의 돛대 하나 정도의 수리비는 문제가 되지 않는다. 매각한 대금에서 수리비를 뺀 거스름돈으로 작은 배 한 척을 살 수 있을 정도의 물건이다.

　라키의 그런 태도에 아크는 고개를 갸웃거렸다.

　"그런가, 목욕탕 청소를 하고 있을 때 우연히 주웠을 뿐이지만……."

　"모, 목욕탕?"

　아크와 마찬가지로 고개를 갸웃거리는 라키에게 그는 아무것도 아니라는 식으로 고개를 흔들고 대답했다.

　"난 딱히 갖고 있어도 불필요한 물건이네. 그게 귀중한 물건이라면, 그걸 써서 상인의 인맥을 넓히고 라키 님의 도움이 되어 준다면 되네. 라키 님의 상회가 커지면 나로서도 여러모로 편해질 테니 말이오."

　아크는 갖고 있던 비늘 하나를 라키에게 돌려주고 팔짱을 꼈다.

　"그리고 서둘러 말해서 미안하지만, 이번에 구해 줬으면 하는 게 있소. 괜찮은가?"

　라키는 드래곤 로드의 비늘을 소중하게 품고, 깊숙이 그 자리에서 머리를 숙였다.

　"가, 감사합니다. 아크 님의 기대에 부응하도록 앞으로도 노력하겠습니다. 그런데 이번에 오신 용건은 대체 무엇인가요?"

　머리를 들어 아크를 올려다본 라키는 이번 용건을 물었다.

　그러자 아크는 품에서 한 장의 종이를 꺼내어 거기에 그려진 그림을 라키에게 보였다.

"이번에 이런 벽돌 가마를 만들려고 생각하네. 거기서 필요한 물자를 갖추고 싶은데, 부탁할 수 있을까?"

보여준 종이에 그려진 그림에 시선을 떨어뜨린 라키는 아크의 말에 고개를 끄덕이면서도 이상하다는 듯한 얼굴로 입을 열었다.

"네, 그건 괜찮습니다만……. 아크 님이 직접 가마를 만드시는 겁니까? 직인을 파견하는 것도 가능합니다만?"

그렇게 말하고 묻는 라키에게 아크는 팔짱을 끼고 고개를 가로저었다.

"아니, 물론 그게 가능하면 좋겠지만, 상당히 외진 곳이어서 말이오. 게다가 섣불리 인간을 부를 수 있는 장소도 아니어서……."

아크의 대답에 라키는 쓸데없는 질문이었다고 당황하며 머리를 숙였다.

"죄송합니다, 쓸데없는 걸 물어서!"

그런 라키에게 아크는 손을 가볍게 휘휘 내젓고 웃었다.

"상관없소. 마차는 두고 갈 테니, 가마의 소재를 쌓아두게. 또 나중에 들를 때 받아갈 테니 잘 부탁하오."

"알겠습니다. 그럼 짐칸에 쌓여 있는 물품은 감정해서 그때 지불하도록 하겠습니다."

라키의 그 대답에 만족했는지 아크는 한 번 크게 고개를 끄덕이더니, 올 때와는 다르게 그대로 걸어서 상회의 점포를 나갔다.

그것을 지켜보는 라키의 옆에서 레아는 이상하다는 얼굴로 아크의 뒷모습을 시선으로 좇았다.

"저 사람, 마차를 두고 갔는데 어떻게 돌아가는 걸까? 숙소라도 잡아둔 걸까?"

소꿉친구의 의문에 라키는 고개를 저었다.

"그런 건 별로 탐색하지 않는 게 좋아. 자, 소재를 분류하는 걸 도와줘!"

팔을 걷어붙이는 라키의 등에 레아는 건성으로 대답했다.

라키 상회── 그것은 랜드발트의 한쪽 구석에 갓 탄생했을 뿐인, 아직 작은 상회의 하나다.

그 임무를 반드시 완수하여 나라의 위기를 벗어나도록 돕겠어요!

릴 노잔 소우리아 　　　　　 (인간족)

노잔 왕국 제1왕녀. 죽은 조부로부터 왕의 긍지를 배우며 자랐고, 아직 어린 나이에도 왕족이라는 자각과 의무를 다하려는 굳은 의지를 지녔다. 호위기사 자하르와 니나를 거느린다. 특히 릴을 여동생처럼 여기는 니나를 가장 좋아한다.

후기

　이번에 「해골기사님은 지금 이세계 모험 중Ⅵ」를 구매해 주셔서 진심으로 감사드립니다. 하카리 엔키라고 합니다.

　이 해골기사님의 이야기도 6권까지 오게 되었습니다. 늘 이 이야기를 응원해 주시는 독자 여러분에게 다시 인사 말씀을 올립니다. 감사합니다.

　그리고 마침내 이 해골기사님, 즉 아크 씨의 이야기가 만화로 나와서 움직이기 시작했습니다.

　오버랩에서 간행하는 WEB 코믹지 「코믹 가르드」에서 작화 사와노 아키라 님의 손으로 바로 지금 호평 연재 중입니다. 이 6권이 발매된 시점에서 3화까지 공개되어 있을 테니, 친구들에게 추천하고 읽어주셨으면 싶습니다.

　그리고 이번에도 담당 편집자님과 일러스트를 담당하는 KeG님, 교정자님 등 여러모로 많은 민폐를 끼쳐드렸지만, 여러분의 많은 도움을 받아 이렇게 무사히 해골기사님 6권을 발매할 수 있었습니다. 정말 감사드립니다.

　앞으로도 「해골기사님은 지금 이세계 모험 중」을 응원해 주시기를 잘 부탁드립니다.

그럼 다음 권에서도 독자 여러분과 다시 만나기를 바라며 이만 줄이겠습니다.

2017년 3월 하카리 엔키

해골기사님은 지금 이세계 모험 중 Ⅵ

2017년 11월 10일 제1판 인쇄
2017년 11월 15일 제1판 발행

지음 하카리 엔키 | **일러스트** KeG | **옮김** 이상호

펴낸이 임광순 | **제작 디자인팀장** 오태철
편집부 황건수 · 신채윤 · 이병건 · 이홍재 · 김호민
디자인팀 박진아 · 정연지 · 박창조 · 한혜빈 | **국제팀** 노석진 · 엄태진

펴낸곳 영상출판미디어(주)
등록번호 제 2002-000003호
주소 21311 인천광역시 부평구 평천로 132 (청천동)
전화 032-505-2973(代) | **FAX** 032-505-2982

ISBN 979-11-319-6761-4
ISBN 979-11-319-5122-4 (세트)

骸骨騎士様、只今異世界へお出掛け中 Ⅵ
©2017 by Ennki Hakari
First published in Japan in 2017 by OVERLAP, Inc.
Korean translation rights reserved by YOUNGSANG PUBLISHING MEDIA, INC.
Under the license from OVERLAP, Inc., Tokyo JAPAN

영상출판미디어(주)

단행본 출간작 리스트
(주요 해외 라이선스 작품)

[오버로드] 1~11
· 마루야마 쿠가네 지음 · so-bin 일러스트

[방패 용사 성공담] 1~16
· 아네코 유사기 지음 · 미나미 세이라 일러스트

[나만 집에 가는 학급전이] 1~2
· 아네코 유사기 지음 · 유큐 폰즈 일러스트

[유녀전기] 1~7
· 카를로 젠 지음 · 시노츠키 시노부 일러스트

[이세계는 스마트폰과 함께.] 1~8
· 후유하라 파토라 지음 · 우사츠카 에이지 일러스트

[백마의 주인] 1~5
· 아오이 야마토 지음 · 마로 일러스트

[약속의 나라] 1~3
· 카를로 젠 지음 · 이와모토 에이리 일러스트

[변경의 팔라딘] 1~3(하)
· 야나기노 카나타 지음 · 린 쿠스사가 일러스트

[흑의 성권사~세계 최강 마법사의 제자~] 1~3
· 히다리 류 지음 · 에이히 일러스트

[Fate/Apocrypha] 1~5
· 히가시데 유이치로 지음 · 코노에 오토츠구 일러스트

[로드 엘멜로이 2세의 사건부] 1~3
· 산다 마코토 지음 · 사카모토 미네지 일러스트

[리월드 프런티어] 1
· 쿠니히로 센기 지음 · 토자이 일러스트

영상출판
미디어(주)

일상계 × 이세계 판타지 × 코미디 ≥ 배틀

이세계 최강은 집주인이었습니다 1

4년 전, 역대 최강의 용사로 이세계로 소환된 이가와 이사오.
마왕을 쓰러트리고 세계에 평화를 되찾은 주역⋯⋯일 텐데,
사정이 있어서 지금은 일당으로 먹고사는 잉여 모험자.
이 이야기는 불쌍한 세계 최강과 그 가족인 신룡의 아이 노리짱이
하루하루 최선을 다해 살아가는, 살짝 느긋한 홈드라마.

도를 넘는 팔불출 주인공과 순진무구한 노리짱이 오늘도 노력합니다!!

유우타로 지음 / okama 일러스트

영상출판
미디어(주)